La Grande Peur du petit Blanc

Éditions Goater
12, rue Gaston Tardif
35 000 Rennes
http://www.editions-goater.org/
Dépôt légal : 1er semestre 2021
ISBN : 979-1-097465-41-4

La Grande Peur du petit Blanc

Frédéric Paulin

Éditions Goater

À Gaspar,
pour qu'il refuse toujours de faire la guerre.
Quelle qu'elle soit.

« L'état de guerre suspend toute morale. »
Emmanuel Lévinas.

Rennes, 1972

Parfois encore, lorsque la nostalgie le saisissait aux tripes, il allait fouiller au fond du tiroir de son bureau pour en ressortir ses épaulettes de lieutenant. Les oripeaux de sa carrière d'officier étaient d'habitude enveloppés dans du papier kraft. Combattre la nostalgie en se remémorant ces années de haine, c'était se flageller pour faire passer le mal. Rédemption par la douleur, comme disaient les curés. Louis Gascogne n'avait jamais aimé les curés.

Alors, toujours, après quelques minutes à soupeser ses galons, il les rangeait au fond du tiroir, là d'où ils n'auraient jamais dû sortir. Il se sentait mal, un goût amer au fond de la gorge. Un soir, il avait presque voulu les jeter au feu. Il s'était ravisé au dernier moment: c'était dans son cœur meurtri qu'il portait ce souvenir tragique et non plus sur ses épaules.

Le feu n'y aurait rien changé.

Rennes, 1970

Deux ans auparavant, Sylvie en avait eu marre.

Gascogne n'avait pas immédiatement compris de quoi sa compagne en avait eu marre. Il s'était aperçu qu'elle s'était mise à fumer de l'herbe et à picoler dur. Souvent. Pas toutes les heures de tous les jours, mais souvent. Elle avait beaucoup d'amis et même un boulot. Mais le soir lorsqu'elle sortait, elle buvait et fumait des joints. Elle retrouvait de plus en plus fréquemment ses amis gauchistes, des étudiants attardés, tous marxistes-léninistes, d'anciens des Jeunesses communistes aussi. Peut-être qu'elle-même émargeait encore dans l'une des chapelles de la mouvance d'extrême-gauche française, Gascogne ne se souvenait plus exactement.

Il ne l'avait peut-être jamais su.

Sylvie Vercors et lui s'étaient rencontrés un peu plus d'un an après son retour d'Alger.

À cette époque, Gascogne était encore armé. L'habitude de la mort qui rôde, mais aussi la peur des fantômes. Il pressentait que certains de ceux qui avaient participé aux derniers combats de l'Algérie française pouvaient encore continuer de jouer les francs-tireurs. Et lorsque ceux-ci frappaient, on retrouvait toujours leur signature : « L'Armée Secrète ne désarme pas », lisait-on sur les murs.

De l'autre côté de la Méditerranée aussi, la vengeance était encore de mise. Certains anciens du FLN, recyclés dans les services secrets du nouvel État algérien avaient entrepris de solder de vieux comptes. On racontait que les torturés d'hier étaient devenus les tortionnaires d'aujourd'hui. Leurs compatriotes en faisaient déjà les frais. Les anciens tortionnaires, français ceux-là, n'avaient qu'à bien se méfier.

Beaucoup d'Algériens qui avaient testé la gégène n'en voulaient pas à leurs bourreaux de les avoir torturés. Ils pensaient finalement que la torture faisait partie des atrocités inhérentes à une guerre. C'était comme ça, *Inch'Allah*, avait expliqué à la télévision allemande un proche de Yacef Saadi, le légendaire chef de la zone autonome d'Alger. L'homme avait miraculeusement survécu à plusieurs séances d'interrogatoire infligées par les *léopards* de la 10e Division Parachutiste. Ce qui posait problème aux anciens torturés et qui faisait briller la haine dans leurs yeux sombres, c'était que leurs tortionnaires refusent de reconnaître ces actes ultimes. Lorsqu'ils affirmaient que c'était par la ruse, et seulement par la ruse, qu'ils avaient pu arracher des renseignements à leurs prisonniers.

Immédiatement après son départ du Mouvement pour la coopération, les anciens donneurs d'ordres de Gascogne l'avaient d'ailleurs averti : lui et ses anciens camarades, passés d'abord par l'Armée française, pouvaient certainement se retrouver sur les listes noires de la sécurité algérienne.

– Je n'ai rien à faire sur de telles listes, avait dit Gascogne.

– Ce n'est pas nous qui décidons qui se trouve sur ces listes, lieutenant, lui avait-on rétorqué. Nous savons seulement que ces listes existent.

L'ex-lieutenant de l'armée française n'était pas vraiment certain de n'avoir aucune raison de figurer sur ces listes. La torture avait touché toute l'armée, toutes les forces de sécurité et d'une certaine manière, tous les Français. Gascogne n'avait pas échappé à cette sinistre règle.

Peu après son retour d'Alger, il avait donc sauté dans un train en gare Montparnasse qui l'avait mené jusqu'à Rennes, où il semblait que les événements d'Algérie avaient été oubliés. Et puis, c'était là-bas que Gascogne avait passé les cinq premières années de sa vie.

Rapidement, il était parvenu à se construire une vie de civil, avec comme unique mission la conclusion d'une licence de droit. Et c'est là, dans cette ville où des gens parlaient encore parfois le gallo, où la vie paraissait s'arrêter à vingt heures, que ses études terminées, il posa une plaque de détective privé sur la porte de son minuscule appartement. Il l'appela *Fiat Lux*, ça l'avait fait marrer.

Puis, le détective privé s'était retrouvé sans activité. Les aventures romanesques se lisaient dans les romans, la vraie vie était beaucoup plus ennuyeuse. Son pécule de démobilisation après cinq années d'active lui permit de tenir le coup quelque temps. Au printemps 1963, il se mit à fréquenter un bar de la rue Saint-Melaine. Non que l'aventure l'y attendait au détour du zinc mais il s'occupait en se faisant de nouvelles relations – et en buvant aussi.

Des étudiants de la faculté de droit et de sciences économiques avaient élu le bar comme poste avancé de la révolution prolétarienne en marche. Quelques ouvriers, jeunes pour la plupart, venaient également s'user les coudes au comptoir. Il s'agissait pourtant plus de déclassés qui avaient stoppé leurs études, souvent avant le bac et qui s'étaient fait engager à l'usine. À l'heure où les conjurés fomentaient la chute de l'État bourgeois, les vrais prolos, eux, dormaient déjà dans leurs appartements HLM nouvellement construits en ZUP Sud. Les vrais prolos étaient déjà brisés par leur fastidieuse journée de travail et l'harassante perspective de travailler encore quarante ans pour assurer leur piteuse existence.

Parfois, entre deux conférences sur la pensée de Marx et l'action de Mao Tsé-toung, un petit concert folk était organisé dans la salle du fond. Finalement, le bar était un îlot en mouvement au milieu d'une ville en léthargie avancée.

Gascogne tut bien évidemment ses années passées sous l'uniforme et les quelques mois passés dans la barbouzerie du MPC. Il parvint à lier connaissance avec des types énervés et quelques jolies filles aussi. Parmi elles, il remarqua immédiatement Sylvie.

La jeune fille fumait comme un pompier et buvait sec. Elle passait en coup de vent dans le troquet, revenait plus tard dans la soirée, et peu de ses camarades savaient ce qu'elle faisait réellement dans la vie. Étudiante peut-être encore, militante du côté des Jeunesses communistes sans aucun doute.

Un soir, une vive discussion s'engagea entre les membres de diverses factions d'une extrême-gauche qui allait bientôt se revendiquer maoïste ou trotskiste. Le débat portait sur l'exécution du dirigeant communiste Julian Grimau en Espagne. Sans en avoir l'air, Gascogne s'était rapproché de Sylvie. Un ou deux sourires, rien de bien probant. Il avait lu dans son regard qu'elle avait été intriguée par ses yeux vairons. C'était déjà ça.

Le débat avait ensuite dévié sur l'utilité pour l'Union des étudiants communistes de rompre ou non avec le PCF. Du charabia pour Gascogne.

– Les nuances qui opposent ces types me dépassent un peu, glissa-t-il à l'oreille de la jolie brune.

Celle-ci lui décocha une grimace difficile à interpréter.

– Tu pourrais me payer un verre, ça se fait, sourit-elle cependant.

– Si ça se fait, prends ce que tu veux.

Et ils comparèrent le vin qu'ils buvaient. Une entrée en matière comme une autre, surtout qu'il s'agissait de deux piquettes presque imbuvables. De fil en aiguille, ils en vinrent à raconter des banalités les plus conventionnelles, avec de l'humour tout de même et un peu de cynisme parfois. Bientôt, ils en oublièrent même la joute verbale en cours qui, pourtant, faillit se transformer en pugilat.

Arriva alors ce qu'il pouvait arriver dans ces moments-là : une espèce d'alchimie incompréhensible se produisit et Louis saisit doucement la main de Sylvie. Et bon sang ! celle-ci ne la retira pas.

Ils burent un peu trop, fumèrent beaucoup de cigarettes et, finalement, finirent la nuit dans le même lit. L'amour se passa bien. Plutôt bien d'ailleurs, pensa Louis qui n'était pas le champion des premières fois et qui n'avait pas touché une fille depuis presque trois années – encore celle-ci était-elle une pute de Bab El-Oued qui tarifait ses câlins.

Sylvie n'avait pas froid aux yeux mais elle refusa pourtant que son amant la vît nue.

– Je suis laide, se justifia-t-elle.

Elle éteignit les lumières.

C'est comme ça, songea Gascogne : les femmes ont souvent un complexe physique, des orteils trop longs, des cheveux trop frisés, un rougissement du visage trop intempestif, ou toute chose qui n'existe bien souvent que dans leur imagination.

– Je peux fermer les yeux, si tu veux ? plaisanta-t-il.

– Tu me trouves laide ? s'offusqua alors la jeune femme.

Gascogne eut un petit sourire et il préféra continuer de l'embrasser.

Après un orgasme ou quelque chose qui l'imitait à merveille, Sylvie se posta au-dessous de son amant et le scruta un instant dans la pénombre. Son regard passa de l'œil marron à l'œil vert.

– Je peux te poser une question ?

– Bien sûr.

Elle tendit un doigt vers les habits éparpillés sur le plancher.

– T'as un flingue dans ton veston, hein ?

Silence.

– T'es un flic ou un truand ?

Gascogne émit un bruit qui se voulait un petit rire amusé :

– Ni l'un, ni l'autre.

– Alors, tu es un paranoïaque ?

– Un déserteur.

Sylvie s'assit sur le lit. Encore une fois, Gascogne ne parvint pas à interpréter son regard.

– Tu as donc été soldat... C'est du joli ! Je viens de coucher avec un assassin.

Elle tâtonna sous le sommier et attrapa un paquet de cigarettes. Gascogne prit une petite boîte d'allumettes de l'autre côté du lit et proposa du feu. Sylvie souffla la fumée vers le plafond :

– Tu as déjà tué quelqu'un ?

– Non, j'étais secrétaire dans un bureau d'assistance sociale pour militaires à la retraite dans la région parisienne.

– Et tu te balades armé ?

– C'est pour séduire les jeunes étudiantes.

– Connard, fit-elle.

Elle caressa la joue de l'homme qui encombrait son lit :

– T'es un beau baratineur, toi. Je trouve ça plutôt marrant...

Elle se tourna vers le réveil qui égrenait bruyamment les secondes :

– D'ailleurs, je m'en fous, reprit-elle. Faut que tu dégages le plancher : demain, j'ai cours à huit heures.

Quelques minutes plus tard, Louis Gascogne se retrouva au pied d'un immeuble, rue de l'Alma. Il passa le pont qui enjambait la voie ferrée, non loin de la gare et huma l'air froid à pleins poumons. Les rues désertes étaient pour la plupart plongées dans l'obscurité.

Gascogne se sentait léger, il n'était pas loin d'être tombé amoureux. Il jouissait de ces instants étonnants qui permettaient aux hommes de supporter les sales coups qui ne tardaient jamais à rappliquer lorsque le tortueux jeu de l'amour se mettait en branle.

Mais pour l'instant, il était pleinement heureux. Cela faisait assez longtemps que ça ne lui était pas arrivé pour qu'il s'abandonne complètement à cette sensation délicate. Pour lui, c'était plié : il allait revoir Sylvie, ils s'aimeraient et (pourquoi pas ?) ils fonderaient une famille. Et puis, il sentit le poids du pistolet dans la poche intérieure de son veston. Cette arme le rappela à de terribles souvenirs.

Rennes, 1971

Huit ans plus tard, Louis et Sylvie vivaient toujours ensemble.

Ils n'étaient plus amants que lorsque Sylvie rentrait ivre, titubante, le regard vide. Ils faisaient alors violemment l'amour. Parfois, cela laissait place à une forme acceptable de haine.

Un soir où les reproches avaient ponctué le dîner, Louis et Sylvie s'étaient couchés dans le lit, chacun aigri de ne pas l'avoir emporté sur l'autre. Il ne fallut que quelques minutes pour que la fureur de la jeune femme explose.

– Tu n'es qu'un lâche, un assassin et un menteur !

Ça revenait souvent.

– Tu n'as jamais été secrétaire pour des militaires à la retraite ! affirma-t-elle en lui envoyant des coups de poing sur l'épaule. T'en as tué combien des Arabes, hein ? Je parie que t'en as même torturé, hein, fils de pute ?

Elle continuait à le taper sur une épaule, une cuisse ou dans le dos, de petits coups de poing suffisamment énervants.

Gascogne reçut les insultes et les coups sans broncher. D'abord parce qu'il savait que Sylvie n'était pas dans son état normal et qu'elle avait trop bu. Mais aussi parce qu'elle avait raison, la culpabilité d'avoir été ce tueur de fellaghas l'empêchant de se défendre.

– Tu mériterais que je te balance aux camarades…

Et soudain, elle cogna au visage.

Fort, cette fois

Un coup.

Un deuxième.

Un troisième.

Gascogne s'écarta. Le dernier coup avait fait mouche sur la pommette mais il se contraint à ne pas répliquer. Cet effort faisait trembler ses mains.

– On en parlera demain quand tu auras décuité.

Il essaya de rester le plus éloigné possible de sa compagne.

– On ne parlera de rien du tout ! hurla celle-ci. T'es qu'un menteur ! Je sais que tu te tapes d'autres filles.

Louis écarquilla un peu trop les yeux. Car cela aussi était un reproche qui revenait souvent : l'infidélité.

– Dis pas le contraire, salopard. T'es un menteur : tu te tapes d'autres filles mais je m'en fous. Ce qui me fait gerber, c'est de baiser avec un tueur de l'OAS !

Elle se mit à genoux sur le lit et scanda :

– OAS assassins, OAS assassins…

Elle rit quelques instants, sa bouche tordue par le mépris.

Et puis elle recommença.

Un coup au visage. Un deuxième.

Au troisième, Louis envoya une gifle du revers de la main. Ça fit un bruit sourd et Sylvie tomba du lit.

Assassin de l'OAS. Ça, ça n'était pas la vérité. Il ne pouvait pas la laisser dire.

– Barre-toi de chez moi, sale fils de pute ! rugit la jeune femme, la lèvre déjà enflée.

Gascogne s'habilla, entassa des affaires personnelles dans une petite valise. Avant de quitter l'appartement, il fouilla dans le tiroir de son secrétaire et emporta une boîte en bois sur laquelle était gravé « 9e RCP ». Son pistolet et trois chargeurs approvisionnés de cartouches 9 mm Parabellum.

Il avait pris l'arme d'abord pour éviter que Sylvie ne fasse une bêtise.

Une fois dans la rue, il comprit qu'il l'avait emportée surtout parce qu'après tant d'années de paix, il se sentait toujours en danger. C'était un réflexe revenu d'une période lointaine où la violence répondait à la violence.

Djebel Mouadjène, frontière algéro-tunisienne, avril 1958

Dans la matinée, on avait signalé six profondes tranchées récemment creusées sous la ligne Morice.

Les services de renseignement français savaient que l'Armée de libération nationale (ALN) entraînait ses meilleures troupes de l'autre côté de la frontière, en Tunisie. De là viendraient les soldats les plus aguerris, les mieux armés aussi, affirmaient les militaires en poste le long du barrage.

Deux cadavres avaient aussi été découverts sous la barrière militarisée censée empêcher les fellaghas de passer en territoire algérien. Deux fells électrocutés.

Lorsqu'il était arrivé à Souk Ahras, le sous-lieutenant Gascogne avait fait remarquer au capitaine Beaumont que la ligne Maginot n'avait pourtant pas vraiment fait ses preuves dix-huit ans plus tôt.

– Vous feriez bien de mesurer vos paroles, lieutenant, avait répondu Beaumont, la pipe au bec. On pourrait facilement se méprendre, vous croire défaitiste.

Gascogne s'était tu, son capitaine étant un pur produit de l'Armée française. Avec elle, on ne rigolait pas à propos de la grandeur de la France.

À l'aurore, entre cinq et sept heures, des rebelles de l'ALN avaient donc réussi à passer au travers du barrage. Plusieurs centaines avaient rejoint leur terre natale à quelques kilomètres de Souk Ahras, non loin du terrain d'aviation situé au fond de la vallée de la Medjerda.

Les Français avaient sonné le branle-bas de combat dans la région. Toutes les unités présentes le long de la frontière tunisienne avaient d'abord été engagées dans l'opération : le 9ᵉ RCP au centre, encadré par le 14ᵉ RCP, le 1ᵉʳ bataillon du 152ᵉ RIM, le 153ᵉ RIM et un sous-groupement du 26ᵉ RIM. Et puis, bientôt des renforts avaient été acheminés depuis les villes de Laverdure, Guelma, Sedrata et Morsott : les 26ᵉ, 151ᵉ et 153ᵉ RIM, ainsi que le 60ᵉ RI et le 3ᵉ REI se positionnèrent en soutien.

Gascogne vit alors s'énerver ses chefs et s'effrayer ses camarades, parfois même ce furent les chefs qui s'effrayaient et les camarades qui s'énervaient. Un beau bordel s'annonçait ! On allait montrer à ces bicots ce qu'il en coûtait de défier la France, asséna un lieutenant fraîchement revenu d'Indochine. Selon lui, les Viets avaient été autrement plus coriaces que les indigènes du coin. C'était l'argument principal des anciens de l'Indo.

– C'est peut-être pour ça qu'on a perdu l'Indochine alors ? avait dit Gascogne.

– C'est surtout pour ça qu'on ne perdra pas l'Algérie, lieutenant !

Gascogne ne se faisait pas trop d'illusions sur l'issue de cette *opération de maintien de l'ordre*. L'Histoire n'avait qu'un sens : parfois ça prenait des années, parfois ça prenait des siècles mais les peuples parvenaient toujours à se libérer de leurs oppresseurs. Et souvent aussi, les victimes d'hier devenaient ensuite les bourreaux de demain. La marche de l'Histoire était ainsi faite.

Le sous-lieutenant Gascogne gardait pour lui cette certitude mais il sentait que la présence européenne en Algérie touchait à sa fin, et cela malgré l'évidente supériorité militaire de l'armée française. Sa propre présence sur le terrain lui apparaissait parfois comme une absurdité.

Au second jour de l'offensive, il faisait déjà chaud lorsque la 3e compagnie commandée par le capitaine Beaumont fut héliportée sur le djebel Mouadjène.

Depuis l'hélicoptère Gascogne admira la beauté aride des confins du Constantinois. Les paysages algériens n'en finissaient pas de le fasciner. Le djebel Mouadjène culminait à 200 mètres d'altitude, en contrebas, au nord, se trouvait l'oued Dekma, au sud, l'oued Chouk.

Les *bananes* effectuèrent de nombreux allers-retours pour déposer les soldats. À chaque atterrissage, la puissance de leurs rotors soulevait des tourbillons de poussière qui les dissimulaient en partie aux yeux des combattants de l'ALN cachés quelque part, non loin de là. Une fois à terre, Gascogne et ses hommes restèrent à couvert, observant tant bien que mal les alentours. Puis, ils se relevèrent lentement, encore persuadés de jouir longtemps de leur suprématie numérique et technique.

Il n'en était rien : un feu d'enfer s'abattit sur eux.

Les fells avaient changé de tactique. Ces culs-terreux avaient appris la première règle de la guerre de position : ne pas se trouver là où l'ennemi pense vous trouver. Au lieu de se cacher dans le fond des vallées comme ils en avaient l'habitude, ils s'étaient cette fois décidés à occuper les hauteurs. Bien dissimulés dans les arbustes et les buissons qui recouvraient le djebel, ils tiraient les Français comme des lapins.

Un soldat s'écroula devant Gascogne. La balle qui avait traversé sa gorge, provoqua un petit geyser rouge qui expulsa plusieurs litres de sang. Il n'y avait rien à faire : le jeune homme mourut en quelques secondes.

La mort de leur compagnon d'arme secoua la troupe, la laissant comme tétanisée.

Le sous-lieutenant se leva, et comme un automate, vida son chargeur vers les hauteurs. Il appliquait méthodiquement ce qu'on lui avait rapidement enseigné avant qu'il s'embarque pour l'Algérie : il s'agissait d'abord de dégager le terrain avant de cibler plus précisément l'ennemi. Son MAT 49 cracha encore, chargeur après chargeur. Il avançait dans les buissons desséchés d'un pas rythmé par le son des détonations. Sa tête était vide. C'était la première fois qu'il se retrouvait dans une telle configuration de combat. Parfois il avait tiré sur l'ennemi mais son expérience du feu se résumait à quelques escarmouches. Une fois, il avait cru blesser un fellagha.

Sur le djebel, ce jour-là, c'était bien différent. À ses côtés, le sergent Chamouze et une demi-douzaine de soldats tentaient de faire front. Eux aussi vidaient leurs armes sans trop réfléchir. Pour autant, la tactique qui se résumait en une puissance de feu judicieusement orientée, semblait fonctionner : bientôt le tir ennemi faiblit jusqu'à devenir sporadique.

Au bord du plateau, le capitaine Beaumont essayait, lui, d'organiser la riposte. Il tenait un foulard sanguinolent contre son cou, ses lunettes noires sur les yeux, sa pipe coincée entre les lèvres.

– Vous êtes blessé, capitaine ? l'interpella Chamouze lorsque le groupe de Gascogne arriva à sa hauteur.

Gascogne, visiblement inquiet, fixait son supérieur :

– Vous voulez qu'on rappelle les hélicos, capitaine ?

– Je crois que j'ai été touché deux fois, répondit celui-ci. Mais ne faites pas cette tête, lieutenant : ce n'est pas grave. Allez plutôt dégager le lieutenant Thierry. Il est pris à partie quelque part vers le sud-est.

Gascogne et ses hommes s'engagèrent vers l'endroit où la fusillade continuait sur le bord du djebel. L'intensité des tirs laissait penser que la 1re section se faisait violemment accrocher par l'ennemi. Quelques centaines de mètres à écarter les branches à fruits rouges des arbousiers et ils butèrent sur des corps. Quatre soldats du 9e CRP gisaient dans leur sang, exécutés d'une balle dans la nuque.

Un peu plus loin, d'autres paras s'étaient attroupés. Leurs visages hébétés laissaient présager le pire. À terre, se trouvait le corps du sous-lieutenant Thierry.

Chamouze se pencha sur le cadavre :

– Ça doit être une mitrailleuse MG-42 qui l'a eu, mon lieutenant, analysa le sergent en auscultant les impacts sur le corps.

Presque calmement, Gascogne observait l'homme sans vie qui portait le même grade que lui. Ce pauvre con de Thierry était un type bien, songea-t-il. Avant de s'engager dans l'armée, il avait été séminariste et pour le peu que Gascogne ait pu en juger, lui non plus ne tenait pas en grande estime les jusqu'au-boutistes de l'Algérie française.

Il leva ensuite les yeux et balaya du regard la lisière des arbres, à une trentaine de mètres plus loin. L'oscillation des branches n'était pas naturelle : l'ALN était en train de les encercler. Son cœur s'accéléra, sa gorge devint sèche. Une peur violente lui acidifia les muscles.

Dans un sursaut de sang-froid, en faisant de grands signes aux hommes qui l'entouraient, il parvint à rassembler les restes de la 1re section de Thierry et les quelques éléments de la 2e encore en état de se défendre.

– On rejoint le poste de commandement du capitaine ! ordonna-t-il.

La fin de son ordre fut déformée par un étrange vibrato aigu qui fit froncer les sourcils des sous-officiers présents. Avaient-ils, eux aussi, l'impression que le combat était perdu d'avance ?

Ce fut alors au corps-à-corps que les Français durent se frayer un passage.

Gascogne tenait son pistolet-mitrailleur d'une main, son MAC 50 de l'autre et il ouvrait la voie. Il tuait ou blessait un ennemi à chaque mètre de terrain gagné. Des balles sifflaient à ses oreilles et atteignaient parfois un de ses hommes.

– Collez-vous au cul du lieutenant, bande de tocards ! gueula Chamouze en couvrant son chef du mieux qu'il le pouvait.

La petite troupe parvint finalement à rejoindre le reste des effectifs. Là, dans la poussière soulevée par le vent chaud, agglutinés autour du capitaine Beaumont, quatre-vingt-dix hommes s'apprêtaient à mener un dernier combat. Parmi eux, de nombreux blessés tenaient difficilement debout.

Le 2nde classe Rioton, faisant feu de son fusil-mitrailleur comme un beau diable, parvint à protéger Gascogne et les rescapés jusqu'à ce que la compagnie fût entièrement regroupée. Le soldat eut le temps d'esquisser un sourire, satisfait et presque arrogant à l'adresse du lieutenant. Mais avant que celui-ci ne lui rende son salut, une balle fracassa la tête du soldat. Son corps roula au sol comme un sac troué.

Le terrain où s'étaient rassemblés les survivants, trop à découvert, n'offrait presque aucune protection. La seule défense possible était d'abattre l'ennemi dès qu'il apparaissait. Mais les hommes du capitaine Beaumont se faisaient tuer sans pouvoir riposter efficacement.

Gascogne rampa vers son capitaine.

– Relevez-vous lieutenant, ordonna celui-ci en serrant les dents sur sa pipe blanchie de poussière. Vous voulez que vos hommes pensent qu'ils sont commandés par des lâches ?

Gascogne se mit à genoux mais n'eut pas la force, ou le courage, de s'élever plus haut.

Beaumont eut un sourire de douleur, ou de mépris. Sa blessure continuait de saigner et parfois son radio personnel devait le soutenir.

– Où est le lieutenant Thierry ?

Gascogne secoua la tête sans mot dire.

– Qu'avez-vous vu là-bas, lieutenant ?

– Les fells nous encerclent, mon capitaine. Je pense qu'ils sont plusieurs centaines. On s'est fait larguer en plein dispositif ennemi…

Les veines qui barraient le front de Beaumont vibraient sous la colère. Il fit un tour sur lui-même, toujours soutenu par son radio pour avoir une vision circulaire de la situation.

– Dites aux hommes de se défendre coûte que coûte et de tenir bon ! gueula-t-il au visage de Gascogne.

Celui-ci essuya les postillons qu'il venait de recevoir et tira Chamouze par son brelage. Il s'aperçut qu'une gourde y était fixée et qu'elle avait été transpercée d'une balle.

– Sergent, faites passer le mot : il faut tenir *coûte que coûte* ! Les renforts arrivent…

Il avait prononcé ces trois derniers mots plus faiblement comme pour avertir le sous-officier qu'il ne fallait pas trop compter sur des renforts. Chamouze s'exécuta.

– Pas de renfort ! gueula alors Beaumont. Et pas même de parachutage. Va falloir se sortir de là par nos propres moyens !

Il plissa les yeux en direction du sud du plateau :

– On va tenter une percée vers l'oued Chouk ! On va…

Une rafale de mitrailleuse mit un terme à la brillante carrière du capitaine Beaumont.

Gascogne qui était resté à genoux, vit son supérieur se désarticuler sous l'impact des balles.

Le radio bascula en arrière, lui aussi venait de recevoir son compte.

Les officiers, comme un seul homme, ordonnèrent un mouvement vers le sud du plateau. Ils obtempéraient ainsi au dernier ordre de Beaumont, mais c'était en fait une manière de sauve-qui-peut général. Les gars du 9e RCP tombaient les uns après les autres.

Les soldats encore valides, traînant leurs camarades blessés, se replièrent vers l'ouest du djebel. Là, quelques rochers et une demi-douzaine d'arbres ridicules furent décrétés *points de défense indépassables.*

Gascogne et Chamouze étaient recroquevillés dans une petite aspérité du terrain, un trou profond d'une quarantaine de centimètres. Ils avaient rechargé leurs armes, disposé des chargeurs devant eux et entrepris de se défendre jusqu'à la fin. Parfois Chamouze, au péril de sa vie, sortait sa grosse carcasse de ce semblant de planque et récoltait des munitions sur les corps des soldats français qui jonchaient le sol alentour.

Çà et là, quelques regroupements d'hommes parvenaient à vaguement tenir en respect l'ennemi. Mais des cris terribles et des appels au secours annonçaient la fin prochaine de sections entières. Et bientôt de la compagnie.

– Putain, alors c'est comme ça que les héros meurent ? grimaça Gascogne. Des chiens qu'on abat, oui…

Chamouze agrippa au passage un soldat qui fuyait. Affolé et terrifié, le jeune acnéique en uniforme courait vers une mort certaine. Le sergent le força à s'aplatir entre Gascogne et lui, et beugla :

– Saint-Clair, espèce de salopard ! Tu crois aller où comme ça ? Tu penses rejoindre ta maman ou quoi ?

Il lui repoussa son fusil entre les mains et lui envoya une gifle mémorable :

– Défends-toi comme un homme !

Le seconde classe Saint-Clair parvint à reprendre le contrôle de ses nerfs et se mit à tirer dans tous les sens.

Plus loin, sous les arbousiers, quelques soldats combattaient au corps à corps. Le caporal-chef Muller faisait des moulinets mortels avec sa pelle-bêche, il fracassait des os fellaghas par dizaines. Ses hommes, autour de lui, furent abattus les uns après les autres et il se retrouva bientôt seul debout. Une balle lui avait traversé la cuisse et une autre lui avait arraché quelques côtes, un trou sanguinolent expulsait du sang de son flanc. Alors qu'il allait lui aussi succomber, il mit la main sur le fusil d'un de ses compagnons. Il donna d'abord quelques coups de crosse dans les abdomens maigrichons et mal nourris des combattants de l'ALN, avant de s'apercevoir que l'arme était encore chargée. Il tira alors sur ses assaillants en hurlant comme un diable :

– Ah, mes salauds ! Pas un de vous n'aurait survécu à Chipyong Ni !

Puis, le chargeur vide et le regard troublé par une fièvre haineuse, il attendit qu'une balle le fauche à son tour.

Rien ne vint.

La scène était surréaliste : les soldats de l'ALN ne pouvaient se résoudre à abattre ce diable-là. Bientôt une dizaine d'entre eux l'encerclèrent mais aucun n'osait approcher. Non qu'ils le crurent immortel ou intouchable mais ça semblait être pécher que de tuer à distance un si phénoménal combattant. Personne ne parvenait à se résoudre à tirer. L'étonnant face-à-face au milieu de la bataille dura peut-être une minute mais sembla s'étirer des heures. Les fellagas immobilisés ne se décidaient pas à agir. Muller les fixait désormais, l'œil fou, la mâchoire tremblante, son fusil vide dans une main, sa pelle réglementaire dans l'autre.

– Ah, mes salauds ! Pas à dire : les chinetoques, y z'étaient plus couillus que vous…

Un officier de l'ALN assistait à l'étonnant spectacle.

Des bruits : la fusillade, plus loin sur le djebel, et les cris de souffrance partout.

Des odeurs : la poudre et le sang qui lui piquaient le nez.

Mais Achraf Laïfaoui savait que les miracles n'existaient pas, et particulièrement en temps de guerre. Une balle de son PA 35 (récupéré sur le corps d'un officier français quelques semaines auparavant) enleva la carotide du caporal Muller. Celui-ci tomba à genoux et sans lâcher ses armes de fortune, se vida de son sang avant de s'affaisser dans la poussière.

Deux fellagas s'approchèrent alors du corps sans vie et lui tirèrent dans le dos à bout portant. Laïfaoui leur asséna à chacun un violent coup de crosse sur le crâne. Les deux hommes roulèrent au sol en gémissant.

– Fils de chien, vous n'avez donc aucune fierté ? Tuer un mort, c'est honteux.

Il les attrapa par la vareuse et les força à se relever :

– Allez plutôt vous faire tuer pour votre peuple !

Les deux combattants s'enfuirent vers la bataille en titubant.

En rechargeant ses armes, l'officier de l'ALN jeta un coup d'œil au corps du caporal. Il savait que l'unique chose à faire pour éviter de se faire tuer à la guerre était de ne jamais sous-estimer son ennemi. Mais il savait que même si on estimait son ennemi, il fallait le tuer.

Puis il entraîna ses hommes à l'assaut de l'ultime position des Français. Les fellagas firent du bon travail : leurs ennemis tombaient et ce sang impur abreuvait leur propre terre. Ils sentaient, chose rare, que la victoire était au bout de leurs fusils. Ce jour allait peut-être constituer le tournant de la guerre d'indépendance.

Mais le combat s'éternisa. Les Français tenaient encore bon par endroit.

Et puis, la fameuse supériorité technique des Français fit son œuvre : vers dix-huit heures, la 2e compagnie du 9e RCP – celle que l'on surnommait les *Amarantes*, emmenée par le capitaine Guéguen – investit à son tour le djebel Mouadjène. À la manière d'un véritable rouleau compresseur.

En moins d'une heure, les Français reprirent définitivement le dessus sur les fellaghas. La 4e compagnie au sud-est et la 1re compagnie au nord engagèrent également le combat. De part et d'autre, ça tuait à tout va, ça tirait dans le dos, ça achevait les blessés, ça croyait faire glorieusement la guerre.

Enfin, par manque évident de postulants, la grande faucheuse arrêta son labeur. La fureur et la haine s'apaisèrent elles aussi.

Les rescapés de la 3e compagnie relevèrent alors lentement la tête.

On vit des militaires couverts de poussière et de sang s'avancer sur le champ de bataille.

Certains tenaient leur fusil par le canon comme des massues, d'autres s'étaient battus à la pelle-bêche ou au couteau d'intendance. Ici, un jeune soldat pleurait en soutenant le corps sans vie d'un de ses compagnons, la gorge tranchée. Là, un autre se tenait debout, ses mains tremblantes devant lui, horrifié par l'enfer qu'il venait de traverser et par celui qu'il allait devoir endurer désormais.

Au milieu du djebel, le sous-lieutenant Gascogne parvint, au bout de longues minutes, à se hisser hors de son trou. Ses jambes tremblaient et ses oreilles bourdonnaient. Il conservait encore son MAC 50 dans une main, son pistolet-mitrailleur dans l'autre. Secondé par le sergent Chamouze – et derrière eux, le soldat Saint-Clair –, il rassembla cahin-caha les restes de la 3e compagnie.

Il fit face à un groupe hirsute et hébété. Des loques en uniformes déchirés, armées de pelles sanguinolentes et de fusils déchargés.

– On s'en est sortis, dit seulement Gascogne en retenant ses larmes.

Plus loin, des soldats des compagnies qui venaient de secourir la 3e restaient muets, stupéfaits par l'insoutenable spectacle de leurs compagnons d'arme qui venaient de se faire étriller.

Alors comme ça, l'armée française pouvait être mise à mal par ces bicots mal dégrossis, par ces culs-terreux à peine sortis de l'âge de pierre. Pour une nouvelle, c'était une nouvelle bien amère à avaler.

Et les survivants n'avaient pas fini d'en avoir la nausée.

Paris, 9e arrondissement, 1964

Ça lui avait fait bizarre, le retour à la vie civile.

Le retour à la vraie vie.

Bien sûr, auparavant, il avait déjà démissionné de l'armée. Mais la fin de sa carrière de sous-officier au 9e Régiment de Chasseurs Parachutistes n'avait consisté qu'en une remise de l'uniforme dans la naphtaline. Il avait conservé les armes, et la période qui s'était ouverte avait été plus meurtrière encore que les opérations de *maintien de l'ordre* sur la frontière algéro-tunisienne. À l'instar de tous ses compagnons engagés dans la lutte anti-OAS, Alain Chamouze savait pourquoi il combattait : une certaine idée de la France. Désormais, c'étaient ses frères d'arme qui lui manquaient. C'était ça, la vraie difficulté du retour à la vie civile.

Poser les armes, ça l'avait physiquement diminué. Il avait pris vingt ans en quelques mois. Le manque d'exercice peut-être, l'alcool sans aucun doute. Mais aussi la fin de l'engagement physique et de l'adrénaline qu'il procurait. Son dos s'était voûté, son ventre s'était arrondi et son visage s'était fermé. Lui qui auparavant était une véritable force de la nature, il n'était plus désormais qu'un gros personnage qui avait du mal à se déplacer sans perdre son souffle.

De retour en France, il s'était installé à Paris, dans le 9e arrondissement. En face de la place Blanche, à côté du *Moulin Rouge*. Le quartier l'avait attiré sans qu'il sache vraiment pourquoi. Il y avait appris à saluer quelques vrais gangsters, et aussi de jeunes bourgeois qui s'encanaillaient chez *les hommes* et se prenaient pour des durs. C'était un monde où existait encore un certain respect de la hiérarchie : on écoutait les vrais caïds et on faisait ce qu'ils vous disaient de faire.

Non loin de Pigalle, le terre-plein central du boulevard de Clichy – le fameux boulevard des Allongés, en référence au nombre impressionnant de types qui s'y étaient fait descendre – était devenu son lieu de promenade favori du début de soirée. Il avait aussi pris ses habitudes chez les demoiselles du haut de la rue des Martyrs où il se rendait un peu plus tard, à la tombée de la nuit. De la tendresse en échange de quelques billets. Les filles aussi lui faisaient parfois des prix d'ami : un client réglo comme lui, ça se faisait rare, reconnaissaient-elles.

Chamouze avait ses préférées. Une dame d'un certain âge d'abord, du nom de Paulette, et qui en avait arpenté du bitume parisien. Elle gouaillait qu'en additionnant les kilomètres parcourus dans sa vie de professionnelle, elle aurait pu faire plusieurs tours de la Terre.

– Et pourtant, je suis jamais sortie de Pantruche, confia-t-elle un jour à son client préféré. Mon coin, ça a toujours été entre la Cliche et Rochechouart. Quelques fois, je vais bien sur la Butte, là-bas à Montmartre. Mais en général, ça me déprime. Faut croire que j'ai le mal de l'altitude…

Il y avait aussi la petite Gigi, une rouquine mignonette qui faisait ses débuts sur le pavé parisien. Après avoir passé ses seize premières années dans un orphelinat auvergnat, elle avait d'abord été ouvreuse au Louxor. Là, elle avait fait la connaissance d'un bellâtre de la bande des Arabes – à moins que ce ne fût un ténébreux de la bande des Corses – qui lui avait promis la lune.

– Et depuis, elle ne compte plus le nombre de fois qu'elle a dû la montrer, la sienne, de lune, rigolait Paulette.

Sa petite affaire envoyée dans un meublé sordide en compagnie de Paulette ou de Gigi, il allait ensuite s'échouer à *L'Omnibus*, sis place Pigalle. De jeunes bourgeois s'y donnaient des airs de truands, lançant des regards par-dessus l'épaule comme si les flics risquaient de venir les serrer sur l'heure. Chamouze, lui, prenait souvent la même place, près de la porte d'entrée. Il voulait croire que c'était *sa* place, celle qu'on lui réservait comme à un habitué de marque.

Tout le monde savait que cette table était toujours libre parce qu'elle se trouvait dans les courants d'air.

Alors, c'était son heure : il se saoulait méthodiquement à la Menthe-Pastille.

Les serveurs l'appelaient « Môsieur » Alain. Pas parce qu'il était un affranchi, loin s'en fallait, mais parce qu'il était toujours très poli. La politesse inspirait de la tendresse au petit personnel, semblait-il.

À minuit passé, et s'il tenait encore debout, il déambulait jusqu'au *Gavroche*.

On disait que le patron de l'établissement, Jo Attia, l'avait pris en sympathie et l'autorisait à rester au comptoir à raconter le djebel Mouadjène et la maison de la rue Fabre, à El-Biar. Et puis aussi à évoquer la mémoire de tous ceux qu'il avait laissés sur le terrain, là-bas, de l'autre côté de la Méditerranée. Il répétait les noms de ses fantômes : le capitaine Beaumont qui finalement était un officier à la hauteur, Jim Al Cheik qui dirigeait les gars du MPC, Kader Mekchiche qui avait combattu dans les rangs français, et tant d'autres encore. Cette guerre qui ne dirait sans doute jamais son nom, elle lui restait sur l'estomac. Plus le temps passait, plus il en ressentait de violentes aigreurs.

Après le dernier verre du patron, Jo Attia donnait l'ordre à son personnel de faire sortir doucement l'ancien parachutiste. Chamouze se laissait faire, jamais il n'avait fait de pataquès. Parfois des larmes lui coulaient sur les joues, mais il se laissait entraîner sur le trottoir sans résister.

– À demain, Alain, lui disait Attia. Faut arrêter la bibine pour ce soir. Et après une bonne nuit, il en paraîtra nippe.

Chamouze savait que c'était dit avec gentillesse mais que cela revenait tout de même à un ordre.

Jo Attia était tout sauf un cave et on ne lui faisait jamais répéter deux fois la même phrase. De chouettes rumeurs couraient sur son compte. On racontait qu'il avait traficoté dans le marché noir pendant l'occupation mais qu'il avait aussi fait le coup de poing contre les Allemands. Apparemment, il avait été l'un des seuls à s'opposer à Henri Lafont et à sa bande de gestapistes de la rue Lauriston. Ça lui avait valu un voyage à Mauthausen. Après la guerre, il avait fait partie du *gang des Tractions Avant*. Et puis, il se disait aussi qu'en 1963, Attia avait participé à l'enlèvement d'un des chefs de l'OAS, le général Argoud, afin que celui-là fût jugé en France.

Chamouze marmonnait toujours le nom de Kader Mekchiche en s'éloignant du Gavroche, titubant dans la rue Joseph de Maistre.

– Il en a vu des pas tristes, ce gonze-là, confia un soir Attia à l'un de ses amis.

– Ça se peut mais il biberonne un peu trop quand même, avait laissé filer l'autre.

Jo s'était retourné vers lui, la gueule mauvaise :

– On ne boit jamais assez quand on sait combien la vie est dégueulasse, môme !

L'autre s'était tu, piteux.

– Mais t'es trop jeune, tu peux pas entraver ces choses-là…

De ce Kader Mekchiche, Chamouze parlait de plus en plus souvent. Parce que, plus encore que le souvenir de ses compagnons d'armes tombés en Algérie, il ne se remettait pas de l'abandon de ceux qui s'étaient rangés aux côtés de l'armée française. Dans le cas de Kader, Chamouze ne pouvait se mentir : c'était lui qui avait fini par balancer son ami algérien en échange d'une caresse à l'encolure de la part de ses chefs. Ça il ne pourrait jamais l'effacer.

C'était cette trahison qui le rongeait lentement, plus sûrement qu'un cancer. Le retour à la vie civile lui laissait le temps de tourner et retourner ce souvenir dans sa tête. Seul l'alcool parvenait à endormir la douleur.

Lorsqu'il rentrait chez lui, vers deux ou trois heures, il terminait son paquet de Caporal en sifflant une bouteille de mauvais rouge. Il disposait quelques photos un peu jaunies sur la table de la cuisine et se rappelait alors Kader.

Philippeville, juillet 1960

Ce samedi-là, le sous-lieutenant Gascogne, le sergent Chamouze et le seconde classe Saint-Clair s'étaient perdus dans la foule. Les spectateurs admiraient les formes généreuses des jeunes filles qui concouraient pour le titre de *Miss Philippeville 1960*. L'été chauffait le haut des crânes et l'anisette avait coulé à flots lors de ce dernier jour de foire commerciale.

Saint-Clair souriait bêtement, l'alcool et la vue de ces beautés en robes légères lui tournaient manifestement la tête.

Ce fut Michèle Aquilina qui remporta le titre sous les vivats du public.

– Ça a dix-huit ans, une beauté comme ça, fit Saint-Clair sans se départir de son stupide sourire. J'ai à peine trois ans de plus qu'elle…

– Et tu penses qu'une mousmé comme elle va remarquer un asticot comme toi ? grinça Chamouze.

Le sergent du 9e RCP ne cessait d'éponger la sueur qui ruisselait le long de sa nuque de taureau.

– Le lieutenant, je dis pas. Avec ses galons et ce qu'il a dans la tête, il pourrait tenter sa chance. Mais toi, mon pauvre Saint-Clair, franchement ?

L'autre haussa les épaules et continua de sourire stupidement :

– J'aurais pu être instituteur, si j'avais voulu.

– Ouaip, mais t'es qu'un biffin à c'te heure !

Sur la scène, Gaston Ghrenassia, un jeune chanteur à l'accent pied-noir gratta sur sa guitare quelques accords et entonna une chanson d'amour. Dans l'assistance, des jeunes filles hurlaient son nom. Même la nouvelle miss Philippeville semblait sous le charme.

Gascogne et ses deux compagnons reprirent leur déambulation.

Ils avaient bénéficié de quelques jours de permission et, en cette fin de juillet, ils avaient décidé d'aller les passer à Philippeville. Boire, se baigner et si possible rencontrer des femmes. De bons soldats en permission.

Ils se dirigèrent vers le bord de mer en remontant l'avenue de la République. Le temps s'écoulait lentement et autour d'eux, les gens paraissaient paisibles, la guerre semblait loin. Arrivés au pied du minaret qui surplombe l'hôtel de ville, ils aperçurent un attroupement. La foule faisait cercle autour de quelques gaillards qui arboraient le maillot des cadets de la Jeunesse athlétique de Philippeville. L'un d'eux retenait un Arabe par le col de son uniforme de l'armée française. Ses amis secouaient le prisonnier en exhortant celui qui l'avait empoigné à passer à l'action.

– Casse-lui la gueule au melon, répétait un petit jeune homme.

Le public s'amusait de cet interlude plein d'enseignements où l'on confirmait que l'homme à peau blanche l'emportait toujours sur celui à peau foncée.

– Qu'est-ce qui nous dit que tu n'es pas un terroriste infiltré dans l'armée, hein ? grognait le chef de cette petite bande de redresseurs de torts.

Deux hirondelles assistaient au spectacle en riant. On savait que des lynchages s'étaient produits, certains ayant même touché des supplétifs harkis.

– Les cons ! dit Chamouze. On fait quoi lieutenant ?

Gascogne s'était déjà frayé un chemin. Chamouze et Saint-Clair lui collaient aux basques et sans ménagement repoussaient les spectateurs.

– Que se passe-t-il, caporal ? hurla Gascogne à l'endroit du militaire basané.

L'officier reconnut le harki. À la fin du mois d'avril 1958, le caporal l'avait aidé lors d'une sordide mission de nuit.

Le caporal tenta de se mettre au garde-à-vous mais son agresseur le retenait trop fermement par le col.

– On se demandait si c'était pas un bicot du FLN, monsieur l'officier, expliqua le footballeur.

– Y nous a regardés bizarrement quand on l'a croisé tout à l'heure, confirma un de ses coéquipiers visiblement imbibé d'alcool. Comme s'il mijotait un mauvais coup, vous voyez ?

Des murmures d'assentiment montèrent de la foule.

– C'est intéressant, ça ? surjoua Gascogne.

Il repoussa cependant le footballeur, l'obligeant à lâcher son étreinte, et se retrouva devant le soldat. Chamouze et Saint-Clair se positionnèrent entre leur officier et le groupe de justiciers.

– Est-ce vrai, caporal ?

Celui-ci parvint à se mettre au garde-à-vous :

– Je ne comprends pas, lieutenant. Je me promenais simplement et…

Les deux flics écartèrent à leur tour la foule et proposèrent leur savoir-faire en matière de déliement des langues arabes :

– Vous voulez qu'on l'embarque, lieutenant ?

Gascogne se retourna vers eux, avec l'air martial d'un maréchal d'Empire sur une scène de théâtre de boulevard.

– C'est une affaire de militaires, messieurs. Je vous prie de nous laisser régler nos affaires entre militaires.

Disant cela, il savait parfaitement que les flics ressentiraient comme un affront le fait de se faire déposséder de leur autorité publique par des militaires. Depuis le début de l'insurrection du FLN et surtout depuis que l'armée assurait l'ordre, et parfois même réglait les affaires de droit commun, la police civile n'avait qu'à s'effacer. Si elle y tenait, elle pouvait servir de force d'appoint. Et ça, nombreux étaient les flics qui ne l'acceptaient pas.

Ainsi, les deux hirondelles allongèrent des gueules de six pieds de long.

– Allez, circulez, y'a rien à voir, ordonna l'un des flics à quelques badauds frustrés de ne pas avoir assisté à un lynchage en règle.

Gascogne se racla la gorge et déclara :

– Veuillez nous suivre, caporal. Vous allez devoir répondre de votre conduite.

Les footballeurs poussèrent quelques gloussements qui se voulaient des rires de satisfaction, marques du devoir accompli.

– Ces salauds de terroristes, si y croivent qu'on a peur d'eux, conclut un gardien de but à la mâchoire prognathe et à la vue basse.

Chamouze et Saint-Clair encadrèrent le caporal et suivirent Gascogne.

Au bout d'une centaine de mètres, à l'entrée du port, au milieu d'une foule dense qui profitait du beau soleil de juillet, ils stoppèrent leur imitation de marche militaire :

– Ah ! J'en ai vu des cons, mais des cons comme ça, jamais ! hurla Chamouze dans un rire gras.

Saint-Clair souffla de soulagement :

– Oh, lieutenant ! Je me disais bien que c'était pas possible. Que vous n'alliez pas les laisser faire…

Chamouze lui envoya une immense tape sur l'épaule :

– Qu'il est couillon !

Gascogne se détendit lui aussi :

– J'ai bien cru qu'on ne s'en sortirait jamais. Ce genre de type est capable de sortir un flingue pour se faire croire à son courage.

Le caporal ouvrait des grands yeux, lui aussi croyait que son sort était scellé et qu'il allait finir en prison ou, peut-être, devant une cour martiale.

– Détends-toi, caporal, lui dit Chamouze. Le lieutenant est un type réglo.

Le harki tendit la main à l'officier :

– Merci, mon lieutenant.

Gascogne la serra nonchalamment :

– J'ai jamais pu encadrer ces petits cons, sourit-il. Ils ne sont même pas capables de s'engager pour défendre *leur* terre, comme ils disent. Par contre, pour faire des conneries, ils sont toujours prêts.

Son regard se perdit quelques secondes dans la foule des badauds :

– Ils sont comme leurs parents d'ailleurs, ils en ont déjà trop fait de conneries. De toute manière, ils vont finir par payer tout ça : leur terre, comme ils disent, ils vont finir par la perdre.

Le harki eut une grimace ambiguë : le lieutenant semblait bien pessimiste. Pour ne pas dire carrément défaitiste.

Gascogne lui proposa une cigarette, puis la flamme d'une allumette.

– Je m'appelle Kader Mekchiche, fit le caporal. Vous vous souvenez de moi, mon lieutenant ?

Gascogne sourit à nouveau mais cette fois, un voile triste, presque imperceptible passa dans son regard :

– Bien sûr que je me souviens de toi : tu étais avec nous, cette nuit-là à Souk Ahras, près de la ligne Morice.

Chamouze se frappa le front du plat de la main :

– Mais c'est bien sûr ! Je me disais bien que ta trogne m'était pas inconnue.

Il riait comme un gamin de cent dix kilos.

– Hé ben, Kader, tu devrais rester avec nous aujourd'hui, conseilla-t-il. On ne te cherchera plus les noises.

– Avec plaisir, sergent.

Et les quatre militaires reprirent leur promenade, s'arrêtant parfois à la terrasse d'un café pour trinquer à la stupidité des footballeurs.

Philippeville était magnifique sous le soleil.

Les collines au-dessus de la ville avaient conservé leur vert printanier et la mer scintillait d'un bleu azur. Les gens plissaient les yeux pour se protéger de la lumière que les murs blancs des immeubles réverbéraient. Une vraie carte postale du Paradis, songea Gascogne.

Kader Mekchiche était lui aussi en permission, venu visiter sa famille pour le week-end. Laltercation avait eu lieu alors qu'il était sorti pour profiter de l'animation de la foire.

– Vous savez, je suis d'ici, je suis un Algérien, un patriote, un vrai ! Je suis persuadé que la France peut aider l'Algérie à sortir de la pauvreté. Moi, je sais lire et c'est grâce à la France. Mes enfants aussi vont à l'école.

Il parut réfléchir un instant :

– Si ça vous dit, venez manger chez moi. Ma famille sera très honorée de voir mes collègues.

– Si c'est un repas entre collègues de travail, alors… accepta Gascogne.

Chamouze laissa quelques pièces sur la table :

– C'est pour moi !

Peu après, ils pénétrèrent à la suite de Kader dans un immeuble de la rue d'Orléans. La cage d'escalier sentait l'humidité et était plongée dans une semi-obscurité.

Sur un mur du rez-de-chaussée, quelqu'un avait écrit à la peinture rouge :

الموت للخائن

Mekchiche s'arrêta devant l'inscription. À voir la grimace stupéfaite qui s'afficha sur son visage, on comprit qu'elle n'était pas là lorsqu'il était sorti de chez lui quelques heures plus tôt. La peinture était encore fraîche.

Les quatre soldats montèrent au troisième étage en silence et passèrent la porte du seul appartement du palier. L'endroit baignait dans une fraîcheur salvatrice. Dans l'entrée, deux femmes dont les cheveux étaient recouverts d'un voile noir, souriaient. La plus vieille fixait maladroitement les yeux vairons de l'officier qui se trouvait devant elle.

Elle dit quelques mots en arabe à son fils.

– Ma mère pense que vos yeux sont un signe de chance, expliqua Mekchiche, un peu gêné de ces superstitions. Pour elle, vous survivrez à toutes les épreuves. Mais à la fin, dans vos vieux jours, elle dit que vous oublierez votre vie d'avant.

– Bonjour mesdames, fit Gascogne en retirant son béret rouge.

Saint-Clair effaça son sourire de crétin et passa une main dans ses cheveux blonds.:

– *Salam alikoum*, fit-il maladroitement.

Ça faisait longtemps que ces hommes n'étaient plus rentrés dans l'intimité d'un appartement. Ils avaient oublié la quiétude que pouvait procurer une vie de famille. Ça leur chatouilla un peu les entrailles.

Au fond du couloir d'entrée, derrière les deux femmes, le salon laissait apparaître deux sofas en tissu mauve brodé de motifs brillants. Deux enfants, une fille et un garçon, scrutaient les visiteurs.

Mekchiche leur dit un mot en arabe et tous approchèrent.

– Voici ma mère, Latifa. Ma femme, Fouzia.

Il fit ensuite passer les enfants devant lui :

– Et ça, ce sont mes enfants. Mon fils, Rochdi, ça veut dire droiture. Ma fille Souhila, ça veut dire douceur.

Gascogne passait d'un pied sur l'autre, il se sentait mal à l'aise.

– Bonjour, répéta-t-il. Je suis le sous-lieutenant Louis Gascogne. (Il montra du doigt Chamouze) Voici le sergent Alain Chamouze. Et le deuxième classe Victor Saint-Clair.

Tout le monde se souriait un peu bêtement mais ça réchauffait les cœurs. Ceux endurcis des militaires et ceux indécis de cette famille dont le fils, le mari, le père avait fait le choix de la France.

– Passons au salon, proposa Kader. Nous allons d'abord boire un thé.

Il ordonna quelque chose aux femmes et elles disparurent dans une pièce qui paraissait être la cuisine. L'appartement était plongé dans une semi-obscurité, sans doute parce qu'il fallait se protéger de la chaleur. Peut-être aussi parce qu'il fallait se méfier de l'extérieur.

Le thé fut servi, immédiatement suivi d'assiettes de viande et de semoule que l'on distribua aux convives.

Fouzia Mekchiche déposa trois pots sur la table basse qui séparait les deux sofas :

– C'est l'harissa très forte, expliqua-t-elle en montrant le premier pot. Les autres sont moins fortes.

– Merci beaucoup, madame, fit Chamouze.

Les enfants vinrent s'asseoir au bout d'un des deux sofas, celui sur lequel étaient installés Saint-Clair et Chamouze. Gascogne et le caporal Mekchiche se trouvaient sur le deuxième sofa, face à la fenêtre aux stores baissés.

Ils mangèrent en silence.

Au bout d'un moment, la mère déposa quatre verres et un pichet de vin sur la table basse.

Le silence reprit jusqu'à ce que les assiettes fussent vides.

– C'était très bon, Kader, dit Gascogne. Tu féliciteras ta femme et ta mère.

– Merci, mon lieutenant.

Gascogne sortit son paquet de cigarettes, immédiatement imité par ses hommes, et en offrit une à son hôte.

Ils fumèrent, toujours en silence.

Les derniers rayons du soleil qui traversaient les persiennes faisaient briller une multitude de grains de poussière en suspension dans la pièce. Saint-Clair semblait fasciné par le spectacle.

Chamouze se resservit en vin et s'enfila son verre presque cul-sec.

Rochdi le dévisagea avec une grimace d'inquiétude. L'enfant devait avoir une dizaine d'années, un peu moins peut-être.

– Je peux te poser une question, Kader ?

Le caporal fixa l'officier et redressa son torse dans une espère de garde-à-vous de détente :

– Bien sûr, mon lieutenant.

– Qu'est-ce qui est écrit dans l'escalier de ton immeuble ?

Mekchiche tordit ses lèvres en une grimace d'inconfort évident. Peut-être réfléchit-il quelques secondes si l'inscription dévoilée pouvait lui nuire, mais il adressa un sourire à l'officier :

– *Mort au traître*, mon lieutenant.

Chamouze et Saint-Clair restèrent un instant interdits, leur cigarette coincée entre les lèvres. Tous les soldats français savaient comment les harkis étaient traités lorsqu'ils tombaient aux mains des partisans du FLN.

– Ça arrive parfois, fit Mekchiche doucement. Les gens du FLN me connaissent. Mais, bon, ça va, pas de problème : je les connais aussi.

Les soldats ne furent pas vraiment convaincus par les explications de leur hôte mais aucun ne releva. Les choses étaient parfois trop compliquées pour être dites.

Le repas et les cigarettes terminés, les militaires saluèrent les femmes qui ressortirent alors seulement de la cuisine. Gascogne tendit la main à Rochdi mais celui-ci la refusa et s'enfuit en courant dans une pièce au fond du couloir. Son père eut un tremblement de rage. Alors qu'il s'apprêtait à poursuivre son fils, Gascogne le retint par l'épaule :

– Ne sois pas dur avec lui, Kader. Il est jeune, il ne peut pas comprendre.

– Je suis désolé, mon lieutenant. J'ai beaucoup de honte.

Gascogne eut un large sourire :

– Il a raison, ton fils : les Français ne sont plus les bienvenus en Algérie.

Fouzia Mekchiche qui se tenait devant la cuisine mit sa main sur la bouche. On lisait de la peur dans son regard. Elle paraissait avoir compris depuis longtemps que les Français n'étaient pas les bienvenus dans son pays et que son mari s'était trompé en choisissant leur camp. Elle aussi se retourna et disparut dans la cuisine.

En sortant de l'appartement, Gascogne eut la certitude que ces femmes et ces enfants allaient payer le prix fort la collaboration de Kader Mekchiche. Celui-ci serait d'ailleurs sans aucun doute immédiatement liquidé s'il tombait aux mains du FLN. Mais les siens allaient souffrir plus longtemps encore. Il savait que les révolutions victorieuses abhorrent les traîtres, et peut-être plus encore leurs descendances.

Puis avec Mekchiche, ils décidèrent d'aller prendre le frais sur le port. La soirée était déjà avancée mais les rues étaient toujours animées d'une atmosphère joyeuse. Philippeville faisait encore la fête pour quelques heures.

Ils marchèrent tranquillement au bord de l'eau.

Des jeunes gens criaient et chantaient, quelques-uns avaient trop bu, c'était certain.

– Quand tout ça sera fini, tu feras quoi, Kader ? fit Gascogne après avoir lancé d'une pichenette son mégot dans la Méditerranée.

– Quoi, mon lieutenant ? Qu'est-ce qui va finir ? Rien va finir, mon lieutenant. La France elle a gagné la guerre dans les Aurès, elle a gagné la guerre à Alger, le FLN il est à genoux. Rien va finir.

L'officier avait retenu par le bras le caporal, comme il l'avait fait auparavant dans l'appartement de la rue d'Orléans quand le père humilié avait voulu corriger son fils irrévérencieux.

– Ne joue pas l'imbécile, Kader. Tu sais très bien que la France en Algérie, c'est fini. Le FLN a gagné et toi, tu as perdu. L'inscription dans ton escalier est une véritable condamnation à mort. Les types du FLN ne vont pas louper les types comme toi. Les traîtres…

Kader baissa la tête et fixa ses pieds.

– Qu'est-ce que vous voulez que je fasse, mon lieutenant ? Parfois il faut assumer ses responsabilités.

– Tu pourrais peut-être te tirer en France, coupa Chamouze.

Mekchiche le dévisagea, étonné :

– Je ne suis pas français.

– On s'en fiche, Kader ! explosa Saint-Clair. Les Français ont bien vécu en Algérie pendant cent cinquante ans, pourquoi un Algérien ne pourrait-il pas vivre en France maintenant ?

Chamouze repoussa le soldat d'une main et lui fit signe de se taire.

– Ben, quoi ? C'est pas vrai, lieutenant ? fit Saint-Clair.

Gascogne sourit et ralluma une cigarette.

– Ça dépend de toi. Si tu veux venir en France, peut-être qu'on peut t'aider. Après tout, Saint-Clair a raison : tu as plus de légitimité à venir en France que les jeunes abrutis de tout à l'heure en ont à avoir vécu aussi longtemps en Algérie.

Mekchiche sourit à son tour :

– C'est la première fois qu'un officier me parle comme ça, mon lieutenant. Je ne sais pas quoi dire.

Chamouze enfonça ses mains dans les poches de son pantalon :

– Je t'avais dit que le lieutenant était un type bien, caporal.

– Faudrait que j'en parle à Fouzia. Peut-être que pour les enfants, ça serait plus sûr, effectivement…

– C'est ça : parles-en à ta femme, fit Gascogne.

Soudain, des détonations éclatèrent au loin, dans les faubourgs de la ville.

Les militaires avaient l'oreille assez exercée pour savoir que ce n'était pas des pétards qui explosaient : une fusillade venait de faire des victimes, c'était certain. Tous se souvenaient qu'en août 1955, l'ALN avait relancé sa révolution et que des massacres avaient ensanglanté le Nord-Constantinois. Tous savaient aussi que rien n'était terminé, que la violence avait encore la main et que de tels massacres étaient toujours possibles.

– C'est vrai que la France, ça serait quand même plus sûr pour les enfants, murmura Mekchiche.

Les coups de feu avaient cessé. Il n'y aurait pas de massacre ce soir-là, à Philippeville.

Alors, les quatre hommes continuèrent leur balade nocturne. De retour dans les environs de l'hôtel de ville, trois estafettes de police traversèrent la place au milieu de laquelle trônait un kiosque. Les gens sur les trottoirs paraissaient tendus, l'ambiance débonnaire de l'après-midi avait disparu.

Chamouze demanda à un soldat en patrouille ce qu'il se tramait.

– Un gardien de la paix s'est fait abattre. Dans le nord de la ville, je crois.

Gascogne décida alors de raccompagner Kader chez lui.

– Si tu recroises les couillons de tout à l'heure, y pourrait bien t'arriver du biscuit, confirma Chamouze. Les bons citoyens sont prêts à faire acte de bravoure ce soir.

Saint-Clair tapa amicalement sur l'épaule de Mekchiche :

– Et la justice populaire, on sait où ça mène…

Chamouze lança un regard de biais au soldat : pour lui, le jeune Saint-Clair était comme le lieutenant Gascogne, un idéaliste qui s'était égaré en Algérie.

Quelques jours plus tard, Gascogne parvint à faire muter le caporal Kader Mekchiche dans les rangs de la 3e compagnie du 9e RCP.

D'une certaine manière, il avait décidé de le garder à porter de la main. Les images de l'école Sarouy dans la Casbah, trois années plus tôt, celles de la cabane du fond du camp militaire de Souk Ahras aussi, lui étaient revenues en mémoire dans l'escalier de l'immeuble de la rue d'Orléans, face à l'inscription qui promettait la mort aux traîtres.

Il se pouvait bien que le FLN emploie les mêmes méthodes que les parachutistes français.

Paris, 9e arrondissement, 1971

Chamouze vécut pendant huit ans dans le quartier.

Jo Attia était mort d'un cancer de la gorge et on ne traitait plus aussi bien *Môsieur* Alain. Il arrivait qu'un serveur trop zélé le sorte d'un troquet à grands coups de pied au cul. Dix ans d'alcoolisme forcené, ça ne vous fait pas grandir le charisme. L'alcool, ça ne conserve que les fruits, jamais les hommes, murmurait parfois Paulette qui n'avait pas bougé de la rue des Martyrs.

Depuis peu, Gigi, elle, s'était enfuie aux Pays-Bas où on disait que les *dames* françaises étaient appréciées. Là-bas, les filles des boulevards avaient droit à des avantages sociaux. Son maque, un certain Lopez (de son vrai nom Rachid Arbi), membre de la bande des Arabes, en avait piqué une crise de nerfs mémorable. Les prostituées de la rue des Martyrs avaient rigolé sous cape car Gigi leur avait envoyé une carte postale de Hollande où l'on voyait un moulin et des tulipes qui poussaient sur un polder. Elle n'avait rien inscrit au verso. Mais le message était clair : elle était bien arrivée et tout allait bien pour elle. Paulette avait souri toute la journée. Elle, elle était trop vieille pour tenter sa chance ailleurs mais ça avait regonflé son moral de putain.

À Paris, Paulette avait trouvé un petit sens à son existence en s'occupant de Chamouze. Elle passait chez lui avant d'aller au tapin et lui faisait un brin de ménage, lui déposait quelques victuailles. Parfois, lorsque l'ancien parachutiste ronflait d'une nuit trop arrosée (c'était de plus en plus souvent qu'il ne parvenait pas à se lever avant la fin de la journée), elle le bordait presque tendrement.

En 1971, malgré cette manière d'amour que lui prodiguait Paulette, Chamouze était au fond du trou. Il rabâchait des histoires à dormir debout, du temps où il crapahutait dans les Aurès et on ne savait où.

Et ce Kader Mekchiche qui revenait entre deux crises de larmes…

Rennes, 1971

Lorsqu'il remonta le boulevard de la Tour d'Auvergne, Louis Gascogne se sentit d'abord épié.

Et après quelques centaines de mètres, il se sentit carrément suivi.

Il entendit à plusieurs reprises des pas claquer sur le macadam derrière lui et se retint de se retourner. Au fond de la poche de son veston, le MAC 50 pesait de tout son poids. Il parvint à conserver un semblant de calme. Là-bas en Algérie, il avait connu des situations plus dangereuses. Alors, sur ce boulevard, il ne craignait pas grand-chose.

On était en 1971, les nervis de l'OAS étaient morts ou emprisonnés et ceux encore en liberté étaient devenus de bons pères de famille, installés à l'étranger, en Espagne pour la plupart. Quant au FLN, Gascogne n'avait pas eu de telles responsabilités dans la neutralisation des insurgés pour risquer d'être assassiné à cause de celles-ci.

Depuis l'accession à l'indépendance, les services secrets algériens avaient maintes fois fait preuve de leur efficacité. Dirigés par Kasdi Merbah, le redoutable bras droit de Boumediene, il paraissait évident qu'ils avaient réglé leur compte à de nombreux opposants au pouvoir en place à Alger. Une année auparavant, Krim Belkacem, le dirigeant du principal parti clandestin d'opposition, avait été retrouvé étranglé dans une chambre d'hôtel à Francfort.

Depuis son retour en France, Gascogne s'était convaincu qu'on pouvait, au pire, lui reprocher d'avoir laissé faire. Pourtant, parfois, lorsqu'il avait un gros coup de cafard, lorsqu'il ressortait ses épaulettes de lieutenant de leur emballage de papier kraft, il pensait qu'avoir laissé faire était impardonnable.

Que d'avoir laissé faire le condamnait déjà.

Alger, août 1957

Le port d'Alger offrait une vue imprenable sur la ville toute en arcades et en murs blancs. Les passagers des bateaux qui arrivaient avaient souvent l'impression de pénétrer dans un immense théâtre antique.

Au premier plan se dressaient les bâtiments immaculés du front de mer, les hôtels, les administrations et les immeubles de bureaux des compagnies portuaires. Sur les hauteurs, on apercevait la Casbah et ses constructions hasardeuses, les terrasses inconfortables qui chapeautaient les maisons délabrées.

Alger la Blanche paraissait être une ville qui descendait doucement et sereinement dans la mer. Une image de calme qui mentait sur la violence que, depuis plus d'une décennie, elle entretenait en son sein.

Quelques jours plus tôt, Louis Gascogne avait reçu sa barrette de sous-lieutenant. On lui avait donné l'ordre de rejoindre le reste de son régiment déjà cantonné face à la frontière tunisienne. Il avait donc embarqué sur le *Président de Cazalet* en compagnie d'une vingtaine de ses hommes.

La traversée depuis Marseille avait été lente. Sur le pont du paquebot de la Compagnie de navigation mixte (CNM), il avait eu tout le temps de se demander s'il n'avait pas fait une grosse connerie en abandonnant ses études de droit dix-huit mois auparavant. Il n'avait pas trouvé de réponse. Cependant, il sentait encore quelques picotements au ventre, cette excitation qui l'avait poussé à s'engager dans l'armée. Dans ses veines coulait un mélange de la peur du combat et de la fierté d'avoir pris en main son destin. Assez d'excitation pour croire, encore, que l'aventure s'offrait à lui.

Son année à apprendre à se battre n'avait été suivie que de six mois de préparation militaire supérieure. Les *opérations de maintien de l'ordre* en Algérie demandaient toujours plus d'hommes, et surtout des hommes pouvant en commander d'autres. Un officier instructeur lui avait dit que ce n'étaient pas les FSNA ou les Harkis qui allaient pouvoir se commander eux-mêmes ! Et puis, franchement, la valeur militaire du Français n'était-elle pas incomparable ?

Non loin de Gascogne, un sous-officier de cent dix kilos fumait cigarette après cigarette. Le sergent Chamouze, lui, en avait connu du merdier, comme il répétait aux bleus qui portaient fièrement leurs fourragères à l'épaule. Ses premières cartouches, il les avait brûlées à l'été 1944, à Saint-Amand-Montrond.

Il avait échappé de justesse à la punition qu'avaient infligée les Allemands et la Milice après l'échec du soulèvement de la sous-préfecture du Cher. Quelques semaines plus tard, il ralliait les Forces françaises libres de De Gaulle et continuait avec elles par-delà le Rhin.

Après la fin des combats en Allemagne, il avait traversé la moitié de l'hémisphère pour aller se battre dans les rizières tonkinoises. Depuis, c'était comme si la seule chose qu'il savait faire était donner la mort. Il était revenu d'Indochine (à la suite du capitaine Beaumont, le charismatique chef de la 3ᵉ compagnie) quatre ans auparavant et portait désormais sur les hommes et sur le monde un regard plein de scepticisme, le regard de celui qui a approché la mort de près, de celui qui sait que lorsque le combat fait rage, seul le hasard peut vous sauver la mise. À Dien Bien Phu, le sergent était devenu un vieux soldat, pas tant en âge qu'en expérience d'ailleurs.

En ce mois d'août 1957, il devait approcher les trente-quatre ans. On lui en donnait facilement quarante-cinq. Voir mourir des pauvres types ça fait passer le temps à grande vitesse. Et puis, en envoyer mourir aussi. Chamouze venait en effet de passer deux ans à enseigner les rudiments de la guerre de guérilla aux appelés qui partaient en Algérie. Lui qui y était pourtant né, il n'y avait jamais mis les pieds en tant que militaire. Lorsque ses supérieurs lui avaient demandé de reprendre du service sur le terrain, il n'avait pas hésité un instant. D'ailleurs, le capitaine Beaumont traversait aussi la Méditerranée pour corriger les fellagas.

Malgré ce curriculum vitae qui aurait pu le faire réfléchir sur l'intérêt d'aller risquer sa vie à l'autre bout du monde pour défendre le drapeau français, Chamouze restait persuadé de la véracité des valeurs que l'armée véhiculait. Les ordres étaient les ordres et il ne s'agissait pas de les remettre en question.

Peu de temps avant le départ, il avait été affecté à la section du lieutenant Gascogne.

– Vous êtes né ici, n'est-ce pas, sergent?

Les deux hommes étaient accoudés au bastingage du paquebot, face aux arcades du port d'Alger.

– Je suis né à El-Affroun, pas loin de Blida.

Il semblait perdu dans ses pensées:

– J'ai quitté l'Algérie vers douze ans, juste avant la deuxième. Direction Montreuil, puis Dun-sur-Auron, un bled au sud de Bourges. C'est la première fois depuis tout ce temps que je remets les pieds ici.

– Ça doit être un grand moment pour vous.

Chamouze parut dubitatif:

– On verra ça tout à l'heure, lieutenant.

Lorsqu'une heure plus tard, son paquetage à la main et son MAS 36 en bandoulière, il descendit sur le quai, il se retourna vers Gascogne:

– Des conneries tout ça, lieutenant: je ne ressens absolument rien. Rien de rien. Faut croire que je suis plus du Cher que d'ici!

Les soldats du 9e RCP suivirent leur officier.

Ils faisaient penser à une bande de jeunes types en vacances, peut-être des scouts en uniforme. Et si n'avaient été leurs armes et la situation insurrectionnelle qui régnait dans ce morceau de France, certains passants plus âgés qu'eux leur auraient sans aucun doute frictionné affectueusement le cuir chevelu en les traitant de chenapans.

Mais Gascogne et ses hommes n'étaient pas en vacances. Loin s'en fallait : c'étaient des putains de durs. Leurs chefs à l'État-major les avaient vendus au pouvoir politique comme des tueurs de terroriste, de fellaga ou de n'importe quel individu qui en voulait à la souveraineté française. Certains, comme Chamouze, avaient combattu les soldats allemands à la fin de la Seconde Guerre mondiale, parfois même ils avaient affronté des SS. Ils n'étaient alors que des résistants ou des engagés de la dernière heure au sein la 2e division blindée de Leclerc, de jeunes soldats qui faisaient dans leurs pantalons à chaque fois que ça tirait en l'air. Depuis, ils s'en étaient cognés de l'Outre-mer, de l'Indochine ou même de la Corée, et beaucoup avaient appris à tuer et à éviter de l'être.

– Sauf ton respect, sergent, mais le Viêt Minh, c'étaient des enfants de chœur par rapport à ces salauds de Chinetoques, répétait le caporal-chef Muller qui, lui, revenait de Corée.

Chamouze et lui se houspillaient sans cesse : le premier avait connu Dien Bien Phu, le second Chipyong Ni.

– En Corée, vous aviez les Amerloques pour vous talquer les fesses, riait le sergent. C'était tout confort. Nous en Indo, on était seuls pour faire le boulot.

Muller surjouait le type qui se fendait la gueule :

– En février 1951, c'est la 125e division chinoise qu'on a repoussée, nous. Et la 125e division chinoise, c'est autre chose que tes petits paysans des rizières qui savaient pas se battre !

Mais Chamouze avait trouvé la feinte. Depuis que le 9e RCP avait reçu l'ordre de s'embarquer pour l'Algérie, sa tactique était toujours la même : il laissait parler Muller tranquillement et, lorsque celui-ci disait cette phrase précise, il lui fermait son claque-merde :

– Ouaip, peut-être qu'ils savaient pas se battre mes petits paysans des rizières mais ils étaient chez eux. Et quand t'es chez toi, à un moment ou à un autre, tu finis toujours par l'emporter sur celui qui n'est pas chez lui. On a dû dégager de l'Indo, pas ?

Le regard de Muller laissait transparaître un évident malaise.

La première fois que Chamouze avait balancé sa réplique, le caporal avait bien tenté de le contrer en lui assurant qu'ils allaient voir ces mahométans incultes ce qu'ils allaient prendre dans les ratiches lorsque lui, le chef Muller, allait débarquer dans leurs bleds de merde ! Mais son argumentaire se limita très vite à ce grossier vocabulaire. Au bout de quelque temps, il avait préféré se taire, roulant des yeux en direction de son sergent. Certaines choses ne se disaient pas, nom de chien ! D'ailleurs, les soldats qui assistaient d'abord rigolards aux empoignades des deux hommes et qui parfois soutenaient le caporal, faisaient eux-mêmes la grimace. Parce que là où ils allaient, à la frontière algéro-tunisienne, les fellagas étaient bien évidemment chez eux.

Gascogne regardait son sergent bomber le torse lorsqu'il gagnait la partie. Il ne parvenait pas à savoir si Chamouze pensait ce qu'il disait. Parce que le sous-lieutenant Gascogne, lui, pensait également que le temps de la France en Algérie était compté. Pour la simple et bonne raison qu'elle n'était pas chez elle, là-bas de l'autre côté de la Méditerranée. Pourtant, lui-même s'était engagé la fleur au fusil. Il avait reçu un grade d'officier et était décidé à se battre. Se pouvait-il que l'homme fût si paradoxal ? se demandait-il parfois lorsqu'il faisait face à l'incohérence de sa conduite.

Dans les rangs, les vieux briscards regardaient d'ailleurs Gascogne avec perplexité. Par expérience, les jeunes officiers n'inspiraient pas confiance. Bien sûr, il y avait le sergent Chamouze pour leur éviter les embrouilles lorsqu'ils seraient face aux felloches. Mais le sous-lieutenant avait tout de même l'air d'un foutu gauchiste. Tous les gars l'avaient vu sourire lorsqu'à Marseille, juste avant l'embarquement, des étudiants leur avaient gueulé dessus. « Crosses en l'air, camarades ! » braillaient-ils bouffis de mépris et de haine. Le sourire de sympathie du sous-lieutenant avait d'ailleurs désamorcé l'ardeur de certains manifestants.

Le caporal Muller avait pourtant demandé à son officier s'ils devaient intervenir.

– Nous ne sommes pas des représentants de l'ordre, ici, caporal, lui avait répondu Gascogne. À Alger, les paras font la loi, ici, ce sont les agents de police qui gèrent ce genre de problème.

Muller l'avait dévisagé crânement.

– Et puis, il faut bien que jeunesse se fasse, caporal. Vous n'aviez pas une grande gueule quand vous aviez dix-huit ans ?

– À dix-huit ans, lieutenant, j'avais les ruskofs aux fesses et j'essayais de sauver ma peau dans le métro de Berlin. Ich war schon Rottenführer, mein Untersturmführer !

Quelques rires avaient fusé de la troupe. Et puis, de ses larges mains, Chamouze avait empoigné Muller par le colbac :

– Tu veux te retrouver devant une cour martiale pour insubordination, caporal ? avait-il gueulé de sa voix puissante.

Gascogne avait réfléchi un instant.

– Laissez tomber, sergent, avait-il seulement dit. Le caporal est un imbécile, il ne sait pas qu'il a perdu la guerre.

Chamouze avait relâché sa prise et lui, Muller et tous les hommes présents avaient eu la même étrange sensation, le sentiment que Gascogne ne parlait pas forcément de la Seconde Guerre mondiale.

Alors, depuis, les vieux briscards regardaient leur officier avec perplexité.

À Alger, les hommes du 9e RCP s'installèrent dans un dortoir de la caserne d'Orléans, avenue Maréchal de Bourmont, non loin de la Casbah et de Bab El-Oued. Le matin suivant, ils devaient prendre place dans un convoi de camions et rejoindre le reste de la 3e compagnie près de Souk Ahras.

Gascogne leur avait donné leur soirée de permission. Après s'être installés, la plupart n'avaient même pas mangé à la caserne, ils s'étaient vêtus de leur tenue de sortie et avaient préféré filer en ville.

Un peu plus tard, Gascogne et Chamouze avaient eux aussi traversé la Casbah jusqu'au front de mer. Puis ils avaient marché tranquillement au hasard des rues. Ils s'étaient bientôt assis en terrasse du *Coq-Hardi*, sous la grande verrière.

La nuit était tombée mais la soirée était chaude. Le centre d'Alger s'était animé de bruits et de rires. Les deux soldats avaient remarqué les jolies filles qui passaient devant eux, sur la rue Michelet. Les plus jeunes allaient plus loin, à *L'Otomatic* ou à *La Cafeteria*, les repaires des étudiants, disait-on.

En janvier précédent, ces bars avaient subi une vague d'attentats sans précédent qui avait fait quatre morts et trente-sept blessés. La foule ivre de colère avait immédiatement lynché un musulman, rue Monge. Pourtant, six mois après, il ne restait aucune trace de ces horreurs passées. On oubliait vite les souffrances à Alger, c'était la meilleure, et peut-être l'unique façon de supporter l'insoutenable.

– Vous ne devriez pas tolérer que Muller vous parle comme il vous parle parfois, dit Chamouze alors que le serveur venait de leur déposer leur rhum-soda.

Gascogne sortit son paquet de cigarettes et en proposa une au sergent. Celui-ci dégaina son briquet tempête.

– Ne vous inquiétez pas pour moi, sergent : Muller, je m'en charge. Chargez-vous de faire exécuter mes ordres et tout ira pour le mieux.

– Pour ce que j'en dis…

– Pour ce que vous en dites.

Des patrouilles de parachutistes, MAT 49 en bandoulière, remontaient la rue Michelet en se frayant un chemin entre les couples d'amoureux ou les groupes de jeunes gens un peu ivres. Leurs lentes déambulations et leurs regards concentrés pouvaient laisser penser que la guerre était lointaine. Personne ne semblait en effet se soucier des morts que l'on relevait chaque jour dans les rues de la capitale et on ne lisait aucune peur dans les yeux de la jeunesse insouciante. D'ailleurs, leurs parents, dont certains étaient assis autour de Gascogne et Chamouze, ne semblaient pas plus se préoccuper de la possibilité d'autres attentats. La bataille d'Alger était en passe d'être gagnée par Massu, Bigeard et leurs paras en tenue léopard. Et ce n'était pas cette République, quatrième du nom, quasi moribonde, qui allait les laisser tomber. Elle n'en aurait pas le temps. Car déjà, on parlait du Général comme du possible sauveur des Français d'Algérie. En cette nuit d'août, tous les espoirs étaient donc permis.

– Sur le terrain, je ne laisserai rien passer, sergent. Un emmerdeur comme Muller ne m'emmerdera pas deux fois de suite, croyez-moi.

Gascogne but une gorgée de sa boisson. Il se demanda si le sergent le considérait comme un officier à la hauteur.

– Et là aussi, je compte sur vous pour faire exécuter mes ordres.

Chamouze hocha la tête.

Des coups de feu claquèrent quelque part dans la ville.

Les passants s'arrêtèrent net, quelques consommateurs s'avancèrent sur le trottoir. Les deux voisins de Gascogne et de Chamouze bondirent eux aussi de leur siège :

– Ça vient du square Laferrière, dit l'un d'eux. Encore une attaque.

À côté de lui, un vieux bonhomme secouait la tête, sa lèvre plissée en une grimace de dégoût :

– Ces salauds de melons, faudrait quand même que Salan, il leur fasse comprendre une fois pour toutes c'est qui les maîtres…

L'autre acquiesça d'un grand rire et ils se rassirent. En silence, ils continuèrent à boire leur anisette et à manger leur khemia.

Devant le *Coq-Hardi*, des soldats de la 10e division parachutiste passèrent en courant. Gascogne se leva et héla un sous-officier :

– Que se passe-t-il, adjudant ?

Une balafre ancienne traversait le visage du parachutiste, elle passait sur son œil mais celui-ci était intact. Gascogne pensa que l'adjudant avait eu le réflexe de fermer l'œil sans quoi il serait devenu borgne et aurait été démobilisé.

– Des terroristes ont tiré sur les nôtres, devant le monument aux morts. Des troufions en perm, même pas armés ! Mais on a chopé les types alors qu'ils tentaient de s'enfuir. Ils ont été emmenés à Barberousse. Nous, on y va.

– Il y a eu des blessés ?

– Deux soldats ont été tués, je crois.

Le sous-officier salua rapidement et reprit sa course.

Gascogne rejoignit Chamouze à leur table :

– Des types du FLN ont tué deux Français apparemment. Ils se sont fait coincer et ont été emmenés à *Barberousse*. Vous savez ce que c'est, Barberousse ?

Chamouze secoua la tête, il ne connaissait pas plus Alger que son supérieur.

– Si je peux me permettre, s'invita le vieux bonhomme qui dégustait son anisette à la table à côté, c'est la prison Barberousse dont vous parlez.

Les deux militaires se tournèrent vers lui.

– À Barberousse, laissez-moi vous dire que vos copains, ils vont savoir les faire parler les bicots.

Son compagnon partit d'un grand rire :

– Tu parles ! Y paraît que parfois, le quartier est plongé dans le noir tant y z'utilisent d'électricité là-bas.

Gascogne et Chamouze ne partagèrent pas le rire de leurs voisins, manière de leur montrer qu'ils n'avaient pas torturé les bicots ensemble.

Mais les soldats qui posaient le pied sur le sol d'Algérie en avaient tous entendu parler de cet emploi de la gégène pour délier la langue des terroristes. Gascogne et Chamouze, comme les autres. Ça leur faisait vinaigre d'imaginer que l'armée française gagnait une guerre de cette manière. À ce qu'on disait, c'était pour sauver des vies. À ce qu'on disait aussi, ça n'avait rien à voir avec les méthodes que la Gestapo et la Milice employaient quinze ans auparavant, en France.

– On rentre ? proposa Gascogne.

Chamouze déposa quelques pièces sur la table et suivit son officier.

– À ce qu'on dit, ça n'a rien à voir avec les méthodes de la Gestapo ou de la Milice, laissa filer le sergent.

Lui, il avait résisté en 1944 et il avait perdu des copains, torturés à mort dans les officines de la Milice. Alors, il savait de quoi il parlait. Non, les Français donnaient quelques gifles bien sûr, peut-être des coups de poings. Mais la gégène, ça restait anecdotique, à ce qu'on disait.

– À ce qu'on dit, sergent, il n'y a pas de guerre en Algérie.

Chamouze s'était tu. Il n'appréciait guère l'ironie de Gascogne qui, toujours, faisait penser qu'il ne croyait pas en la victoire de la France. Pour un vieux soldat comme lui, c'était difficile à admettre. Et puis, en Indo, Chamouze et ses camarades en avaient secoué quelques-uns des bridés : quelques claques, peut-être des coups de poings, mais la torture était restée anecdotique, de ce qu'il se souvenait.

En silence, ils remontèrent la rue d'Isly. Des odeurs de cuisine épicée montaient des cours d'immeuble. Ils passèrent devant les bâtiments de la 10e région militaire et s'arrêtèrent bientôt devant un barrage militaire : la Casbah était bouclée.

Un capitaine de la 10e division parachutiste au sourcil grave leur fit signe d'approcher :

– Vous êtes du 9e RCP, lieutenant ? Vous êtes au courant que deux de vos gars se sont fait descendre sur le boulevard Laferrière, il y a moins d'une heure ?

Gascogne crut prendre un direct en pleine face.

– Les corps ont été ramenés à la caserne d'Orléans. Nous, on boucle la Casbah pour la nuit. Personne ne rentre et personne ne sort jusqu'à nouvel ordre.

Gascogne et Chamouze saluèrent le capitaine qui s'était déjà désintéressé d'eux au profit d'un soldat qui lui tendait le combiné de sa radio. Tels des dératés, ils partirent aussitôt en courant sur le boulevard Gambetta. À la course, Gascogne l'emportait sur Chamouze qui avait comme handicap de trop nombreuses mauvaises réceptions de sauts en parachute, une balle reçue en Indochine dans le gras des fesses et cent dix kilos de barbaque à transporter. Ce fut donc seul que le sous-lieutenant pénétra dans la caserne.

La plupart de ses hommes avaient appris la nouvelle et attendaient déjà dans la cour. Quelques éléments d'autres unités leur tenaient compagnie.

Le caporal Muller sauta sur ses pieds et salua Gascogne :

– C'est Bujaldon et Salmet, mon lieutenant. Une balle dans la tête, tués sur le coup. Ils sont à l'infirmerie.

Chamouze arriva juste à temps pour voir Gascogne s'engouffrer dans un bâtiment. Il regarda ses hommes et comprit qu'ils n'en menaient pas large, les tueurs du 9e RCP. Il suivit Gascogne et Muller.

Dans une vaste pièce, quasiment vide à l'exception d'un petit meuble à roulettes sur lequel se trouvaient divers instruments chirurgicaux, quelques gradés entouraient les corps des deux soldats. Ceux-là étaient couchés sur des brancards, leurs uniformes ensanglantés. Muller s'était arrêté à l'entrée de l'infirmerie, Chamouze le dépassa et rejoignit Gascogne et les officiers à l'intérieur.

Un colonel et deux capitaines discutaient doucement de la marche à suivre. Gascogne fixait les cadavres. Les balles avaient été tirées en plein visage afin que les corps ne puissent être exposés à la vue des frères d'armes et des familles. C'était plus qu'une exécution de la part du FLN. Et de fait, on ne distinguait plus que difficilement Bujaldon de Salmet.

– Si vous voulez voir les deux terroristes, proposa le colonel, ils sont juste à côté, à Barberousse.

Gascogne resta muet.

– Il faudrait que vous alliez voir ces salopards lieutenant, reprit un des deux capitaines d'une voix froide. Vos hommes ne comprendraient pas, sinon.

Chamouze mit un léger coup de coude à son lieutenant. Gascogne leva la tête et plissa les yeux pour ne pas laisser voir les larmes qui y sourdaient.

– Bien, mon colonel. Dites-moi seulement où se trouve la prison.

– Je vous accompagne, répondit le capitaine de la même voix monocorde.

Chamouze vit le regard que le colonel et l'autre capitaine posèrent sur Gascogne qui s'éloignait. Et ce n'étaient pas son œil marron et l'autre vert qui les avaient intrigués. Pour eux, le sous-lieutenant n'était tout simplement pas de la trempe des meneurs d'hommes. Sans doute était-ce même un idéaliste qui croyait venir rétablir la justice en Algérie.

– Caporal, vous restez avec les hommes, ordonna Gascogne qui tentait de retrouver son autorité émiettée. Faites-les rentrer dans leurs quartiers, je viendrai les voir plus tard.

– Vous pouvez les autoriser à fumer dans leur dortoir, caporal, ajouta le capitaine en passant devant le soldat.

Muller se mit au garde-à-vous et s'éclipsa.

Dans la cour, les soldats du 9e RCP observèrent le capitaine, Gascogne et Chamouze. Ils savaient que leurs chefs allaient expliquer aux ordures qui avaient assassiné leurs camarades ce qu'il en coûtait de s'en prendre à un de leurs hommes. Bien sûr, il se pouvait que le lieutenant fasse sa mijaurée. Mais on pouvait être certain que le sergent, lui, allait leur faire passer le goût du terrorisme. Il avait sa gueule des très, très mauvais jours.

Le capitaine fit signe à une demi-douzaine de parachutistes armés de pistolets-mitrailleurs de les escorter et ils sortirent par l'entrée principale. Puis ils tournèrent à gauche, sur le boulevard de Verdun.

La ville était plongée dans un silence inquiétant.

– D'autres échanges de coups de feu ont eu lieu du côté de Belcourt, près du stade, expliqua le capitaine sans fléchir la cadence de son pas de meneur d'hommes.

Lorsqu'ils s'arrêtèrent devant la prison, un adjudant (celui que Gascogne avait questionné devant le *Coq-Hardi*) dit aux deux officiers que les prisonniers avaient été emmenés à l'école Sarouy.

– On y va ! déclara le capitaine.

Ils traversèrent le boulevard de Verdun et passèrent l'un des barrages qui empêchaient l'entrée dans la Casbah.

– Qu'est-ce que c'est que cette histoire d'école, mon capitaine ? fit Gascogne qui sentait ses jambes trembler et son souffle s'agiter bizarrement.

– L'école Sarouy ? Bigeard en a fait son PC. C'est de là qu'il a mené la reconquête d'Alger. Ses gars y font encore du bon boulot. Je connais personnellement l'adjoint du capitaine, un lieutenant irréprochable, admiré par ses hommes, vous verrez.

Il jetait des coups d'œil inquiets au sommet des immeubles qui surplombaient les rues étroites.

– Pour vous dire les choses comme elles sont, Maurice a une grande idée de la France. Faire parler les terroristes, c'est son affaire.

Ils pénétrèrent dans une cour d'école où, en temps normal, on pouvait imaginer que des enfants couraient et s'amusaient. Au fond, près des sanitaires, Gascogne crut même voir un jouet, peut-être un camion en plastique bleu et jaune.

Un cri démentiel résonna alors entre les murs du bâtiment.

Le capitaine eut un léger sourire.

– C'est donnant-donnant, lieutenant, fit-il en serrant les mâchoires (on vit ses zygomatiques rouler sous la peau de ses joues). Les gars du FLN nous torturent lorsqu'ils nous font prisonniers, il est normal que nous leur rendions la pareille, non ?

Dans le couloir du rez-de-chaussée, des parachutistes fumaient tranquillement des cigarettes de troupe. Ils étaient en bras de chemise ou en marcel et rigolaient en parlant de la pluie et du beau temps. L'un d'eux avait un Sacré-Cœur tatoué sur le biceps.

Ils se mirent au garde-à-vous lorsque les officiers passèrent devant eux.

– Repos les gars, leur concéda le capitaine.

Il s'engagea dans les escaliers.

Deux soldats du 3ᵉ RCP dévalèrent les marches en sens inverse. Ils traînaient un homme au visage tuméfié et au corps recouvert de sueur, et peut-être d'urine. Le capitaine sourit à nouveau :

– On les secoue un peu. Juste un peu. Ça va jamais plus loin, croyez-moi, lieutenant. La guerre psychologique, c'est avec ça que la France ralliera la population musulmane.

Chamouze suivait les deux officiers, les yeux au sol. Il se mordait les lèvres comme s'il se préparait à des visions d'horreur.

Les soldats d'escorte échangèrent quelques mots avec leurs collègues qui maintenaient le prisonnier :

– L'a parlé, Mouloud ? demanda l'un d'eux.

– Un peu qu'il a parlé, lui répondit un des gardiens. Il a balancé tout ce qu'il savait. S'il avait pu chanter, il aurait chanté !

Ça rigola, ça se tapa sur l'épaule, puis ça reprit son travail : les gardiens descendirent au rez-de-chaussée, la troupe suivit le capitaine.

– Vos deux gars doivent être en pleine séance d'interrogatoire, expliqua celui-là à Gascogne.

Il le dévisagea :

– Vous vous sentez mal, lieutenant ?

Gascogne reprit son souffle en montant les dernières marches :

– Tout va bien, capitaine, mentit-il. Mais perdre deux hommes alors que nous sommes arrivés en Algérie il y a quelques heures seulement, c'est bouleversant. Enfin, je veux dire déstabilisant.

– Non, vous avez raison lieutenant, l'Algérie est un pays bouleversant. Mais vous allez vous y faire, croyez-moi. C'est aussi un pays magnifique et attachant. Je l'aime moi, ce pays. C'est pour ça que je ne laisserai personne y foutre le bordel !

Le capitaine posa la main sur la poignée d'une porte qui semblait donner sur une salle de classe.

– Attendez-nous là, sergent, ordonna-t-il.

Chamouze jeta un coup d'œil à Gascogne qui acquiesça d'un signe de tête. Le sergent rejoignit trois soldats qui buvaient du café et fumaient des cigarettes, assis sur un banc au fond du couloir. Ils étaient eux aussi en marcel et semblaient exténués.

– Vous m'offrez un caoua, les gars ? l'entendit demander Gascogne.

Il pénétra alors dans ce qui était en fait une salle d'interrogatoire.

Une odeur d'excrément et de sueur le saisit immédiatement à la gorge. C'était presque insoutenable.

Au milieu de la pièce (aux murs de laquelle se trouvaient encore punaisées deux peintures réalisées par des enfants), il y avait deux larges bassines de fer-blanc dans lesquelles étaient assis deux Arabes. Leurs mains et leurs pieds étaient entravés par des liens coincés sous les récipients afin qu'ils ne puissent s'extraire de l'eau. Sur leur torse, deux électrodes avaient été fichées à même la peau, elles étaient reliées par de longs fils électriques à la gégène. Un soldat arabe actionnait l'arrivée d'électricité.

Un autre Arabe, un civil celui-ci, appuyé contre le mur, cigarette coincée sur l'oreille, assistait à la scène d'un air décontracté. À ses côtés se trouvait un homme d'une taille hors du commun qui portait un Luger P08 coincé dans sa ceinture. Lui paraissait être là en observateur, on ne voyait aucun sentiment transparaître sur son visage.

Quatre soldats et un lieutenant étaient également présents. Le capitaine se dirigea vers l'officier. Ils se serrèrent la main :

– Maurice, comment vas-tu ?

– Très bien. Et ces deux-là nous ont tout déballé.

L'un des prisonniers respirait bruyamment. Il avait dû se mordre la langue car du sang coulait de sa bouche. L'autre prisonnier ne bougeait pas.

Le lieutenant entraîna les deux arrivants autour d'une table devant laquelle était assis un caporal en uniforme impeccable – il ne semblait pas avoir pris part aux réjouissances. Il écrivait des noms sur un document intitulé « l'organisation rebelle d'Alger ». L'organigramme présentait une centaine de noms des responsables FLN de la ville, Yacef Saadi en tête.

Le lieutenant indiqua fièrement du doigt l'une des divisions de la branche militaire :

– Les deux prisonniers sont les derniers membres du deuxième groupe de la Région Ouest. On les a tous arrêtés, ceux du deuxième groupe.

– C'est du beau boulot, Maurice ! déclara le capitaine. On va les avoir, ces salauds.

L'Arabe à la cigarette s'approcha du prisonnier qui ne bougeait pas. Il lui repoussa la tête en arrière (on put voir alors que son arcade sourcilière droite avait été écrasée par un violent coup) et plaqua son index et son majeur sur la carotide.

– Celui-là, il est mort, déclara-t-il sans sourciller.

Les soldats et le lieutenant se retournèrent, un peu surpris. Ils entourèrent le corps sans vie et le libérèrent de ses entraves et des électrodes.

– Fait chier ! jura le lieutenant. Babouche, tu m'arranges ça cette nuit.

– Bien, mon lieutenant, fit le civil en se dirigeant d'un pas nonchalant vers la porte.

– Et tu l'emmènes à l'extérieur d'Alger, je ne veux plus qu'on retrouve des corps dans le centre-ville d'Alger.

– Bien, mon lieutenant.

Le lieutenant et le capitaine s'approchèrent du géant au P08 coincé dans la ceinture et s'entretinrent avec lui à voix basse. Au bout de quelques minutes, l'homme fit un signe d'approbation du menton, reboutonna sa veste par-dessus son pistolet et sortit de la pièce.

Gascogne savait que des types des services secrets au passé trouble chapeautaient parfois les interrogatoires.

Le prisonnier restant fut laissé attaché. Il tremblait, un peu de vomi souillait sa poitrine et son regard trahissait une peur animale. Car bien évidemment, s'il survivait à cet énième interrogatoire, la nuit lui serait de toute manière fatale. Ça, il le savait.

– Peut-être que celui-là n'a pas tout dit, proposa le lieutenant en s'accroupissant à côté de la machine infernale. On n'a aucune info sur le groupe III…

– Il faudrait que j'aille retrouver mes hommes, capitaine, intervint Gascogne en passant la paume de sa main sur la transpiration glacée qui ruisselait sur sa nuque.

Le lieutenant et le capitaine le regardèrent comme l'avait regardé le colonel dans l'infirmerie de la caserne d'Orléans : un petit sous-lieutenant sans tripes. Possible qu'il nous emmerde même dans quelque temps, songèrent-ils.

– Allez-y, autorisa le capitaine.

Un soldat actionna la gégène, déclenchant un hurlement bestial qui fit sursauter Gascogne. Les deux officiers sourirent de la nausée qui le gagna.

Il parvint à sortir de la classe sans craquer. Mais dans le couloir, il dégueula presque sur les pieds de Chamouze. Entre deux borborygmes, il parvint à dire au sergent :

– On retourne à la caserne, voir les hommes…

L'autre le soutint et l'aida à descendre les escaliers.

– Y z'ont parlé les deux salopards ? lui demanda-t-il.

– Ils ont même chanté, sergent. Ils ont même chanté…

Rennes, 1971

En traversant le boulevard de la Tour d'Auvergne, sa main serrait la crosse de son pistolet.

Il n'y avait personne derrière lui.

À l'entrée de la rue du Papier Timbré, Louis Gascogne se plaqua contre une façade d'immeuble et attendit quelques minutes. Toujours rien.

Qu'ils fussent du FLN ou de l'OAS, les types qui lui collaient au train étaient largement entraînés pour la filature en ville. Ce n'était pas comme ça qu'il allait les semer. Selon le manuel de la parfaite petite barbouze, il s'agissait d'abord de faire « sortir les ennemis du bois ». Gascogne se mit à courir. Ses semelles claquaient sur le sol humide.

Il courut quelques centaines de mètres, traversa à nouveau le boulevard à un carrefour – une berline Peugeot de couleur sombre était arrêtée au feu vert. Il s'engagea ensuite rue du Puits Mauger. À l'entrée de la rue de Nemours, il aperçut une voiture qui roulait au pas sur le boulevard de la Liberté : une 504 de couleur sombre immatriculée à Paris. D'un pas rapide, il longea les halles et, un peu plus loin, il poussa la porte d'un hôtel.

Un réceptionniste aux yeux rougis émergea de *La Môme vert-de-gris*. Il semblait s'être endormi sur le livre.

– Il vous reste une chambre ?

Le réceptionniste fit pivoter un classeur sur le comptoir et tendit un stylo Bic :

– Inscrivez votre nom sur le registre.

L'homme pivota sur sa chaise à roulettes dans un mouvement inverse à la rotation impulsée au classeur sur le comptoir. Il décrocha une clef du tableau fixé au mur derrière lui. La plupart des clefs étaient à leur place, l'établissement semblait presque vide.

Après lui avoir refilé un pourboire et la consigne de ne transmettre aucun renseignement sur son compte à qui que ce fût, Gascogne grimpa au deuxième étage. Le mobilier de la chambre était réduit à son strict minimum : un lit, une table de nuit, une armoire et l'odeur des milliers de cigarettes qui avaient été fumées dans ces 7 m². Il jeta un coup d'œil discret par la fenêtre, la rue était toujours aussi déserte. Pas de 504 sombre en vue.

La plaque d'immatriculation de la Peugeot attestait que ses poursuivants venaient de la région parisienne. Cela ne voulait pas dire grand-chose : si des Algériens avaient atterri à Orly, ils avaient sans aucun doute emprunté une voiture de location pour venir jusqu'à Rennes, un véhicule forcément immatriculé en région parisienne.

C'était mal engagé, songea Gascogne en se couchant tout habillé sur le lit grinçant. Il n'était pas allé dormir à son bureau de l'agence Fiat Lux – comme il en avait eu l'idée juste avant de s'apercevoir qu'on le filait sur le boulevard de la Tour d'Auvergne – car c'était l'endroit où l'on viendrait le débusquer en premier. Cet hôtel était un abri pour le moins précaire mais un abri pour la nuit tout de même.

– Merde ! s'exclama-t-il soudain.

Et Sylvie ? Ses poursuivants risquaient bien d'aller la trouver…

Il se détendit en comprenant que le risque qu'ils s'en prissent à elle était très faible. D'ailleurs, ils ne savaient sans doute pas qui était Sylvie ni où elle habitait.

Il déposa le pistolet sur la table de nuit et alluma une Gitanes.

Dans l'obscurité emplie de fumée et le silence relatif, il se perdit dans ses souvenirs d'Algérie.

Et cette question qu'il repoussait sans cesse depuis son départ d'Alger, revint le tarauder : d'avoir laissé faire le rendait-il coupable ?

En fait, il y avait aussi participé. Une fois.

Souk Ahras,
frontière algéro-tunisienne, avril 1958

Le capitaine Beaumont s'était fait descendre peu avant son radio.

Les deux hommes avaient été tués par celui qui avait également abattu le caporal-chef Muller : le lieutenant Achraf Laïfaoui, chef d'une des *ferkas* de la 4e *faïlek* du FLN, celle-là même dirigée par le légendaire Latrech Youssef. L'officier de l'ALN avait été séparé de son chef alors que la 2e compagnie du 9e RCP emportait les éperons rocheux au-dessus de la côte 749, balayant les lignes des fellaghas.

Alors qu'il quittait précipitamment le djebel Mouadjène, il avait reçu des éclats de grenade. Il avait d'abord cru mourir mais avait émergé du brouillard dans lequel l'avait envoyé l'explosion. Une sale blessure au flanc l'avait pourtant cloué au sol.

Des bruits : ses doigts qui raclaient le sol caillouteux sous l'effet de la douleur.

Des odeurs : ses chairs blessées et brûlées par les éclats de grenade.

Les Français lui étaient immédiatement tombés dessus.

– C'est un chef de section, avertit un caporal harki en fouillant le blessé. Il doit savoir des choses. Faut pas le tuer tout de suite mon lieutenant, faut le faire parler avant.

Le sous-lieutenant Poinso fixa un instant le prisonnier et hocha la tête. Il ordonna qu'on ramène l'Arabe à l'arrière. Les Détachements opérationnels de protection (DOP) se chargeraient de lui.

Le harki planta alors son fusil dans les reins de Si Laïfaoui. Celui-ci leva un instant les yeux vers les contreforts du djebel : deux fusils-mitrailleurs placés en batterie dans des broussailles parvenaient encore à contenir l'assaut des parachutistes. Son cœur s'emballa : c'était Latrech Youssef en personne qui dirigeait le tir meurtrier. Il sourit de voir la panique qui traversait toujours les lignes françaises.

Alors qu'on l'entraînait en contrebas, il vit un officier français recevoir l'une des dernières balles tirées par les embusqués. C'était un beau baroud d'honneur, songea-t-il la tristesse au cœur. Car il savait aussi que son chef et ses camarades n'avaient, dès lors, plus aucune pitié à attendre de leurs adversaires.

Et de fait, il ne fallut pas une vingtaine de minutes pour que les derniers fellaghas fussent massacrés. En haut du djebel, le cadavre de Youssef gisait désormais dans les fourrés. Lui, on n'avait même pas tenu compte de son grade et on l'avait exécuté sans sommation.

Lorsqu'il arriva sur les positions arrières des Français, le harki s'approcha de son prisonnier :

– T'as vu mon lieutenant, je t'ai sauvé la vie, hein ?

L'autre lui adressa un regard plein de haine :

– Tu n'es qu'un traître. Tu mourras comme un traître.

– Dis pas ça, mon lieutenant ! Ils allaient te tuer sur place, les Français, j'te jure. Sans moi, tu étais mort, mon frère.

– Je ne suis pas ton frère, grogna Laïfaoui. Et j'aurais préféré mourir là-bas plutôt que d'avoir à écouter tes paroles. Mais, ne t'en fais pas, mes frères, les vrais, sauront bien te faire payer tôt ou tard ta conduite.

Le harki se tut. Il poussa son prisonnier du canon de son fusil et en silence, ils marchèrent jusqu'à rencontrer deux sous-officiers des DOP. Les deux hommes portaient des casquettes à longue visière et les tenues léopard de la 10e DP. Ils saisirent sans ménagement le prisonnier.

– C'est pour vous, ce fellagha-là. C'est le lieutenant Poinso qui a dit qu'il ne fallait pas le tuer. Et puis, le lieutenant Poinso, il s'est fait tuer ensuite.

L'un des deux soldats, un maréchal-des-logis, envoya un puissant coup de poing dans l'estomac d'Achraf Laïfaoui. La douleur de sa blessure au côté droit irradia tout l'abdomen.

– On va s'en charger, dit le sous-officier.

Sans un mot, le harki regarda s'éloigner son prisonnier.

Quelques coups de feu retentissaient encore de loin en loin sur le djebel.

Les deux hommes des DOP tenaient fermement Laïfaoui par les bras et lui envoyaient de temps à autre des coups de crosse de leur PM dans les côtes. Eux n'avaient pas participé aux combats. Ils étaient frais comme des gardons, prêts à interroger le terroriste, et à lui faire raconter même ce qu'il ne savait pas.

Ils croisèrent les restes de la 3e compagnie.

– C'est celui-là qu'a flingué le capitaine, mon lieutenant, dit un première classe, le bras en écharpe. Je l'ai vu.

Gascogne dévisagea le fellagha. Il tremblait encore de tous ses membres. À ses côtés, le sergent Chamouze pointa son fusil sur la poitrine du prisonnier :

– Vous nous en laissez un peu, les gars, dit-il aux deux DOP. Ce salaud-là a flingué notre capitaine et pas mal de nos gars.

– On lui fait cracher deux ou trois trucs pour le PC et on vous appelle dès qu'on a fini avec lui, promit le maréchal-des-logis. Là, on le ramène à Souk Ahras.

– Nous aussi, on va à Souk Ahras, dit Gascogne avec un regard vide d'humanité.

– On vous appelle, répéta le sous-officier des DOP. Moi, c'est Lelièvre.

Il salua, la main au front.

Un peu plus tard, alors que la nuit tombait, la 3e compagnie du 9e RCP fut embarquée dans des camions. Le convoi prit la direction du camp militaire de Souk Ahras. Les officiers avaient fait les comptes avant le départ. La journée avait été terrible : vingt-huit morts et vingt-huit blessés.

C'était comme ça que mouraient les héros.

Au petit matin, les hommes de Gascogne s'étaient écroulés sur leur lit de camp. À l'intérieur des tentes, l'air était encore frais de la nuit. Des lits étaient vides, c'étaient ceux des morts et des blessés. On les remplirait bientôt.

Gascogne, Chamouze et deux lieutenants étaient restés éveillés. Ils avaient fait un débriefing de la journée qui venait de s'écouler. Des pots de café avaient été vidés, des cigarettes fumées. Sans se le dire, les quatre hommes attendaient que les DOP viennent les chercher pour se payer le fellaga qui avait tué leur capitaine. Aucun ne savait vraiment ce qu'il entendait par *se payer le fellaga* mais ils sentaient la fureur nouer leurs tripes.

Le point avait été fait, quelques cartes d'État-major vaguement étudiées et les livres de campagne remplis de ce qui devait y être noté. Puis le silence se fit. Comme que le soleil se levait, Chamouze déboucha une bouteille de bourbon et en lapa une gorgée. Il passa la bouteille à Gascogne qui sembla hésiter un instant mais but à son tour. Il ne toussa pas, ses yeux s'embuèrent légèrement et il passa la bouteille aux autres officiers.

Le maréchal-des-logis Lelièvre finit par passer sa tête dans le battant de porte de la tente. Les quatre hommes se levèrent. Peut-être que les trois officiers titubaient un peu sous l'effet de l'alcool. Peut-être titubaient-ils à l'idée qu'ils allaient être confrontés à la violence, à la saloperie, à quelque chose qu'ils croyaient ne pas avoir à côtoyer, même à la guerre.

Au fond du camp, au-delà des appentis laissés à l'abandon, il y avait une petite grange. La petite baraque en torchis et au toit de paille n'avait jamais attiré l'attention de Gascogne auparavant.

Lelièvre poussa la porte de tôle ondulée.

Gascogne, Chamouze et les deux lieutenants se pétrifièrent.

La petite pièce était surplombée par une mezzanine en bois dont les murs étaient tapissés de photos pornographiques. Des femmes, entièrement nues écartaient leurs jambes et s'accouplaient avec des hommes, leurs têtes ayant été remplacées par les photos de différents leaders algériens, Ben Bella, Boudiaf et d'autres.

Une poulie fixée sur la rambarde de la mezzanine devait auparavant servir à hisser des bottes de paille. Achraf Laïfaoui avait été attaché par les mains et hissé dans les airs grâce à l'engin, au-dessus d'un tréteau métallique. Sa tête saignait et ses jambes étaient secouées de faibles tremblements. Son pantalon était souillé. Deux soldats tiraient sur la corde de la poulie, leurs muscles luisants de sueur et leurs visages déformés par une grimace presque joyeuse. Deux autres militaires tenaient les deux jambes du prisonnier écartées grâce à des liens fixés autour de ses chevilles.

Un capitaine jeta un coup d'œil distrait aux arrivants. Il s'adressa à Lelièvre :

– Mis à part son blaze (Si Laïfaoui) et son grade (lieutenant politico-militaire), ce fumier n'a pas desserré les mâchoires. Faut pas croire qu'on a affaire qu'à des branques, messieurs. Mais, vous savez ce que l'on dit ? C'est à la valeur de leurs ennemis qu'on juge la valeur des soldats.

Il fit un signe aux deux soldats qui maintenaient le prisonnier dans les airs. Ils lâchèrent leur prise et Laïfaoui chuta violemment, les jambes écartées, sur le tréteau métallique qui se trouvait sous lui. Il hurla comme un animal. Un cri intolérable, indescriptible qui vrilla les tympans de Gascogne et de Chamouze.

– Alors, fils de pute, tu vas nous dire où se trouvent tes petits copains ? s'emporta le capitaine.

Il leva lentement son poing au-dessus de son visage, arma son bras et envoya un direct juste sur la pommette. Le prisonnier hurla à nouveau. Sa joue pissa une giclée rouge.

– On n'aurait pas attrapé son fils ou sa femme, par hasard ?

Les soldats présents secouèrent la tête.

– Un cousin ou quelque chose comme ça ?

– C'est le seul prisonnier qu'on a ramené, précisa le maréchal-des-logis Lelièvre.

– Ah… fit le capitaine, quelque peu dépité.

Dans un coin de la grange, il y avait une gégène. Ce n'était pas un téléphone de campagne comme Gascogne en avait vu à l'école Sarouy lorsqu'il était arrivé à Alger quelques mois auparavant. C'était un appareil beaucoup plus perfectionné dont les pieds se repliaient et qui disposait d'une petite selle et d'étriers.

– Parfois quand on oblige leur fils ou leur femme à les torturer eux-mêmes, ça peut porter ses fruits, fit le capitaine en haussant les épaules.

Il s'approcha du prisonnier et cogna encore deux fois au visage. Deux bruits sourds résonnèrent, le sang coula à nouveau.

– Tu vas nous obliger à faire une corvée de bois, ce soir.

– Les électrodes n'ont rien donné, mon capitaine ? hasarda Gascogne.

Le capitaine leva les yeux vers le sous-lieutenant. On eût dit qu'il ne l'avait pas vu rentrer quelques instants plus tôt. Son regard passa en revue les deux yeux de couleurs différentes et un haussement de sourcil trahit son étonnement.

– Vous faites partie de la 3e compagnie de Beaumont ?

Les quatre hommes hochèrent la tête en même temps.

– C'est ce salaud qui l'a flingué, hein ?

Nouveau hochement de tête.

Le capitaine parut réfléchir quelques secondes. Il balança un dernier direct dans la tête sanguinolente et boursoufflée qui pendait devant lui.

– Il ne dira rien de toute façon, reprit-il. C'est un putain de dur celui-là. Une saloperie de mauvaise herbe.

Il se retourna vers les hommes du 9e RCP :

– On va le garder au frais jusqu'à ce soir. Et puis, vous en prendrez possession et vous l'emmènerez à l'extérieur de la ville. Compris ?

Les deux lieutenants eurent un léger sourire, un aberrant sourire de timidité. Gascogne et Chamouze se taisaient toujours comme s'ils n'arrivaient pas à croire qu'ils venaient de se faire refourguer une corvée de bois. Puis, presque immédiatement, ils sortirent de cette caverne des horreurs. Le soleil noircit un instant leur vision et ils marchèrent pendant quelques dizaines de mètres comme des aveugles, leur seul objectif étant de s'éloigner au plus vite de la grange.

Lorsqu'ils furent arrivés devant la tente où ils avaient passé la nuit précédente, les deux lieutenants firent valoir leur supériorité hiérarchique :

– Vous vous occuperez de ça, ce soir, lieutenant, dit à Gascogne le premier des deux lâches.

– Vous et le sergent, et un ou deux autres gars si vous voulez, continua le second, mais n'ébruitez pas l'affaire. Au 9e RCP, on ne touche pas à ce genre de choses (le lieutenant montra d'un vague signe de main le fond du camp où se trouvait la grange de torture).

Chamouze contint un petit ricanement.

– Un problème, sergent ? grogna le second lieutenant

– Aucun, mon lieutenant !

Le lieutenant fixa le sous-officier d'un regard vide :

– Ce soir, au lieu de prendre des gars de chez nous, prenez donc des supplétifs pour vous aider. Eux, au moins, ils la mettront en veilleuse.

Les deux officiers tournèrent les talons, les oreilles bouchées, les yeux fermés. Ils l'avaient dit : au 9e RCP, on n'employait pas ce genre de méthodes. Jamais auto-absolution de criminels ne fut si rapide.

– Tu parles de branques, murmura Chamouze.

Gascogne n'eut même pas l'envie de lui dire que, bordel de merde, sergent, on ne parle pas comme ça d'officiers. Même si, effectivement, ces deux connards sont des branques de première facture. Il ne prononça pas un mot mais laissa échapper un long soupir plaintif.

Rennes, 1971

Un faible bruit s'était fait entendre.

Gascogne, assoupi sur son lit, releva la tête. Quelqu'un frappait doucement à la porte.

Il saisit son arme sur la table de chevet et hésita un instant. Pourtant il n'y avait rien d'autre à faire qu'ouvrir. Sauter par la fenêtre, se barricader ou tirer sans crier gare, ça aurait pu être intéressant dans un roman policier. Dans la vraie vie, en temps de paix, c'étaient là des choses qui ne se faisaient pas.

– Oui ? fit-il en se collant contre le mur, juste à côté de la porte.

– Lieutenant ? C'est Lemarchand. Je suis avec Bitterlin.

Ces noms lui provoquèrent un violent coup de nostalgie. Ça remontait à dix ans au moins : il n'avait plus revu Lemarchand depuis sa fuite vers Rennes, sa plongée dans l'anonymat de la province.

À l'automne 1961, grâce à l'appui de gaullistes de premier plan, Pierre Lemarchand et Lucien Bitterlin fondèrent le Mouvement pour la coopération. Le MPC devait affronter l'OAS, officiellement récolter des renseignements et les transmettre aux autorités de police, officieusement rendre coup pour coup. Car en Algérie et en France, les hommes de Salan et les jusqu'au-boutistes des commandos Delta commandés par l'ex-lieutenant Degueldre répandaient la terreur.

Pour Lemarchand, Bitterlin et quelques autres, depuis le début, la ligne gaulliste était la bonne à suivre – même si jusqu'à l'année 1960, cette ligne était restée floue. Alors, lorsque l'entourage du Général les exhorta au combat contre les fanatiques de l'Algérie française, ils répondirent immédiatement présents. Parmi eux se trouvait aussi Dominique Ponchardier, un écrivain de romans policiers, accessoirement patron du service d'ordre du RPF. Ça avait fait sourire quelques donneurs d'ordres à Paris et, puisque dans ces romans les agents secrets s'appelaient les « barbouzes », petit à petit on affubla de ce nom les hommes qui faisaient le coup de feu contre l'OAS. Gascogne, Chamouze et Saint-Clair devinrent eux aussi des barbouzes.

Lemarchand cogna à nouveau à la porte :

– Louis ? Je parie que tu pointes vers nous ton MAC 50. Fais pas de conneries : les balles perdues ne le sont pas toujours pour tout le monde.

Gascogne tourna le verrou et dégagea le passage.

Les deux ex-chefs du MPC portaient les années qui s'étaient écoulées sur leurs visages pourtant souriants. Ils n'étaient plus bronzés comme avant et leur front s'était dégarni. Ils avaient pris du ventre aussi.

De temps en temps, Gascogne lisait leurs noms dans la presse. Quelques années auparavant Lemarchand avait accompli un mandat de député et, en tant qu'avocat, il défendait encore quelques grands noms devant les tribunaux français. Quant à Bitterlin, il était devenu un militant pro-arabe et dirigeait un mensuel qui faisait référence au sein des défenseurs de la cause palestinienne.

On les disait encore dans l'ombre du pouvoir, proches de certains ministres et conseillers présidentiels, toujours serviteurs infatigables de la République gaullienne. Comment se faisait-il qu'ils n'avaient pas eu à disparaître, se demanda Gascogne en voyant les deux hommes dans le couloir. Peut-être parce que, justement, eux, ils avaient su rester dans l'ombre du pouvoir.

– Comment m'avez-vous retrouvé ? bafouilla Gascogne en cachant son pistolet derrière son dos.

Il laissa ses visiteurs du soir pénétrer dans la chambre.

– Quand on veut retrouver quelqu'un, on le retrouve toujours, affirma Bitterlin. Et puis, tu payes des impôts, ton nom est dans le bottin, tu n'es pas vraiment un clandestin.

– On est d'abord passés à ton agence, expliqua Lemarchand avec un sourire qui attestait d'une idée saugrenue. Au fait, *Fiat Lux*, c'est très drôle. Sûr que Ponchardier a dû se marrer s'il est au courant !

– Le *Gorille* est haut-commissaire à Djibouti, précisa Bitterlin en rentrant à son tour. Tu penses bien qu'il n'en a plus rien à cirer des clins d'œil romanesques de Louis.

– Possible, Lucien, possible. (Lemarchand envoya une tape amicale sur l'épaule de Gascogne) Et puis on est passés chez toi, enfin à l'adresse que tu donnes aux impôts, chez une certaine Sylvie Vercors. Mais en arrivant en bas de l'immeuble, on t'a vu sortir. Enfin, Lucien a cru te voir parce que moi je n'en étais vraiment pas certain. Tu as changé, toi aussi, Louis.

– Moi, je t'ai reconnu à ta démarche, dit Bitterlin.

À Alger, Lucien Bitterlin avait été chargé de recruter des troupes fraîches. Il avait failli laisser sa peau à plusieurs reprises mais avait échappé à des attentats qui avaient coûté la vie à nombre de ses amis. Gascogne savait qu'il était resté là-bas après avoir renvoyé sa femme à Paris, libre ainsi de risquer sa vie. La lutte contre l'OAS avait été sa priorité jusqu'à ce qu'on lui ordonne en haut-lieu de mettre un terme à son organisation.

Lemarchand quant à lui avait été la courroie de transmission entre la France et le MPC d'Algérie. Lui aussi lutta jusqu'à la fin contre l'OAS.

– À un moment, on t'a rattrapé sur le boulevard et tu es parti en courant. T'as le diable aux fesses ou quoi ?

– Non, juste deux types dans une 504, au milieu de la nuit, répondit Gascogne en refermant la porte. Ce n'est pas forcément plus rassurant. Et comment vous êtes arrivés jusqu'ici ?

– Il n'y avait qu'un hôtel dans la rue.

– Le loufiat en bas, il vous a craché le morceau ?

Lemarchand lâcha un grand rire et envoya une autre tape sur l'épaule de Gascogne :

– Je parie que tu lui as graissé la patte pour qu'il la mette en veilleuse. Ben, nous aussi, on lui a lâché le billet. On dirait qu'il a vite oublié son contrat avec toi. Il n'a pas perdu sa soirée, le copain !

Gascogne haussa les épaules et sourit à son tour.

Bitterlin rigolait aussi, silencieusement, ses yeux pétillaient. Il s'assit sur le lit et, par la fenêtre, jeta un coup d'œil dans la rue.

– On n'est pas ici pour s'en payer une bonne tranche entre anciens combattants, reprit Lemarchand. Et ce qu'on va te dire, c'est du sérieux.

Bitterlin, toujours silencieux, hocha la tête.

Lemarchand dégaina un paquet de cigarettes et en proposa à la ronde. Les trois anciens membres du MPC s'accordèrent le temps de tirer quelques taffes dans le silence de la nuit.

– Chamouze s'est fait descendre la semaine dernière, balança Lemarchand presque nonchalamment comme si tous ses anciens compagnons savaient que le sergent filait un mauvais coton.

Gascogne fit apparaître le pistolet qu'il cachait derrière son dos depuis l'entrée des deux hommes et le rangea dans son veston posé sur une chaise.

– Hé ben ! La confiance règne on dirait, siffla Bitterlin.

– Chamouze s'est fait descendre, continua Lemarchand. À côté de son corps, on a trouvé un papier sur lequel il y avait écrit *Tortionnaire de Français*. Alors, nous, on fait la tournée des popotes, histoire de s'assurer que tous les gars vont bien.

Gascogne regarda son ancien chef :

– Qui a tué Alain ?

– Va savoir. Les services secrets algériens ? L'OAS ? On s'est posé la question : par *Tortionnaire de Français*, il faut comprendre « qui a torturé des Français » ou alors « des Français qui ont torturé » ? La première hypothèse nous mènerait vers des types de l'OAS. La seconde hypothèse vers des anciens du FLN, ou peut-être les services secrets algériens.

– L'OAS me paraît plus plausible, déclara Bitterlin en jetant un nouveau coup d'œil appuyé par la fenêtre. Les quelques mois que vous avez passés là-bas vous ont marqués au fer rouge. Ces tarés n'oublient jamais.

Alger, décembre 1961

Au 8 rue Fabre, sur les hauteurs d'El-Biar, au nord d'Alger, se trouvait une élégante villa de style mauresque. Une grande bâtisse à un étage, avec un toit plat en terrasse et un immense jardin qui l'entourait.

Au fond de cette petite ruelle discrète, la villa Andréa était en réalité le lieu où se reposaient les hommes de Lemarchand et de Bitterlin. Depuis novembre 1961, leur mission était d'empêcher que l'OAS fasse capoter l'indépendance de l'Algérie que finalisaient les responsables gaullistes et la direction du FLN/GPRA. Il s'agissait de dire aux Algériens et aux Français que l'OAS n'était plus seule à utiliser la force.

Le rôle des barbouzes du MPC était également de s'assurer que l'organisation de Salan n'affecte en rien la reprise en main, en France, des affaires par le général de Gaulle.

Gascogne avait démissionné de l'armée quelques mois auparavant. On l'avait dénoncé après qu'il avait tenté d'offrir à Kader Mekchiche un asile en France.

Lorsqu'il avait su que son ami harki avait été expulsé vers l'Algérie, qu'à son arrivée, il avait disparu sans laisser de trace et que sa famille dut abandonner son domicile de Philippeville pour se cacher, il en avait eu son compte des compromissions dans lesquelles l'armée française se vautrait. En Algérie, les saloperies auxquelles il avait participé l'empêchaient parfois de trouver le sommeil jusqu'au petit matin. L'arrestation des harkis à Redon avait été la goutte qui avait fait déborder le pot de chambre de son engagement sous les drapeaux.

Ses supérieurs lui avaient proposé de passer l'éponge sur sa participation à l'exfiltration du harki. Gascogne avait refusé, on lui avait alors proposé de quitter l'armée sans retraite. Il avait accepté.

Lorsque Pierre Lemarchand l'avait contacté (par l'intermédiaire d'un professeur de judo, un certain Jim Alcheik, dont Gascogne avait fréquenté les cours lorsqu'il était étudiant), il n'avait pas réfléchi longtemps avant de rejoindre le MPC. D'abord parce que l'action l'empêchait de culpabiliser. Et puis, peut-être aussi pour tenter une dernière fois d'aider Mekchiche.

Mais la trace du harki et de sa famille s'était évaporée dès leur arrivée sur le port d'Alger. Gascogne savait ce que cela voulait dire: les services spéciaux du

FLN, issus de la frange dure de l'ALN, s'occupaient en toute discrétion des traîtres et des collaborateurs. Et cela dès avant la fin de la guerre. Chaque matin, des cadavres d'anciens supplétifs de l'armée française étaient découverts sur les plages ou dans les terrains vagues.

La guerre n'était pas terminée non plus pour les sbires de l'ex-général Raoul Salan devenu le chef incontesté de l'Organisation de l'armée secrète. Leur stratégie se résumait d'ailleurs à ensanglanter l'Algérie et la France afin que l'indépendance annoncée explose à la face des gaullistes et des sympathisants à la cause FLN, pieds-noirs modérés et silencieux compris.

Une fois engagé dans le MPC, Gascogne contacta Chamouze et Saint-Clair, et leur proposa de le rejoindre. Ils acceptèrent : Chamouze démissionna à son tour de l'armée car désormais, il était passablement aigri de ne pas avoir récolté les lauriers auxquels il aspirait ; Saint-Clair, lui, végétait à Alger depuis la fin de son engagement. À la fin du mois de novembre 1961, les trois hommes s'installèrent à la villa d'El-Biar.

Presque immédiatement, ils se lancèrent dans la bagarre – une manière de fuite en avant. Avec Jim Alcheik et quelques autres, ils mirent d'abord en place une campagne de *contre-plasticage* visant des établissements notoirement connus pour accueillir des réunions de l'OAS.

Dans la nuit du 20 au 21 novembre 1961, sept bars et restaurants du centre-ville d'Alger sautèrent. Au petit matin, Gascogne, Chamouze et Saint-Clair embarquèrent dans une Peugeot 404 beige (immatriculée 373 KE 9A) afin de faire une tournée d'inspection. Garés le long du trottoir de la rue Michelet, ils observaient la verrière détruite du *Coq-Hardi.*

– C'est une drôle de boucle qui se boucle, remarqua Chamouze en tirant sur une Gitanes maïs.

Au volant, Gascogne se taisait, perdu dans des pensées noires.

– Pourquoi la boucle est bouclée ? fit Saint-Clair, assis sur la banquette arrière.

– Avec Louis, quand on a débarqué à Alger en 1957, le premier soir, on est venus boire des verres, juste sous cette verrière. C'était notre première soirée à Alger. Tu te souviens, Louis ?

Depuis qu'ils avaient quitté l'armée, les trois hommes se tutoyaient. Ça s'était fait naturellement comme si le vouvoiement avait marqué un temps révolu désormais, celui de l'uniforme.

– Bien sûr. C'est aussi le soir où Bujaldon et Salmet se sont fait descendre.

La nuit avait été une réussite pour le MPC. Les commerçants touchés s'en étaient pris ouvertement à l'OAS, les accusant d'être à l'origine des plasticages. Dans la matinée, les félicitations de Paris arrivèrent au QG d'El-Biar.

La récolte de renseignements était cependant le travail qui occupait le plus les barbouzes. Des indicateurs monnayaient les informations qu'ils glanaient parfois au péril de leur vie, et les refilaient à Alcheik et à ses hommes. Des actions beaucoup moins légales, telles que les enlèvements d'Algérois sympathisants de l'OAS, permettaient également de localiser certains ennemis. En général, on interrogeait les suspects dans les caves des trois maisons que le MPC louait à Alger.

À la fin du mois de décembre, alors que les hommes du MPC se reposaient à l'arrière de la villa Andréa, face au jardin, Saint-Clair se prit la tête à deux mains. Il était accoudé à une table en fer gris presque aussi gris que le ciel bas.

– T'as un problème, Victor ? demanda Chamouze qui, assis dans un transat, sirotait un verre de vin de l'Oranais.

À travers ses mains, le jeune homme regardait le jardin. Près du mur d'enceinte, des trous étaient creusés. Les habitants de la villa savaient tous qu'il s'agissait des tombes qui recevraient les corps des ennemis morts lors de séances d'interrogatoire. Certaines étaient déjà rebouchées. Pour Saint-Clair, fils d'une classe moyenne éduquée, qui, lui-même, avait fait l'École normale avant de s'engager dans l'armée, ces tombes étaient la preuve de sa participation à l'innommable.

– Qu'est-ce qui nous différencie des gars de la 10e DP lors de la bataille d'Alger ? Je veux dire, on est comme les gars qui torturaient les combattants du FLN ?

Chamouze se redressa dans sa chaise, il fronçait les sourcils :

– Tu penses trop, p'tit. Tu vas te faire du mauvais sang. On se bat contre des ordures qui assassinent des civils. Au hasard, qu'ils assassinent des civils, les Delta !

Il se planta devant son camarade :

– Ces types sont des assassins. Et puis, nous aussi on paye le prix lourd. Tu veux que je te rafraîchisse la mémoire ? Il y a cinq jours, ils ont flingué Bovis à Orléanville. Ils ont même plastiqué la voiture de Le Tac.

– Mais quand même, ces méthodes…

Chamouze attrapa Saint-Clair par le col de sa chemisette et le mit sur pied, sans violence, un peu comme un père relève son fils désespéré :

– C'est pas la même chose que pendant la bataille à Alger. Fais-moi confiance ! Ce sont des tueurs, des assassins d'innocents.

Il jeta un œil par-dessus son épaule :

– Hein, Louis, que c'est pas la même chose ?

Gascogne ne pouvait pas parler. Comme s'il venait de comprendre à quoi servaient les trous au fond du jardin. Ses deux compagnons restaient en suspens, attendant que leur ancien lieutenant déclare que franchement non ! les barbouzes n'étaient pas comme ces porcs de l'école Sarouy.

Et puis, Jim Alcheik apparut sur la terrasse, le sourire aux lèvres. En toutes circonstances, il émanait de lui un calme olympien. Un calme japonais aurait été un terme plus approprié.

Avec ses *Vietnamiens*, il vivait alors rue Faidherbe, près du Palais d'été à Alger. C'était là qu'on avait installé le PC central du MPC.

– On a repéré des Deltas du côté de Bab El-Oued. Il se peut que Degueldre soit parmi eux. On met en place une mission de neutralisation, les gars.

Les trois hommes suivirent le judoka jusqu'à la rue Faidherbe et abandonnèrent leurs états d'âme. Là-bas, les hommes présents à la villa Dar Likoula croyaient encore en la victoire prochaine de leur cause. Des plaisanteries fusaient, des menaces à l'encontre de la femme de Salan faisaient rire l'assistance. Certaines barbouzes n'avaient plus vraiment le sens des réalités.

Pourtant, à Alger, l'OAS avait habilement fait courir la rumeur que les *Vietnamiens* du MPC infligeaient des séances de tortures exotiques à des civils seulement soupçonnés de sympathie pour l'Algérie française. Pour beaucoup de pieds-noirs, le MPC n'était qu'un FLN déguisé. Des inscriptions sur les murs annonçaient : *MPC, Melons pourris de contrebande.*

Avec les commandos Delta, l'OAS, elle, disposait d'une force de frappe terrible. On disait que des gens très peu recommandables avaient rejoint ses rangs. Il se pouvait même que l'Obersturmbannführer SS Otto Skorzeny – celui-là même qui avait délivré Mussolini en 1943 de sa résidence surveillée au sommet du Gran Sasso – devenu un spécialiste des coups tordus de l'après-guerre, avait rallié l'Organisation de Salan. C'était peut-être une rumeur infondée. Mais les durs des commandos n'avaient plus besoin de consolider leur réputation de tueurs sans pitié, désormais elle les précédait en tout lieu.

Avenue du Frais Vallon, non loin de l'École d'apprentissage de bijouterie, les gars du MPC ne trouvèrent pas le chef des commandos Delta, Roger Degueldre, comme ils l'espéraient. Il n'y avait que deux jeunes hommes, petites frappes d'à peine dix-huit ans qui semblaient, certes, fascinées par l'OAS mais qui n'en étaient même pas membres. Cependant, dans leur appartement, ils disposaient d'un pistolet-mitrailleur MAT 49 et d'un pistolet Walther P38. Ils déclarèrent compter s'en servir contre les *ennemis de l'Algérie française*.

– Petits cons ! leur rétorqua Jim Alcheik. Est-ce que vous savez où vous allez mettre les pieds ?

– Peut-être pas mais nous on sait où on veut les garder nos pieds, aboya l'un des prisonniers. Et c'est dans une Algérie française qu'on veut les garder !

Alcheik et ses hommes en étaient restés muets.

– Alors, on va vous montrer ce que c'est que la guerre ! déclara le chef du MPC.

Il fit un rapide signe de la tête à Bui-Thé et Petit-Chapeau. Les Viets entreprirent de molester les deux jeunes types, histoire de leur faire passer le goût de la lutte armée. Pendant quelques minutes, ce fut un tabassage en règle, un peu de sang coula d'un nez et d'une arcade sourcilière, rien de bien dangereux. Lorsqu'un des deux individus commença à supplier qu'on les laisse vivre et que l'autre jura qu'on ne les y reprendrait plus, Alcheik s'avança pour arrêter ses hommes. Mais il se décida une seconde trop tard : un *atemi* fulgurant toucha l'un des deux prisonniers qui s'écroula raide mort.

Les gars du MPC, médusés, se regardèrent un instant sans trop savoir que faire. Puis, leur chef fit des grands mouvements de bras et tous prirent alors la fuite comme un seul homme.

Ce fut la débandade.

Jim Alcheik et ses hommes rentrèrent à la villa rue Faidherbe, Gascogne et les siens, rue Fabre. On abandonna l'autre prisonnier attaché sur sa chaise au fond de l'appartement. Deux jours plus tard, il devint un membre actif de l'OAS.

La Simca Aronde (immatriculée 363 FA 9A) qui remontait le boulevard Malakoff transportait Gascogne, Chamouze et Saint-Clair, et un silence plus lourd que les trois hommes réunis.

– Et ça aussi, c'est différent de ce que faisaient les paras en 57 ? demanda Saint-Clair, les yeux perdus dans le vague.

Chamouze haussa les sourcils.

– Ta gueule, Saint-Clair ! ordonna Gascogne derrière le volant.

Dans une courbe, les roues de la Simca crissèrent.

– Tu nous les brises avec tes questions stupides ! Tu veux qu'on te dise qu'on est désolés ? Tu veux qu'on arrête immédiatement de se battre contre l'OAS et qu'on retourne en France ? Mets-toi dans la tête que ce n'est plus possible.

Gascogne accéléra encore, pressé de s'éloigner du lieu du crime.

Le ciel s'était dégagé et un pâle soleil réchauffait faiblement Alger.

La Simca traversa la place Jean Mermoz, des chevaux de frise protégeaient les entrées des bâtiments officiels. Des tramways se croisaient en faisant sonner leur cloche d'alerte. Dans les allées du Jardin Marengo, sous les palmiers, des promeneurs jouissaient du temps exceptionnellement doux pour la saison. C'étaient uniquement des Européens qui ne craignaient pas que l'OAS les prenne pour cibles.

Plus loin, sur les marches du vaste escalier qui menait au lycée Bugeaud, de jeunes gens rigolaient bruyamment. Chamouze vit scintiller une bouteille, une vision presque subliminale qui lui mit l'eau à la bouche. Cette virée dramatique à Bab El-Oued lui avait donné soif.

Devant l'ancien quartier général de la Marine, deux jeeps militaires étaient garées. Quelques bidasses, qui attendaient certainement la quille, montaient mollement la garde sans plus croire en quelque mission civilisatrice de la France. Ils gardaient cependant la main sur leurs pistolets-mitrailleurs. Au cas où.

Saint-Clair se dit qu'on ne voyait pas beaucoup d'Arabes dans les rues de la plus grande ville algérienne.

– Tu penses peut-être qu'il y a des guerres dégueulasses et des guerres justes ? reprit Gascogne en jetant des coups d'œil au jeune homme dans le rétroviseur intérieur. Selon toi, en 1957, les types de Bigeard avaient les mains sales, ils menaient une guerre dégueulasse, hein ? Et parce que nous, qui nous considérons comme justes, on mène une guerre, que l'on considère comme juste aussi, contre ces salauds de l'OAS, il faudrait qu'on garde les mains propres ? Moi je te le dis, Victor, si tu fais la guerre, ne t'attends pas à faire une guerre propre. Ça n'existe pas les guerres propres.

Chamouze s'enfonça dans son siège. Il baissa un peu la vitre et alluma une cigarette alors que la voiture remontait l'avenue Maréchal de Bourmont, en direction d'El Biar.

Saint-Clair secouait la tête en fixant Gascogne dans les yeux par le reflet du rétroviseur :

– Quel âge il avait, le gars qui est mort ? Dix-sept, dix-huit ans ? Moi, je ne tue pas des gamins parce qu'on les soupçonne de vouloir passer à l'ennemi. D'ailleurs, je ne veux plus tuer personne. J'en ai marre ! Vous me faites tous chier ! L'Algérie et ses morts me font chier !

Il ajouta quand même :

– Hé oui, il y a des guerres justes. Alain, dis-lui qu'il y a des guerres justes. La Résistance, c'était pas une guerre juste peut-être ?

Chamouze n'avait pas fait d'études comme ses deux compagnons et la perspective d'un débat sur la justesse des guerres, l'inquiétait bien plus que l'apparition d'un commando armé de l'OAS. Il ouvrit un peu plus la vitre.

– Faudrait peut-être que tu rentres en France, Victor, reprit Gascogne.

Le ton de sa voix était doux.

– Quelques jours de vacances pour souffler un peu. Et peut-être reprendre l'enseignement. C'est ton truc, ça l'enseignement, hein ?

Saint-Clair essaya de croiser à nouveau le regard de Gascogne dans le rétroviseur intérieur :

– Oui, c'est mon truc l'enseignement…

Chamouze passa son bras par-dessus le dossier de son siège et lui tapota amicalement le genou :

– Tu nous manqueras mais faut bien que quelqu'un leur apprenne des choses intelligentes aux gamins. À l'école, j'ai l'impression qu'on leur raconte que des chars !

Le reste du trajet se fit sans un mot.

Quelques jours après le meurtre de la rue du Frais-Vallon, Saint-Clair avait décidé de quitter Alger pour ne jamais y remettre les pieds.

Sur le quai, Gascogne et Chamouze l'avaient accompagné.

– Salut, p'tit, lui avait dit Gascogne. Et fais gaffe à toi. On se reverra dans quelque temps à Paris.

Avant d'emprunter la passerelle qui menait au paquebot dans lequel s'entassaient déjà des familles françaises, quelque peu apeurées, Saint-Clair avait dévisagé ses amis :

– Pourquoi vous ne venez pas avec moi ? On a tout fait pour que les choses se passent bien. Maintenant, ce n'est plus notre affaire.

Chamouze avait haussé crânement les épaules :

– Avant, moi et Louis, on va faire sa fête à Degueldre !

Saint-Clair avait souri tristement et était monté sur le pont du bateau, au milieu des pieds-noirs éplorés.

Une très vieille femme qui s'agrippait à un adolescent s'était alors retournée vers la terre qu'elle quittait à jamais. Gascogne avait eu l'impression qu'elle le regardait et dans ses yeux noirs et tristes, il avait cru voir qu'elle lui faisait porter la responsabilité de sa fuite.

– On la connaît, cette vieille ? avait-il demandé à Chamouze qui secouait comme un imbécile son énorme main dans un signe d'adieu pataud.

– Qui ça ?

Mais la vieille femme avait déjà disparu dans la foule des réfugiés.

Et Gascogne s'était dit qu'elle aussi devait penser que ses yeux vairons étaient signe de chance ou de malchance.

Ou de rien du tout.

Paris, 9e arrondissement, 1971

Ce soir-là, Alain Chamouze n'avait pas plus picolé que d'habitude : quelques anisettes au comptoir d'un bar en bas de chez lui, pour se désaltérer alors qu'il se souvenait de sa chère Algérie. Mais peut-être que la bouteille de vin terminée plus tôt dans l'après-midi s'était éventée et que ça lui donnait des vaps à présent. Et puis, il se souvenait d'avoir lu quelque part que tout le monde disposait de plusieurs sosies exacts. L'article s'intitulait « Les mystères de la génétique » et Chamouze se fit la remarque que les pisse-copies étaient vraiment payés à rien foutre pour trouver des titres aussi tartes.

Tout de même, lorsqu'il avait remonté le boulevard des Allongés dans l'idée de saluer sa chère Paulette et les filles, il avait croisé le regard d'un jeune Arabe, engoncé dans une canadienne marron élimée. Les années qui passaient et la bibine n'aidaient pas l'ancien para à conserver une vue de lynx. D'abord, il s'était dit que c'était sans doute un des souteneurs de la bande des Arabes qui surveillait l'une de ses filles, une effrontée qui faisait des siennes. Mais l'homme ne s'intéressait pas aux arpenteuses de bitume.

Lorsqu'ils furent tous les deux à une dizaine de mètres l'un de l'autre, Chamouze crut que son cœur allait lâcher : le type appuyé contre le mur n'était autre que Kader Mekchiche.

Il fut alors la proie de deux sentiments pour le moins opposés : la joie et la peur.

La joie immense de revoir son ami le harki, de le savoir vivant.

La peur immense de faire face à un fantôme.

Presque immédiatement, la peur l'emporta définitivement sur la joie : Chamouze se souvint que c'était, lui, le responsable de l'état de fantôme de Kader. La présence de celui-ci n'était donc pas bon signe. Il s'engouffra dans la bouche de métro Pigalle et prit la première rame qui partait.

Il tremblait comme une chiffe molle quand les portes du wagon se refermèrent. Au milieu des badauds, il aperçut le harki sur le quai de la station.

– Kader, ça peut pas être toi, lâcha-t-il en gémissant.

Un couple de personnes âgées le dévisagea :

– Encore un dingo, murmura l'homme.

– Il y en a de plus en plus, on dirait, répondit la femme.

– La faute à la télévision et au rock and roll, expertisa le mari d'un œil sévère.

Chamouze descendit deux stations plus loin, place de Clichy. Il remonta à la surface. Le fantôme de Kader ne pouvait pas être déjà là. Encore que, avec les fantômes, faut se méfier de leurs putains de pouvoirs surnaturels, se dit Chamouze en prenant la rue de Douai pour rattraper au plus vite la rue Blanche.

Il marchait d'un pas rapide, l'œil aux aguets. Il n'aurait pas craché sur un petit verre ou deux, ou douze, afin de se maintenir l'esprit vif. Lorsqu'il avisa un petit troquet non loin de l'immeuble qu'il habitait, il vit que le cinéma qui jouxtait le débit de boisson projetait *Avoir vingt ans dans les Aurès*. Ce fut là encore un signe qui ne l'inspira guère, mais comme il décidait de rejoindre son deux-pièces, il vit au bout de la rue la silhouette de Kader qui avançait. Il se blottit dans le renfoncement d'une porte cochère et observa discrètement.

– Nom de Dieu, geignit-il. Ça peut pas être toi, Kader…

Pourtant, la taille et la démarche étaient les mêmes. Et bientôt, il reconnut les traits doux du harki, ses cheveux noirs bouclés et ses épais sourcils. Ses yeux, cependant, étaient devenus durs, presque cruels. Depuis la dernière fois qu'il l'avait vu sur le quai du port d'Alger, il n'avait pas vieilli, pas pris une ride. C'était impossible ! La soif devenait de plus en plus terrible et ses yeux s'embuaient sous l'effet de la sueur qui abondait sur ses paupières. Il battit en retraite et se précipita dans le café, à côté du cinéma.

– Un calva ! cria-t-il au patron qui se curait le nez, les yeux perdus dans le vide de sa morne vie de marchand de limonade et de cirrhose.

Chamouze s'envoya cul-sec le petit verre et en commanda illico un deuxième. L'alcool parvint à calmer le tremblement qui avait fini par gagner son corps en entier.

Accoudé au zinc, il observait la rue dans l'immense miroir qui se trouvait dans le dos du barman. Quelques passants couraient pour éviter de manquer un rendez-vous qui allait sans aucun doute décider si leur existence allait continuer à être aussi ennuyeuse, ou si elle allait être encore plus ennuyeuse.

Mais de Kader Mekchiche, point.

– Je vais bientôt fermer, l'avertit le patron de l'œil torve du professionnel qui comprenait que son client ne lâcherait plus d'argent.

Au quatrième calva, Chamouze commençait pourtant à se sentir ragaillardi.

« L'anisette, c'est pour les tapettes, le calva, c'est pour les vrais gars », lui avait dit un jour le caporal-chef Muller.

Et ça, ça avait frappé au coin du bon sens. Il le répéta au tenancier qui hocha la tête :

– C'est bien vrai, l'ami.

Chamouze décida donc de se jeter un dernier verre à la santé de son ancien compagnon d'arme et de tenter sa chance à l'extérieur.

– Les vrais hommes n'ont pas peur des bougnoules ! déclara-t-il au patron en sortant dans la rue.

– C'est bien vrai, l'ami, répéta l'autre.

Apparemment, les vrais hommes rentraient également chez eux en courant la queue entre les jambes. Car une fois sorti de son asile éthylique, Chamouze mut son corps adipeux et grotesque afin que ses jambes arquées le mènent le plus rapidement possible jusqu'à son domicile. C'était pathétique de le voir fuir son passé aussi piteusement. À quelques mètres de là, devant l'entrée du cinéma qui projetait le film de René Vautier, le fantôme de Kader l'attendait pourtant. Et lui, il était svelte et agile. Nul besoin de courir pour tenir la distance d'avec sa proie.

Lorsqu'il arriva rue Blanche, Chamouze crut à nouveau que son cœur allait exploser. Il aperçut l'entrée de son immeuble et un regain de vigueur lui permit de parcourir les derniers mètres jusqu'à ce qu'il pensait être son havre de sécurité. Mais son poursuivant n'eut guère de mal à glisser un pied dans l'entrebâillement de la porte avant qu'elle ne se referme. Chamouze ne s'en aperçut pas : il ahanait comme une bête à la curée, bien décidé à gravir les deux étages avant de s'écrouler.

Sur le premier palier, il s'aperçut pourtant que le fantôme n'était qu'à quelques mètres derrière lui. La minuterie s'éteignit et la cage d'escalier fut plongée dans l'obscurité. Chamouze gémit comme un enfant qui allait se faire sermonner et se laissa glisser sur la première marche du deuxième escalier, contre la porte de son appartement.

– Putain de bordel de Dieu ! Kader, ça fait vachement plaisir de te revoir.

Il ne retrouvait pas sa respiration, sans doute définitivement perdue sous son trop-plein de graisse. La silhouette de Kader paraissait immense.

– Tu sais, j'y suis pour rien, plaida Chamouze en tentant de ne pas s'étouffer. C'étaient les ordres. On n'avait pas le droit de ramener les supplétifs en France. Je l'avais dit au lieutenant Gascogne mais il en a fait qu'à sa tête. Ah ! celui-là…

Le fantôme de Kader s'arrêta deux marches plus bas.

– Parce que moi, l'armée, c'était tout ce que j'avais. Les ordres étaient clairs : fallait pas ramener les supplétifs en France. Je ne voulais pas qu'ils me virent, tu comprends ? Hein que tu comprends, Kader ?

Philippeville, 1961

Au début de l'année 1961, quelques officiers s'étaient préoccupés du danger que couraient désormais les supplétifs algériens de l'armée française. Les harkis avaient trahi la cause de la révolution algérienne et avaient choisi le camp de l'ennemi. Le FLN, bientôt vainqueur, les avait désignés comme parias et sans doute déjà condamnés à mort. Ceux qui étaient faits prisonniers étaient exécutés, on retrouvait parfois leurs corps atrocement torturés.

Cependant, le gouvernement français n'avait aucune envie de voir s'installer ces Arabes et leur famille en métropole. Avec les accords d'Évian qui se préparaient dans l'ombre, le commandement militaire ordonna à ses soldats de ne pas aider les harkis sous peine de sanction.

Dès sa rencontre avec Kader Mekchiche, le lieutenant Gascogne avait su qu'il allait devoir enfreindre ces ordres. Avec Chamouze et Saint-Clair, et d'autres soldats et sous-officiers du 9e RCP, il avait mis en place une manière de filière d'évasion. Dans de nombreux régiments stationnés en Algérie, des initiatives de rapatriement illégales avaient été prises. Des Français musulmans et leurs familles avaient déjà rejoint la France.

Lorsqu'il était en permission à Philippeville, Gascogne avait pris l'habitude de s'arrêter chez les Mekchiche. Un soir, comme il discutait avec le harki, dans le salon de l'appartement, le caporal lui avait avoué à mi-voix qu'il n'avait pas tué Si Laïfaoui sur la ligne Morice. Le prisonnier avait sans aucun doute regagné le maquis.

Gascogne en fut stupéfait :

– Tu es fou, Kader ! Tu te rends compte si on t'avait surpris ? À l'époque, on ne te connaissait pas. Chamouze, lui, t'aurait descendu sans coup férir.

Gascogne dévisagea son ami quelques secondes :

– Tu as risqué de te faire descendre pour rien. Et puis, tu as pensé à ta famille ?

La mère, la femme et la fille de Mekchiche s'enfermèrent dans la cuisine et elles interdirent à Rochdi de sortir de sa chambre : la discussion entre les deux hommes prenait un tour beaucoup trop sérieux.

Mais Gascogne comprenait que son ami était piégé entre deux feux et que tout ce qu'il entreprenait n'était jamais qu'une dérisoire tentative pour éviter sa condamnation à mort. Après un long silence, il se décida à lui proposer de quitter le pays :

– Ma proposition de te faire passer en France avec ta famille, elle tient toujours.

– C'est vrai, mon lieutenant ? Quand ça ?

– Bientôt, Kader, très bientôt. Je vais voir comment tout cela peut s'arranger.

Ils se levèrent tous les deux et se dirigèrent vers la porte :

– Et je t'ai déjà dit que lorsqu'on était seuls, tu pouvais laisser les *mon lieutenant*. Quand on est tous les deux, tu peux m'appeler Louis.

– C'est vrai, mon lieutenant, je le ferai maintenant.

Souk Ahras et Philippevile, août 1961

– Tu connais la Bretagne, Kader ? demanda le sergent Chamouze, l'air presque heureux de la petite balade à Alger qui s'annonçait.

Gascogne, Chamouze, Saint-Clair et le caporal Kader Mekchiche s'étaient retrouvés près du réfectoire du camp de Souk Ahras, casernement du 9e RCP. Une fois encore, le repas avait été trop riche et la cigarette sous le ciel étoilé avait été salvatrice.

– Évidemment qu'il ne connaît pas la Bretagne, rétorqua Saint-Clair. Il répète toujours qu'il n'est même jamais allé jusqu'à Alger. Alors tu penses bien, les Bigoudènes…

Chamouze regarda le deuxième classe avec l'envie de lui retourner une bonne paire de claques. Mais la discussion était grave : il en allait de la vie de Mekchiche et de sa famille.

– En tout cas, tu vas aller faire un tour en Bretagne. Tu verras, c'est peinard, continua le sergent qui, de la Bretagne, ne connaissait que la gare Montparnasse.

Kader regarda ses camarades avec l'air du type sceptique sur ses chances de se sortir de ses ennuis sans trop de casse. Gascogne lui adressa un petit sourire. Il lui avait dégoté un point de chute dans les environs de Redon, en Ille-et-Vilaine. Un paysan cherchait des familles d'ouvriers agricoles pour l'aider sur son exploitation. Une main-d'œuvre à bon marché.

– Tu seras logé et payé là-bas. Et puis, tu pourras mettre tes enfants à l'école, tu vas voir.

Le plan était simple : Kader devait s'embarquer sur un paquebot, l'*El-Djezaïr*, en partance pour Marseille, quelques semaines plus tard. D'autres supplétifs ayant servi sous les couleurs du 9e RCP l'accompagneraient jusqu'à Redon.

– Tu vas même voir Paris, rigola Chamouze. La tour Eiffel, les Invalides, les petites femmes de Pigalle !

Quelques jours plus tard, Gascogne remit à Mekchiche des billets d'autocar et de train pour faire le voyage de Philippeville à Alger.

– Chamouze et moi, on te réceptionnera à la gare de l'Agha à Alger et je te donnerai les places pour le bateau et le train en France, les documents et les dernières indications. Tout va bien se passer.

Le jour même, d'autres harkis et leur famille qui s'étaient déjà organisés grâce à une filière montée par des fusiliers-marins de Mers el-Kébir devaient également s'embarquer. Gascogne savait que l'entreprise était périlleuse.

Le caporal Kader Mekchiche devait d'abord démissionner de l'armée afin de ne pas être porté déserteur. Un Arabe déserteur se promenant sur le territoire métropolitain en ce temps-là, c'étaient douze balles dans la peau assurées.

– On ne va pas se revoir avant un bon bout de temps alors mon lieutenant, remarqua Mekchiche d'une voix triste.

– Je serai à Alger avec Chamouze pour te réceptionner à ton arrivée à la gare.

– Et après, on ne va pas se revoir avant un bon bout de temps.

– C'est possible, Kader. Mais, on va bientôt quitter l'Algérie nous aussi. Et dès qu'on retournera en France, je te ferai signe. Quelques jours de vacances en Bretagne, je ne serais pas contre.

Kader le dévisagea.

Chamouze bourra les côtes de Saint-Clair d'un coup de coude :

– Nous aussi, on en sera ! rigola-t-il un peu trop fort. Les vacances, personnellement, je n'ai jamais eu rien contre. Toi, non plus, hein, Victor ?

Saint-Clair hocha la tête : non, les vacances, lui non plus, il n'avait jamais rien eu contre. Mais l'enthousiasme idiot de Chamouze lui paraissait de mauvais augure.

Enthousiaste et idiot, Chamouze l'était sans aucun doute. On ne s'étonnera donc pas qu'il était avant tout un soldat. Les vacances, l'amitié et la Bretagne passaient évidemment après les ordres reçus. La bienveillance de Gascogne vis-à-vis du caporal Mekchiche lui importait moins que les décisions des chefs de l'armée et du ministre des Affaires algériennes. C'était comme ça : depuis presque deux décennies, Chamouze avait fait de l'armée sa seule et unique famille. S'il était proche de ses frères d'arme, les Gascogne, Kader, Saint-Clair ou même Muller, il s'abandonnait corps et âme à ses parents, les officiers supérieurs. Ça l'avait tourmenté plusieurs jours, mais comme les sanctions tombaient çà ou là, que des soldats étaient dégradés ou même mis à la porte de l'armée, et que son âge ne jouait pas en sa faveur, le sergent s'était présenté de son plein gré devant le commandant de son régiment.

Il avait tout dit des projets de départ des harkis.

Gascogne et Saint-Clair n'avaient rien vu venir. D'autant plus que leur camarade avait payé une tournée lorsqu'ils avaient appris que Kader allait finalement mettre les bouts.

Chamouze avait pourtant tout déballé devant son chef de corps. Ça lui avait même soulagé la conscience. Et puis on lui avait promis de se pencher sur ses états de service, les possibilités d'un avancement n'étaient pas à exclure même si ça ne dépendait pas que de la bonne volonté de ses chefs, vous comprenez ? Le délateur avait acquiescé, un grand sourire reconnaissant figé sur le visage, les yeux ronds et la truffe humide.

L'entreprise d'évasion de Kader Mekchiche et des autres supplétifs fut donc dès le départ vouée à l'échec. Le lieutenant Gascogne et les quelques lampistes qui l'avaient aidé dans cette infraction caractérisée au règlement ne furent cependant pas mis aux arrêts. Même les plus hauts gradés savaient que les supplétifs risquaient leur peau s'ils restaient en Algérie après la victoire du FLN, certains colonels ou généraux étaient mal à l'aise avec les ordres qu'eux-mêmes avaient reçus de leur ministre de tutelle. Celui-ci, on ne l'avait pas beaucoup vu en première ligne mais pour édicter des décrets dégueulasses, il n'était pas le dernier. Sur cette constatation, les hauts gradés étaient quasiment unanimes.

Alors, on avait décidé de ne pas faire trop d'ennuis aux gars qui avaient aidé les harkis à gagner le territoire métropolitain. Par contre, il était bien entendu que les musulmans français ne resteraient pas en France. Après tout, les premières négociations avec le FLN le laissaient entrevoir, les indépendantistes voulaient rétablir la concorde nationale. Selon eux, les harkis faisaient partie du peuple algérien. D'ailleurs, en France, après 1945, on avait globalement foutu la paix à ceux qui avaient fait le choix de l'occupant allemand. Pourquoi les Algériens agiraient-ils différemment avec leurs compatriotes qui s'étaient fourvoyés ?

Lorsque Kader Mekchiche et quatre de ses anciens camarades du 9e RCP débarquèrent à la gare de Redon sans arme mais avec femmes, enfants, parents et bagages, ils se retrouvèrent face aux canons des gardes mobiles. Fusils mitrailleurs en bandoulière, ils encerclaient la gare. Sans réelle explication, les harkis furent aussitôt réexpédiés en Algérie. Allons z'enfants de la Patrie !

La nouvelle ne parvint au lieutenant Gascogne qu'une semaine plus tard. Trop tard pour que lui et ses hommes puissent réceptionner les harkis à Alger et tenter de leur assurer une sécurité minimale. À sa descente de bateau, l'ex-caporal Kader Mekchiche fut vu en compagnie d'hommes appartenant au FLN. Sa trace disparut aux abords du port d'Alger.

Quand Gascogne, Chamouze et Saint-Clair frappèrent à la porte de son appartement, rue d'Orléans à Philippeville, personne ne répondit.

– On a vraiment été en-dessous de tout, hein, lieutenant ? laissa filer Saint-Clair comme ils s'étaient arrêtés tous les trois devant l'inscription dans la cage d'escalier.

الموت للخائن

Chamouze enfonça ses mains dans les poches de son pantalon et s'engagea dans les escaliers :

– Dis pas de conneries, Victor. Le lieutenant a tout fait, c'est les huiles et les politiques qui ont merdé. Nous, on peut pas s'en vouloir.

Au rez-de-chaussée, une porte s'était entrouverte. Une femme voilée qui tenait un enfant par la main apparut :

– Les Mekchiche, y sont revenus et repartis. Y sont restés quelques jours à peine et y sont repartis.

– Ils sont repartis où ? demanda Gascogne.

– Ils sont allés se cacher. Personne aime les traîtres, ici.

Et elle claqua la porte au nez de l'officier.

Les trois hommes s'étaient retrouvés dans l'obscurité fraîche, écrasés par des sentiments aigres.

Le lendemain, de retour à Souk Ahras, le lieutenant Gascogne remit sa démission et quitta l'armée.

Le seconde classe Saint-Clair l'imita quelques jours plus tard. Il rejoignit Alger sans trop savoir qu'y faire. Il n'avait pas encore la force de retourner en France et de reprendre une vie de citoyen lambda, entre études et famille.

Le sergent Chamouze, lui, déclara que, ben, vous voyez les gars, moi, à part l'armée, j'ai rien d'autre alors, bon, quoi, je sais pas…

Gascogne et Saint-Clair comprirent que leur camarade ne disposait pas des mêmes ressources qu'eux dans la vie civile. Et puis, l'idée était de quitter l'armée pour reprendre sa vie d'avant. Seul. Alors,

Chamouze avait sa place dans l'armée parce que lui, la solitude, ce n'était pas son genre.

Paris, 9e arrondissement, 1971

Quelque part, à un moment, l'info avait dû fuiter. On l'avait balancé, Chamouze en était certain. Mais désormais, c'était un peu tard pour s'inquiéter d'où était venue la fuite car le fantôme de Kader était là pour lui faire payer sa trahison.

Quand même, c'était incroyable ce qu'il lui arrivait : se faire pourchasser par un fantôme dans le Paris du début des années soixante-dix. Pourtant, assis sur une marche de l'escalier qui menait à son appartement, Chamouze pensa, pour la première fois de sa vie, qu'il avait peut-être un problème avec l'alcool. Il sentit une violente brûlure à l'estomac et s'aperçut que le fantôme de Kader était en train de le poignarder.

– Peut-être que je vais me réveiller ?

Et il ferma les yeux.

Rennes, 1971

Le 3 juillet 1971, Jim Morisson mourait dans son appartement parisien.

La nouvelle attrista tant Sylvie Vercors qu'elle décida de pardonner à Gascogne sa conduite inqualifiable. De la nuit tragique lors de laquelle les deux amants avaient échangé des coups, elle n'avait retenu que la terrible gifle que lui avait assénée son compagnon. L'ecchymose qui avait gonflé sa lèvre les trois jours suivants l'avait confortée dans sa relecture des événements. Elle avait donc voué aux gémonies Gascogne pendant de longs mois, ne l'avertissant même pas de sa grossesse.

Toute la journée, Sylvie écouta les Doors sur son pick-up, sans sortir de chez elle.

Depuis quelques mois, elle ne fumait plus d'herbe, ne buvait plus d'alcool, participait de moins en moins aux joutes verbales qui divisaient ses compagnons de militance en d'incompréhensibles chapelles d'obédience marxiste-léniniste chinoise ou albanaise. Christophe Leprestre, dit Grand Christophe, l'un des dirigeants de Drapeau Rouge, dépendance locale du Parti communiste marxiste léniniste français, tenant d'une tendance dure, s'était rapproché d'elle après sa séparation. L'homme était diablement charismatique, passionné par la politique et avait la réputation d'être un insatiable Don Juan. Lorsqu'il vit le ventre de Sylvie s'arrondir alors qu'il n'avait même pas couché avec elle, il déclara que la cause du prolétariat était bien trop importante pour qu'il use ses forces dans une vie familiale forcément petit bourgeois.

– Sale con ! Tu mériterais que je te casse la gueule, lui avait répondu Sylvie.

Sans ménagement, elle l'avait mis à la porte de chez elle.

Elle avait donc espacé ses passages au bar de la rue Saint-Melaine, jusqu'à ne plus y passer du tout. Elle oublia si vite le Grand Christophe qu'elle se demanda même si elle l'avait connu. En tout cas, elle ne l'avait jamais aimé, c'était certain.

Sylvie avait également remisé ses rêves de cinéma et de réalisation de films engagés. Les quelques années d'études suivies à la faculté de Villejean l'avaient simplement conduite à accepter un poste de vendeuse aux Galeries Lafayette. Un boulot alimentaire, de dépannage, qui finalement risquait de devenir son emploi *ad vitam aeternam*. Elle ne s'en plaignait pas, refusant de concevoir le travail comme le lieu où l'individu se révèle à lui-même. Des conneries de communistes, tout ça !

Néanmoins, lorsque Jim Morisson cassa sa pipe, elle se décida à téléphoner à Gascogne. Elle trouva le numéro de l'agence Fiat Lux dans l'annuaire.

– *Fiat Lux*… Quel grand crétin, se dit-elle avec une étrange tendresse lorsqu'elle composa le numéro sur le cadran du téléphone.

Quelques heures plus tard, Gascogne et elle se rencontraient dans un bar. L'établissement se trouvait boulevard Magenta, non loin du Champs de Mars, en face de la gare routière. Lorsqu'il la vit arriver, Gascogne en perdit la respiration. Il ouvrit une bouche à gober la lune et tendit son index vers le ventre de la jeune femme.

– Je sais, je sais, j'aurais pu t'avertir, fit-elle en s'asseyant. Mais j'avais peut-être peur que tu me cognes à nouveau dessus (elle lui envoya un sourire appuyé).

Elle commanda un café.

– Une mère seule peut très bien élever un enfant, ne fais pas cette gueule de communiant.

Gascogne ne pipait mot.

– Et c'est qui le père ? hasarda-t-il soudain.

– Tu me prends pour une marie-couche-toi-là, Louis ? Tu crois que je baise avec tous les garçons de Rennes, peut-être ? Il est de toi, grand crétin !

Louis Gascogne n'était pas homme à fuir ses responsabilités, on l'a vu. Il accepta donc immédiatement sa nouvelle condition de père. Pourquoi pas après tout ? Les années étaient passées très vite et c'était sans aucun doute l'une de ses dernières chances d'avoir un enfant et de le voir grandir. Après toutes ces morts, une naissance atténuerait sans aucun doute la noirceur de son existence.

– Tu pourrais peut-être revenir vivre chez moi, proposa Sylvie. Ton agence de détective, ça ne doit pas être confortable à habiter, *monsieur Burma*.

Dès le lendemain, Louis Gascogne réintégra l'appartement et la vie de Sylvie Vercors.

Pourtant, après avoir choisi d'endosser pleinement son rôle de père, souvent au petit matin, Louis Gascogne fut encore agité de violentes crises d'angoisse. Il croyait parfois que son esprit était en passe de le laisser tomber.

– Tu as donc tant peur d'être père que ça ? le questionna Sylvie, un matin qu'il regardait fixement le plafond dans l'obscurité.

Il ne répondit pas. Il se pouvait que ce fût cette paternité qui le clouait dans ces états de perdition. Peut-être que les années passées en Algérie ou son manque d'avenir professionnel n'avaient effectivement rien à voir avec son angoisse. La responsabilité qui allait lui incomber lorsque son enfant serait de ce monde pouvait-elle l'écraser à ce point ?

– Tu sais quoi, Louis ? Moi je crois que cette peur de la paternité, tellement à la mode à notre époque, c'est la grande peur du petit Blanc.

Gascogne fut presque bouleversé de réentendre cette expression si longtemps après l'avoir entendue – dans un tout autre sens pourtant. Sylvie voyant le trouble sur son visage, elle eut un sourire immensément bon, de l'indulgence à l'état pur :

– Tu ne penses pas, petit Blanc ?

C'était bien possible.

Alger et El-Affroun, janvier 1962

Sous sa chemise en coton, Jim Alcheik gonflait ses muscles puissants de judoka, son regard était perdu par-delà le muret qui encerclait le jardin, sur les toits des maisons d'El-Biar.

– Cette peur viscérale de perdre l'Algérie qui pousse Salan, Jouhaud, Godard, Pérez et les autres à tuer ceux qui ne sont pas dans leur camp, expliqua-t-il (peut-être à lui-même), c'est la grande peur du petit Blanc.

Gascogne avait eu un froncement de sourcils :

– La grande peur du petit Blanc de quoi, Jim ?

– La grande peur du petit Blanc qui lui pend au nez d'avoir eu tort aussi longtemps et d'avoir refusé de voir la réalité en face.

Dans le jardin, deux hommes du MPC, Bui-Thé et Dzu, s'entraînaient au close-combat.

Plus loin sous un bosquet de palmiers, Belaïche, Smadja et Son-Tay buvaient des bières en fumant des cigarettes. Ils étaient allongés dans la fraîcheur de l'herbe rase et leurs rires parvenaient parfois jusqu'à la terrasse. Sur le toit plat, Nga et Lafranchi surveillaient les environs, chacun armé d'un MAS 49. Un fusil-mitrailleur 24/29, prêt à l'emploi, était braqué sur la rue Fabre.

Derrière la maison, aux abords de la grille d'entrée, Novak, Delmas et Fraysse montaient eux aussi la garde.

Les membres du Mouvement pour la coopération présents à Alger s'étaient tous regroupés rue Fabre, dans la villa devenue fortin. Deux mois auparavant, le soir du 31 décembre, les commandos Delta de l'OAS, commandés par le lieutenant Degueldre en personne, avaient attaqué la villa Dar Likoula, sise chemin Reynaud. À coups d'obus de mortiers et de grenades d'abord, puis lors d'une charge en règle à l'arme de poing. Les gars du MPC avaient répliqué et aucun mort n'avait été relevé. Pourtant, ils avaient dû se replier rue Favre, sentant bien que leur odyssée algérienne risquait de toucher rapidement à sa fin s'ils n'y prenaient pas garde. La faute en incombait au manque de motivation des troupes, mais aussi à l'exaspération des autorités française en Algérie. Et, il fallait bien l'avouer, l'OAS possédait une évidente supériorité militaire et tactique.

Le MPC avait encore des cordes à son arc, voulaient croire ses chefs, Lemarchand et Bitterlin. Ainsi, ce jour-là, dans les caves de la maison se trouvaient deux prisonniers que les hommes d'Alcheik venaient d'enfermer. C'étaient deux activistes de la radio pirate de l'OAS. Grâce à plusieurs vigoureuses séances d'interrogatoire, ils avaient déjà indiqué où se trouvaient un poste émetteur de grande puissance et l'estafette qui servait à son transport. Les autorités françaises avaient reconnu qu'il s'agissait d'une belle prise qui avait mis un rude coup à l'Organisation.

Chamouze passa la tête par la fenêtre de la cuisine :

– Je suis prêt, Louis, on peut y aller, déclara-t-il.

Sur sa chaise longue, Alcheik se retourna :

– Vous allez où, les gars ?

– Chamouze veut visiter le village où il est né, dit Gascogne en se levant à son tour. Comment il s'appelle déjà, ton village ?

– El-Affroun.

– C'est près de Blida. On sera de retour dans la soirée.

Par la même fenêtre, Gérard Maugueret, le garde du corps d'Alcheik, passa la tête à côté de celle de Chamouze :

– Jim ! L'offset vient d'arriver.

Alcheik bondit de sa chaise, un large sourire sur les lèvres.

Des déménageurs venaient en effet de livrer un ensemble Photorapid Multiprint offset qui allait permettre au MPC de confectionner ses tracts sur place.

– Allons voir ça, se réjouit-il. C'est Lemarchand qui nous envoie un cadeau de métropole. Une petite merveille, à ce qu'il m'a dit.

Il tapa sur l'épaule de Gascogne et pénétra dans la villa.

Lorsqu'ils traversèrent la salle de séjour, Gascogne et Chamouze apercurent deux caisses de bois. Autour d'elles, les barbouzes attendaient avec impatience le passage du commissaire des douanes afin de pouvoir déballer le matériel. Déjà, un jeune garçon musulman, voisin de la villa, avait dégainé un tournevis et proposait d'ouvrir les colis.

Au volant de la 403 verte du MPC (immatriculée 66 GT 92), les deux hommes quittèrent discrètement Alger, faisant quelques détours afin de s'assurer que les commandos Delta ne les avaient pas pris en chasse. Ils avaient coincé leur pistolet entre leurs cuisses et serraient les mâchoires. Il leur fallut une bonne vingtaine de kilomètres et avoir dépassé Boufarik pour que leur nervosité se calme.

– Je crois que nous avons perdu la main, confia Gascogne en s'allumant une cigarette.

Chamouze ouvrit de grands yeux pleins d'incompréhension.

– C'est l'OAS qui nous fout la trouille. Et je ne suis pas persuadé qu'eux, ils aient peur de nous. Les sous-fifres, peut-être encore un peu. Mais les chefs et les commandos, ils doivent bien se foutre de notre gueule.

Bientôt, la Peugeot s'engagea dans la Mitidja.

Une légère poussière blanche volait à son passage, un soleil de plomb se réverbérait dans le pare-brise des véhicules qu'elle croisait.

Parfois, les deux hommes dépassaient des militaires français qui s'ennuyaient, adossés à leurs véhicules sur le bord de la route. C'était une question de semaines, pour les plus malchanceux de mois, avant qu'ils ne rentrent en France. Déjà, ici ou là, fichés dans les barreaux d'une fenêtre ou dans les tuiles d'un toit, un drapeau algérien osait flotter au vent.

Juste avant Blida, un convoi de voitures s'avança. Des Européens avaient entassé des valises et quelques meubles, beaucoup de souvenirs et d'amertume aussi. Une jeep de l'armée ouvrait la route, un transport de troupe la refermait. L'escorte militaire était une protection contre l'OAS qui menaçait de mort les colons qui quittaient l'Algérie. Depuis peu, Salan avait même décrété la mobilisation générale. Tous les hommes pieds-noirs en âge de se battre devaient rejoindre la lutte. Les colons qui composaient le convoi avaient d'ailleurs peut-être reçu à leur domicile un ordre de mission aux couleurs de la France. Un document qui stipulait que « tout départ du territoire algérien sans autorisation du commandant de secteur OAS sera considéré comme une désertion et sanctionné en conséquence ». La peine prévue était bien évidemment la mort.

Ce n'étaient pas des paroles en l'air. Les candidats au départ savaient qu'ils risquaient réellement leur vie. Tous avaient entendu la tragique histoire de ce bijoutier juif de Maison-Carré. Juste avant de prendre la fuite, le pauvre hère avait été enlevé par des membres de l'OAS et immédiatement traduit devant un soi-disant tribunal militaire. Le soir même, il avait été exécuté d'une balle dans la nuque. Son corps avait été retrouvé le lendemain matin dans les dunes de la plage de Fort-de-l'Eau.

L'OAS était arrivée au bout de sa logique : l'heure de la guerre totale avait sonné.

Et puis, El-Affroun apparut au bout de la route.

C'était la première fois depuis plus d'un quart de siècle, que Chamouze empruntait la rue Marengo-Blida, l'artère principale. Gascogne conduisait au pas. Le vent s'engouffrait dans les branches des palmiers qui bordaient les trottoirs, en un bruit de frottement lugubre.

– Ça ne me fait rien du tout d'être ici, c'est bizarre, non ? Aucun souvenir ne remonte à la surface. En fait, je ne me souviens de rien.

Les rues étaient pratiquement désertées, seuls quelques hommes marchaient sur les trottoirs, certains gardant leur main sous leur veston, sans aucun doute prêts à dégainer.

– L'OAS tient la ville, on dirait, estima Gascogne en prenant de la vitesse.

Un attroupement s'était formé devant l'église. Des femmes invectivaient des hommes qui semblaient désemparés. L'ambiance était lourde.

Un peu plus loin, devant la mairie, des soldats montaient encore la garde, la tête visiblement ailleurs.

– La maison de mes parents se trouvait à l'extérieur de la ville, dit Chamouze en montrant une direction au sud, de sa main passée par le carreau ouvert de sa portière. Tirons-nous, Louis, les gens d'ici ont l'air furax.

Adossés à la vitrine d'une épicerie, cinq hommes discutaient. Ils suivirent la 403 du regard, leur visage portait une grimace aigre. Leur haine est impossible à soulager, songea Gascogne.

Et soudain, depuis l'autre côté de la rue, une pierre vola. Le pare-brise arrière de la Peugeot explosa sous l'impact. Des cris montèrent : « Fils de pute » et « Fils de chienne ».

– Des flics ! cria un jeune type en se précipitant au milieu de la rue.

Gascogne donna un violent coup de volant et parvint *in extremis* à éviter le gamin. Il lança alors la voiture sur la route de Blida. D'autres projectiles volèrent à nouveau, une bouteille, d'autres pierres. Un coup de feu claqua mais aucune balle n'atteignit le véhicule.

– Laisse tomber la visite à la maison de mes vieux, gueula Chamouze.

Il chargea une balle dans la chambre de son pistolet.

– Les mecs des Deltas ont sans doute été prévenus de notre présence. Ça ne sert à rien de tenter le diable…

– Comme tu veux, acquiesça Gascogne, bien content de ne pas avoir à rester plus longtemps dans ce triste endroit.

À la sortie de la ville, des soldats français sécurisaient un petit hameau.

Les habitants finissaient de charger leurs voitures à côté de leurs maisons dont les portes et fenêtres étaient déjà barricadées par des planches de bois. Ces familles avaient, elles aussi, décidé de s'embarquer pour la France sous la protection de l'armée. Avec un peu de chance, les soldats qui les escorteraient jusqu'au port d'Alger n'étaient pas des sympathisants OAS. Avec un peu de chance, cette douzaine de fuyards poserait le pied à Marseille, quelques jours plus tard.

– Tant pis pour le pèlerinage…

Chamouze proposa une cigarette à Gascogne, puis s'en alluma une autre.

– Putain ! Mais qu'est-ce qui est arrivéà ces gens ? grogna-t-il soudainement. On aurait dit que tout le monde cherchait quelqu'un à massacrer. Et les autres ne pensaient qu'à se tirer très loin.

– Ça, c'est la grande peur du petit Blanc, fit Gascogne.

Chamouze regarda son compagnon de l'air de celui qui commençait à douter des facultés intellectuelles de son interlocuteur.

Les deux hommes gardèrent le silence un long moment.

Trois heures après leur départ, Gascogne et Chamouze regagnèrent Alger.

Bien avant de pénétrer dans le quartier d'El-Biar, ils avaient aperçu le panache de fumée qui s'élevait au-dessus des toits.

– Ça sent mauvais pour nous, murmura Chamouze, un tic nerveux lui tirant une paupière.

Lorsqu'ils stoppèrent la 403 verte à l'entrée de la rue Fabre, au milieu des spectateurs qui ne cachaient pas une certaine joie, ils firent face à l'horreur. La villa du MPC, presque entièrement détruite, était la proie d'un violent incendie.

Un détachement de gardes mobiles empêchait les curieux d'approcher. Les pompiers charriaient déjà des corps et des blessés dans les ambulances.

Les deux hommes se frayèrent un passage à travers la foule. Gascogne reconnut le capitaine Lacoste, il lui fit un signe de la main et l'officier les laissa pénétrer le périmètre de sécurité.

– Vos copains se sont fait sérieusement allumer, les prévint le gendarme. J'ai comme l'impression que l'OAS ne vous a pas loupés cette fois.

Gascogne et Chamouze arrivèrent juste à temps pour empêcher certains de leurs camarades survivants de dégainer leurs armes et de tirer sur ces salauds qui faisaient assaut de bons mots et de quolibets à l'encontre des barbouzes. Gascogne revint vers le capitaine et le supplia de faire évacuer la rue afin d'éviter tout incident. Au bout de quelques minutes, les badauds furent repoussés loin de la villa.

Selon les premiers témoignages des survivants, c'était un colis des douanes qui avait explosé. L'imprimerie envoyée de Paris avait sans aucun doute été piégée à l'aéroport. Les habitants de la maison l'avaient ouvert et ça avait été le massacre.

Jusque tard dans la soirée, on retira des cadavres atrocement mutilés de dessous les décombres. Dix-neuf membres appartenant au MPC y avaient laissé leur vie. Jim Alcheik faisait partie de ceux-là.

L'ironie du sort voulut que les prisonniers enfermés dans la cave s'en sortent sans une égratignure. Après l'explosion, on les vit apparaître dans la poussière, poings liés, le visage noirci et assourdis par la puissance du souffle.

Quelques heures plus tard, dans la nuit, Pierre Lemarchand parvint à rejoindre Alger. Il retrouva les survivants du MPC en état de choc, à Rocher-Noir, le QG de l'exécutif français et de la Mission C, les forces de police spécialement chargées de la lutte anti-OAS. Les flics dévisageaient avec un sourire compatissant aux coins des lèvres les rescapés, les types de la police parallèle du pouvoir gaulliste, comme on disait. Cette fois, c'était certain : les barbouzes venaient de recevoir leur billet de retour pour la France.

– Tu devrais prendre le premier avion demain matin, Louis, conseilla le chef du MPC lorsqu'il fut seul avec Gascogne. À Alger, tous nos agents sont démasqués. L'OAS doit disposer de renseignements de première main. Les flics ou l'armée, va savoir qui les tuyaute ?

Il y eut un petit silence.

L'ancien lieutenant du 9e RCP en avait vu des pas tristes depuis qu'il avait posé le pied en Algérie. Mais, étonnamment, c'était la première fois qu'il ressentait que l'Algérie risquait d'être son tombeau.

– Jim est mort, fit-il.

Il était très ému, ses nerfs n'étaient pas loin de lâcher.

– Oui, je sais. Tu vois, faut rentrer, Louis. Tout ça va mal finir.

– Tout ça a déjà mal fini, non ?

– Peut-être. Mais on peut encore limiter les dégâts. Pour toi, pour Chamouze, Maugueret aussi et quelques autres. Ponchardier, lui, veut déjà envoyer une nouvelle équipe à Alger avec le colonel Bob à sa tête. Mais ce n'est plus ton affaire.

Le lendemain, après avoir été interrogés par le chef de la police judiciaire à Alger, Gascogne et

Chamouze embarquèrent dans une caravelle et quittèrent à jamais l'Algérie.

Rennes, 1971

Alors, cette expression, la grande peur du petit Blanc, ça l'avait étonné Gascogne. Dans ce lit, bien au chaud, aux côtés de Sylvie, il avait souri amèrement.

Sylvie avait eu un regard triste, elle n'était pas encore certain que le type qui était couché près d'elle était le meilleur père imaginable. Mais faute de grives, on mange bien souvent des merles.

En se levant, elle attrapa le paquet de cigarettes qui traînait sur la table de nuit.

– Faudrait peut-être freiner la clope, fit Gascogne en s'étirant.

– Je n'en fume que quelques-unes par jour, répondit la jeune femme. Me fais pas suer…

Dans le contre-jour du couloir qui reliait la chambre à la pièce principale, Gascogne vit le ventre arrondi de Sylvie. Il sourit. Une bouffée de bonheur l'avait envahi.

Rennes, 1971

À l'heure où Louis Gascogne prenait conscience de sa paternité et qu'il était pris d'un fou-rire, un homme, algérien, grand, les cheveux épais et les sourcils ténébreux, attendait sa famille sur le quai de la gare de Rennes. Achraf Laïfaoui avait enfin réussi à faire venir les siens en France après neuf années passées loin d'eux. Neuf années pendant lesquelles l'ancien chef de guerre du Constantinois avait fait profil bas, s'évertuant à vivre comme un citoyen français modèle. Déménageant plusieurs fois chaque année afin de déjouer les possibles velléités de vengeance de ses anciens comparses ou même des nervis de l'OAS, il avait appris à *vivre à la française*.

Plus jeune, avant la guerre, Laïfaoui avait appris quelques rudiments de mécanique à Philippeville. Le patron d'un garage du port, boulevard Cuttoli, non loin de l'usine d'électricité, l'avait embauché. Il avait pour tâche de lubrifier les moteurs de bateaux de luxe, des Riva ou des Chris-Craft en majorité.

On ne lui avait jamais laissé trifouiller les carburateurs mais en regardant et en questionnant les mécanos, il s'était constitué un savoir-faire qu'il avait pu ensuite mettre à profit, en France. Loin de l'Algérie, il avait alors travaillé dans des ateliers de mécanique en région parisienne. Puis, au milieu des années soixante, il avait rallié la capitale bretonne qui lui semblait (à lui aussi) suffisamment éloignée de la guerre d'Algérie. S'éloigner de la guerre, c'est ce qu'il s'était attaché à faire pendant six années. À Rennes, il savait aussi qu'une usine Citroën embauchait de la main-d'œuvre et qu'il pourrait y trouver un emploi stable.

En 1971, il avait décidé de demander à sa femme de traverser la Méditerranée. M'Barka Laïfaoui attendait ce moment avec impatience et anxiété. Jamais elle n'avait désespéré.

Alger, 1967

À Alger, des horreurs circulaient encore à propos de son mari.

Certains jours, Tarek rentrait de l'école en pleurant. Des élèves l'ayant pris à partie parce qu'il était le fils du *traître à la Révolution*, un lâche passé du côté des Français. La première fois qu'il s'était ainsi fait rudoyer, M'Barka Laïfaoui avait pris rendez-vous avec le directeur de l'école.

– La réaction des camarades de Tarek est légitime, chère madame Laïfaoui (le directeur avait prononcé ce nom avec une moue qui ne cachait rien de son écœurement). Ils acceptent déjà de côtoyer le fils d'un homme qui a fait tant de mal.

M'Barka Laïfaoui avait froncé les sourcils et repoussé en arrière le léger voile qui dissimulait ses cheveux. Sa coiffure noir de jais était apparue et la beauté de la femme du traître avait déstabilisé le fonctionnaire.

– Mon mari a pris les armes dès le début de la guerre alors que tous les Algériens mangeaient encore dans la main des Français. Il a participé à des combats dans lesquels il a risqué cent fois sa vie. Les Français l'ont torturé. Et quand le FLN l'a emporté, il a même combattu l'OAS. Son seul crime a été de ne pas avoir accepté de tuer des hommes et des femmes, ses frères et ses sœurs, après l'indépendance de son pays.

Elle le défia du regard, elle aurait aimé étrangler ce petit homme laid et prétentieux :

– Et vous, vous étiez où quand mon mari donnait sa vie pour la Révolution ?

L'homme avait alors cogné du poing sur la table, la colère troublait ses yeux et de la salive blanche tachait les commissures de ses lèvres :

– Moi aussi, j'ai combattu le Français, madame Laïfaoui !

– Vous êtes un *Marsien*, tout le monde le sait…

Un bruit sortit de la gorge offusquée du directeur :

– Comment osez-vous ?

M'Barka Laïfaoui eut du mal à contenir un rire face à cette grotesque pantomime.

– Quoi qu'il en soit, Tarek n'est pas responsable de ce qu'a fait son père. Il n'a que dix ans…

– Veuillez sortir de mon bureau, madame Laïfaoui !

Celle-ci n'avait plus jamais revu le directeur de l'école.

Les camarades de Tarek avait continué de l'ennuyer, parfois même de l'agresser. Sa mère ne pouvait que lui promettre que, bientôt, son père les ferait venir auprès de lui. Seule cette certitude permettait à la mère et au fils de tenir face à la haine stupide.

Alors, lorsqu'Achraf avait annoncé à sa femme que le moment était venu, elle avait couru à la banque. Puis, avec le maigre pactole spécialement économisé pour le grand voyage, elle avait retenu deux places sur un bateau qui partait pour Marseille.

Trois jours plus tard, sur le quai de la gare de Rennes, Achraf Laïfaoui faisait les cent pas pour réchauffer son grand corps contre le froid breton.

Le temps avait passé lentement depuis qu'il avait rallié l'embryon d'ALN dans les montagnes du Constantinois. Et pourtant, dans sa mémoire, tous les détails gardaient une étonnante et douloureuse précision.

Philippeville, 1955

À Philippeville, Achraf Laïfaoui rentrait tous les soirs chez ses parents, les mains sales. Lui, ce n'étaient pas les pieds qu'il avait noirs mais les mains. Les mains noires, c'était honorable, disait son père. Selon le vieil homme, un homme pouvait être fier de lui s'il travaillait, qu'importait le travail effectué. L'égalité sociale était un concept qui ne pesait pas lourd face à cette évidence.

Sa jeune femme aussi était très fière de lui et cette fierté-là effaçait beaucoup de saleté. Laïfaoui était éperdument amoureux d'elle depuis le premier jour. Lorsqu'il l'avait vue remonter l'avenue du 3e zouave, son cœur s'était emballé à lui couper le souffle.

Des bruits : la circulation des véhicules qui fonçaient en direction de la rue Clémenceau, l'artère principale de la ville.

Des odeurs : les embruns mélangés à l'acidité des machines des bateaux qui remontaient du port.

Incapable de lui adresser un mot ou même de soutenir son regard, il avait suivi cette très jeune femme aux cheveux noir de jais jusqu'à ce qu'elle tourne rue de l'Arsenal et pénètre dans l'hôpital. Une vague d'inquiétude l'avait alors envahi.

Il avait attendu jusqu'au soir, assis sur le muret de l'école Sévigné. Des Européens lui avaient parfois adressé des regards de méfiance : que faisait donc un Arabe à côté d'une école ?

La jeune fille était enfin sortie de l'hôpital. Elle était directement venue à lui.

– Vous comptez me surveiller longtemps ?

Laïfaoui était resté interdit. Un idiot du village n'aurait pas été plus à l'aise.

– Vous attendez ici depuis ce matin. Et j'ai bien vu que vous m'aviez dévisagée comme un malotru, ce matin sur l'avenue.

Le ton de sa voix était presque violent mais son regard paraissait amusé : le grand gaillard aux cheveux touffus n'en menait pas large. Il ne semblait pas méchant, il n'avait apparemment rien du pervers en tout cas. D'ailleurs, la jeune femme n'était pas insensible à son charme ténébreux.

– Je voulais juste faire votre connaissance, avait-il bafouillé alors que son front se couvrait de gouttes de sueur.

M'Barka avait souri, puis rigolé franchement.

– Vous n'aviez qu'à me le dire ce matin, ça aurait évité que mes collègues s'effraient de vous voir faire le pied de grue, ici, toute la journée. Certains voulaient appeler la police.

– Vous travaillez à l'hôpital ? Vous êtes médecin ?

La jeune fille était repartie d'un léger rire :

– J'aurais bien aimé mais je n'ai pas la peau assez blanche pour être médecin. Je suis aide-soignante, c'est déjà bien.

Leur histoire avait donc commencé ainsi, par une lumineuse fin d'après-midi.

Les deux jeunes gens s'étaient ensuite fréquentés pendant quelques semaines puis leurs familles avaient convenu d'un mariage pour l'été suivant. Les pères d'Achraf et de M'Barka n'étaient pas très portés sur la religion et on se passa de l'avis des mères, la cérémonie fut donc très simple.

Mais la graisse de moteur s'insinuait toujours plus profondément sous ses ongles et dans les plissures de ses mains. D'une certaine manière dans son âme aussi. Le savon noir associé au sable, et à l'amour de M'Barka, ne parvenaient plus à tout nettoyer. C'est pourquoi, chaque soir, pendant une heure, le jeune apprenti mécanicien se frottait les mains jusqu'au sang, de plus en plus souvent la rage au cœur. Pour lui, ses mains noires n'étaient que le symbole d'un sentiment pour l'instant diffus qui lui faisait ressentir son travail comme un asservissement. M'Barka n'avait pu devenir médecin parce qu'elle n'avait pas la peau assez claire, lui, il commençait aussi à penser qu'il restait confiné aux tâches les plus ingrates pour la même raison.

Au bout de deux ans à accepter servilement de graisser les moteurs, il se voyait comme ses compatriotes qui s'engageaient dans l'armée ou la police française et qui persécutaient les leurs au nom de lois qui ne les protégeaient pas eux-mêmes. Il ne valait pas mieux que ces harkis et ces collaborateurs.

Laïfaoui devait cependant reconnaître que son patron et ses collègues, tous Européens, n'étaient pas des mauvais bougres. Jamais ils ne l'avaient traité de bicot ou de melon comme faisaient les jeunes pieds-noirs, le soir, en ville lorsque l'alcool leur donnait du courage. Mais ils ne lui confiaient que des besognes subalternes car, pour eux aussi, il était évident que les Arabes étaient des incapables. Quinze ans plus tard, Laïfaoui se demandait encore quel aurait été son destin si on lui avait proposé des missions plus honorables dans l'atelier de mécanique maritime. S'il avait pu réparer, ne serait-ce que de temps en temps, l'un de ces beaux bateaux en bois laqué, aurait-il pris les armes ?

Fin 1954, sur une plage de Philippeville, des jeunes Européens tabassèrent à mort un camarade de Laïfaoui. La justice classa l'affaire, parlant d'un acte de légitime défense. Ces braves gens n'avaient rien fait d'autre que de prendre au pied de la lettre le roman d'Albert Camus que l'on enseignait dans les lycées et les facultés, avaient convenu le juge. Devant tant de mépris raciste et d'inculture crasse, quelques Européens s'offusquèrent mais on leur rit au nez tant et si bien qu'ils ne purent pas inverser le cours inique des choses.

À cette époque, on disait que des combattants issus des rangs de l'Étoile nord-africaine, du Parti du peuple algérien et du Mouvement pour le triomphe des libertés démocratiques s'étaient regroupés en divers points du territoire algérien. Un *Front de libération national* avait décidé de prendre les armes face à l'occupant. Dans les villes, les jeunes Algériens ne parlaient plus que de la prochaine insurrection. Mais la plupart ne faisait que les fiers-à-bras. Le soir, après le travail, ils gonflaient leurs pectoraux devant leurs amis, disant qu'ils allaient partir au maquis, eux, et que lorsqu'ils reviendraient ça serait pour renvoyer les Français de l'autre côté de la Méditerranée. Mais lorsqu'une bande de jeunes Blancs passait en les regardant de travers, ces futurs héros baissaient le regard.

Achraf Laïfaoui supporta ces rodomontades quelque temps encore.

Une nuit du début de l'année 1955, alors qu'il rentrait chez lui, accompagné de deux amis, il croisa un groupe de jeunes Européens dans une venelle – à quelques mètres de la *Limonaderie philippevilloise* dont l'entrée se trouvait rue de Courgas.

– À la basse-cour, les ratons ! lança l'un d'eux.

Les amis de Laïfaoui enfoncèrent la tête dans les épaules : les autres étaient deux fois plus nombreux qu'eux. Parfois, l'habitude de se taire vaut instinct de survie.

– Qu'avez-vous dit ? répondit pourtant Laïfaoui (ses poings serrés au fond de ses poches tremblaient de toute l'aigreur accumulée).

Les jeunes se retournèrent :

– T'as un problème, toi ? grinça un blondinet vêtu d'un tee-shirt blanc immaculé.

Lorsqu'il se trouva face à Laïfaoui, il s'aperçut que le mécanicien avait des muscles secs qui ne demandaient qu'à montrer ce dont ils étaient capables. Et puis, sa taille était anormalement haute pour un indigène. Dans l'obscurité de la ruelle, lorsqu'il avait croisé les trois Arabes, juste avant de lancer son insulte, il n'avait pas vu les biceps sous la chemisette. À présent que le conflit était déclaré, il comprenait que seul, il n'avait aucune chance. D'habitude, les Arabes préféraient s'enfuir lorsqu'une telle confrontation se produisait. C'était bien la première fois que le blondinet se retrouvait dans une telle panade.

– Je crois que vous nous avez insultés, fit Laïfaoui, la voix étonnamment sereine. Et ça, ça me pose problème.

Les six jeunes garçons pâles firent alors bloc face à l'ennemi commun qui, lui, sentit que ses compagnons reculaient lentement. L'habitude encore.

– Et si on a envie de t'insulter ? demanda un gros adolescent aux joues vérolées par une acné non soignée. Qu'est-ce que tu vas fiche, *Momo* ?

Le gros boutonneux, enhardi par quelques verres d'alcool, leva alors son poing. Laïfaoui esquiva le coup et retourna un direct à la tempe de son agresseur. Presque en même temps, il projeta son pied dans l'entre-jambe de celui qui voulait, quelques minutes auparavant, renvoyer les ratons à la basse-cour. Les deux types s'écroulèrent au sol en gémissant.

Quelques secondes de flottement dans les rangs des pieds-noirs témoignèrent de leur stupéfaction : ces Arabes étaient donc aussi dangereux qu'on le disait !

Laïfaoui, lui, ne désarma pas : il lâcha immédiatement un terrible coup de tête dans le nez d'un des garçons encore debout, celui qui lui semblait le plus costaud. On entendit un craquement et le sang jaillit dans les airs. Le propriétaire du visage écrasé tomba à genoux en grognant de douleur. On aurait dit le meuglement d'un bovin.

Le ressort d'un couteau à cran d'arrêt claqua alors.

Le dernier des jeunes Blancs, la lame de son arme tremblant de haine, se mit en garde face à Laïfaoui. Celui-ci se retourna : ses deux amis s'étaient enfuis en silence, l'abandonnant aux mains des Blancs.

Des bruits : les pleurs et les gémissements des trois blessés.

Des odeurs : le froid de la nuit sur les pavés et les murs de pierres blanches.

Loin de se sentir en danger, il ressentit, au contraire, une force proportionnelle à l'immense vague de dégoût qui l'envahissait. C'était son pays et son peuple qui s'enfuyaient comme des lâches depuis trop longtemps.

Lorsque le couteau lui arriva dessus, il balança deux directs en plein visage à son agresseur. Il le désarma d'un coup du tranchant de sa main abattu sur l'avant-bras et ramassa immédiatement le cran d'arrêt.

– Déconne pas, supplia l'autre. On faisait rien qu'à s'amuser en fait…

Ses trois compagnons qui s'étaient relevés, dévisageaient eux aussi Laïfaoui, une terreur glacée déformant leurs traits. Ils avaient lu la détermination qui brûlait au fond du regard de l'Arabe.

Leurs craintes étaient amplement fondées. Dans cette ruelle sombre, Achraf Laïfaoui, ivre de colère, se rua sur le propriétaire du couteau et lui enfonça la lame dans le plexus, à la hauteur du cœur. Puis, au hasard, il attrapa par la nuque l'un des jeunes hommes, celui qui avait reçu le coup de tête, et planta deux coups de lame dans le cou sectionnant l'artère aorte. Dans les hurlements désespérés, le sang gicla cette fois en abondance. Ce fut une véritable mise à mort, celle d'un porc que l'on égorge.

Saisi par une pulsion meurtrière que rien ne pouvait plus endiguer, il tenta ensuite de poignarder un troisième type. Mais celui-ci parvint à s'écarter.

Laïfaoui glissa sur le pavé baigné de sang et roula à terre. Les survivants parvinrent à déguerpir en hurlant à l'aide.

Dès lors, Laïfaoui était devenu un hors-la-loi et c'était sa vie qu'il risquait. Il comprit qu'il n'avait plus de choix que de fuir Philippeville. Il se mit à courir dans les rues jusqu'aux faubourgs. Sur le moment, il ne songea pas à rentrer chez lui, à embrasser une dernière fois sa femme et ses parents. La peur le poussait à fuir toujours plus loin.

Dans l'obscurité, il remonta d'abord l'oued Safsal. Son plan était simple et son esprit restait étonnamment calme : il s'agissait de gagner les environs de Guelma et de rentrer en contact avec les partisans du maquis FLN. On disait qu'un groupe dirigé par le légendaire Si Abdelkader harcelait les Français.

Il marcha rapidement durant toute la nuit et la journée suivante. Parfois il suivait la route mais il ne parvenait à y rester très longtemps : la peur de croiser des gendarmes ou des Européens lancés à ses trousses, le faisait se retourner sans cesse, l'obligeant à se tordre les chevilles. Dans la campagne, au milieu des champs ou des vergers, il se sentait moins à la merci de ses poursuivants.

En fin d'après-midi, alors qu'il traversait un vallon aride en contrebas de la route qui formait une courbe, il aperçut un véhicule arrêté sur la chaussée. Un vieil Arabe, assis au volant d'un camion dont le plateau arrière était rempli de bidons en fer, l'observait attentivement. Laïfaoui se figea un instant mais préféra venir à sa rencontre.

– Tu vas où ? lui demanda le vieux à travers sa barbe.

– À Constantine, mentit le fuyard.

– Monte. Je te déposerai à Gastonville.

Laïfaoui hésita quelques secondes. Ses pieds étaient douloureux des nombreux kilomètres avalés alors il contourna le camion et grimpa à la place du passager.

Le vieux lui offrit de l'eau et quelques fruits secs. Du coin de l'œil, Laïfaoui observait le conducteur : il y avait peu de chances que celui-là entretienne des relations avec les autorités françaises.

Une demi-heure passa :

– Il paraît qu'il y a des patriotes entre El Arrouch et Guelma, lâcha Laïfaoui. Des gens qui se battent pour la liberté de l'Algérie.

Derrière sa barbe épaisse, les lèvres du vieux ne bougèrent pas. Quelques secondes s'écoulèrent :

– Je veux pas d'ennuis, finit-il par déclarer sans quitter la route des yeux. Ici, les gens veulent pas d'ennuis. Ni avec les Français, ni avec Zighout.

Puis il se tut jusqu'aux abords de Gastonville.

Laïfaoui descendit du véhicule et remercia le conducteur.

Il resta sur le bord de la route, regardant le camion s'éloigner dans la poussière.

La nuit allait tomber. Il décida alors de se glisser dans un poulailler qui se trouvait un peu plus loin dans la campagne. La vieille bâtisse à moitié dissimulée par une colline et quelques arbres semblait abandonnée. Harassé, Laïfaoui sombra dans un sommeil agité. Il réussit à dormir cinq heures, enroulé dans un mélange nauséabond de plumes et de paille humide.

Au réveil, alors que la nuit enrobait encore toute chose de son obscurité protectrice, il prit la direction de l'Est. Des militaires français patrouillaient en ville mais il put facilement contourner les barrages. Il se méfiait également des habitants, européens ou arabes. L'attitude étrange du vieux dans son camion ne l'avait pas convaincu du ralliement naturel de la population arabe à une possible insurrection.

À la fin de sa deuxième journée de fuite, après avoir traversé des forêts de chênes-lièges et des palmeraies écrasées par la chaleur suffocante, il considéra qu'il avait parcouru une centaine de kilomètres. Mais il ne savait pas s'il approchait de son but et comment il allait pouvoir entrer en contact avec le maquis. Il n'était même pas certain qu'il y eut réellement des combattants dans les hautes plaines des environs de Guelma.

Les heures suivantes furent celles d'une errance qui l'emplit de désespoir. Son assurance en la justesse de sa quête finit par être battue en brèche par la fatigue, la peur de l'avenir, et la douleur qu'il ressentait en pensant à M'Barka. Il marcha pendant des heures au hasard des chemins, revenant parfois sur ses pas, ne sachant bientôt plus quelle direction prendre.

Et puis, au détour d'un bois, une douzaine d'individus le mit en joue.

La plupart étaient armés de vieux fusils de chasse.

Deux coups de feu furent tirés à quelques dizaines de centimètres de ses pieds, pour l'impressionner.

Un homme le fouilla sans ménagement. Un autre lui demanda d'expliquer sa présence dans une région sous contrôle de l'Armée de libération nationale. Laïfaoui raconta brièvement son invraisemblable périple. On lui planta un fusil sous le nez, quelques maquisards supposèrent qu'il était un espion envoyé par les Français. L'un d'eux affirma même qu'il valait mieux tuer un innocent que laisser vivre un espion. Alors, Laïfaoui dut raconter la véritable raison de sa fuite, sa dernière nuit passée à Philippeville, celle lors de laquelle il avait poignardé deux Français et en avait blessé deux autres.

– Ça, on pourra le vérifier dans la presse coloniale. Un Arabe qui tue des Français, ça a dû faire les gros titres des journaux.

Celui qui avait parlé était un petit homme au regard dur et sans pitié. Dans son uniforme kaki, il semblait n'avoir que la peau sur les os. Mais ses mouvements étaient fluides et sa démarche légère, faite pour échapper à l'ennemi sur de très longues distances. Il émanait de lui un charisme impressionnant. Laïfaoui reconnut Youssef Zighout, l'un des chefs du FLN du Nord-Constantinois.

Constantinois, août 1955

Au début de l'année 1955, la zone ALN du Constantinois était commandée par Didouche Mourad. En quelques mois de lutte, son nom de guerre, Si Abdelkader, était désormais connu dans tout le pays.

Laïfaoui, comme la plupart des Algériens, le connaissait de réputation : c'était lui qui avait mis en place le Comité révolutionnaire d'unité et d'action (CRUA) et donné le coup d'envoi à l'insurrection du pays. C'était lui aussi qui, le 25 juillet 1954, lors de la fameuse *réunion des 22*, avait déclaré à ceux qui s'inquiétaient du manque d'armes :

– Si tu as deux cartouches dans ton fusil, c'est suffisant. C'est à toi de prendre l'arme de ton ennemi !

On surnommait Mourad le *Saint-Just de la Révolution algérienne*. C'était sous ses ordres que voulait combattre Achraf Laïfaoui.

Au moment où Laïfaoui rencontra pour la première fois certains de ses futurs camarades de lutte, deux jours après son double meurtre, Si Abdelkader et quelques-uns de ses hommes se dirigeaient vers Constantine. Il allait perdre la vie quelques jours plus tard, le 18 janvier, lors de la bataille du douar Souadek.

Les moudjahidines acceptèrent que l'homme, qui soi-disant avait tué deux Blancs à Philippeville, les accompagne. D'abord parce que tous les ralliements étaient les bienvenus. Bien sûr, on préférait les déserteurs de l'armée française, plus aguerris à la lutte armée – encore fallait-il se méfier des espions, remarqua Youssef Zighout.

Laïfaoui était suffisamment costaud et son regard laissait percer une profonde lueur de détermination, et peut-être même d'intelligence. Zighout l'envisagea donc comme une recrue prometteuse. Bien évidemment, sur le chemin qui menait jusqu'au village qui leur tenait lieu de camp, le nouvel arrivant fut interrogé à plusieurs reprises. Comme il semblait être celui qu'il disait être, on commença à lui parler différemment.

– Nous rejoindre, ça veut dire abandonner les tiens, prévint Zighout. Ta famille, ta femme, tu dois les oublier. Au moins, jusqu'à la victoire. Désormais, c'est une question de vie ou de mort.

Il avait donné une claque amicale sur l'épaule du prisonnier.

Laïfaoui avait reçu la claque avec fierté.

Quelques mois auparavant, à la fin de l'année 1954, Youssef Zighout avait organisé l'attaque contre la caserne de la gendarmerie de Condé Smendou. Un coup d'éclat qui avait marqué la reprise de la lutte. Les chefs de l'insurrection avaient voulu croire (et faire croire) que les Algériens se levaient en masse contre le colonisateur.

Les choses étaient assurément plus compliquées.

Au sein du Mouvement pour le triomphe des libertés démocratiques, des tensions étaient apparues entre deux courants : d'un côté, les proches de Messali Hadj, de l'autre, les fidèles du Comité central. Le mouvement avait fini par éclater et le deuxième courant, dit *Groupe des 22*, avait décidé le recours aux armes.

Le 1er novembre alors que toute l'Algérie se soulevait, le Nord-Constantinois n'avait pas bougé faute d'armes et de combattants.

Au début de l'année 1955, Didouche Mourad fut donc abattu dans les environs de Constantine. Son second, Baji Moktar prit alors la tête de la rébellion dans la région. Quelques jours après sa prise de commandement, celui-là perdit la vie dans un affrontement près de Souk Ahras.

Youssef Zighout fut alors promu colonel et chef de la zone du Nord-Constantinois.

Au fil des mois, Laïfaou se rapprocha de Zighout. C'était peu de dire qu'il était fier de côtoyer celui qu'on appelait *Si Ahmed*. Mais la guerre n'est pas histoire d'amitiés, on y tue et parfois on y est tué. Il fallut peu de temps pour qu'il connaisse l'épreuve du feu. D'abord lors de petites embuscades où une supériorité numérique des fellagas permettait des victoires faciles : on tirait sur un véhicule de police et on se repliait rapidement. Et puis bientôt lors d'attaques sur des objectifs plus importants : postes avancés ou camps itinérants de l'armée. Enfin, il participa à des affrontements directs, de vraies batailles dans lesquelles certains de ses nouveaux compagnons d'arme périrent.

Petit à petit, Laïfaoui et tous les djounoud devenaient de vrais soldats. Ils commençaient même à disposer d'armement moderne qui provenait de l'étranger. Leurs nouveaux uniformes leur donnaient l'air d'appartenir à une véritable troupe.

Laïfaoui, lui, reçut une mitraillette Thompson. C'était là une marque de confiance accordée par le colonel Zighout : la plupart de ses hommes disposaient en effet de fusils MAS 36, parfois de fusils-mitrailleurs datant d'avant la Seconde Guerre mondiale. Il troqua également ses chaussures de mécanicien contre des pataugas réglementaires.

Des officiers politico-militaires firent également leur apparition. La volonté de rupture avec l'administration coloniale qui sous-tendait la lutte des fellagas se nourrissait de concepts marxistes-léninistes que Laïfaoui et ses camarades ne comprenaient pas toujours. Certains combattants étaient de véritables paysans incultes ou même de petits voyous des villes sans aucune éducation. Achraf Laïfaoui se démarquait de ses camarades par sa faculté d'adaptation. Lui qui n'était pas un intellectuel réussit à retenir quelques concepts vulgarisés et à manier les idées élémentaires de la guerre de libération. Alors, ses chefs le nommèrent bientôt adjudant, avec comme mission de pénétrer les villages entre Philippeville et Guelma. Zighout lui enseigna quelques ficelles de propagande et de levée de fonds. Le temps passa et fit son œuvre d'apprentissage, Laïfaoui parvint à atteindre ses objectifs. À la tête de ses hommes, il faisait régner la loi de l'ALN. Sans pitié.

Au printemps suivant, dans un douar des environs d'El Arouch, l'adjudant Laïfaoui fut contraint de faire fusiller six hommes qui refusaient de régler l'impôt révolutionnaire et dont les fils avaient apparemment rejoint les rangs des supplétifs français. Il ne s'agissait plus de distribuer des avertissements ou des amendes, désormais était venu le temps d'être impitoyable.

Des bruits : le claquement sourd des balles qui pénétraient le corps des condamnés.

Des odeurs : l'urine et le sang qui maculaient les habits des cadavres.

De cette première expérience du pouvoir d'appliquer la peine capitale, Laïfaoui ressentit un goût de fer écœurant qui lui colla au palais pendant plusieurs jours. Mais, petit à petit, alors que la nausée disparaissait, la sensation du devoir accompli l'envahit et finalement l'emporta sur la culpabilité. Cet acte terrible le renforça dans ses croyances, mais aussi dans son autorité. Ses hommes (et ses chefs également) savaient désormais qu'il était un vrai combattant.

– Tu as fait ton devoir, rien que ton devoir, lui dit Zighout une semaine plus tard lorsqu'ils se croisèrent peu avant une attaque. Ces exécutions nous marqueront à jamais mais elles sont nécessaires à la cause. Nous ne sommes plus capables de refuser de faire le mal.

– J'espère que ces morts-là serviront d'exemples et qu'elles en épargneront d'autres, murmura l'autre.

Les deux hommes se regardèrent en silence. Aucun ne croyait à l'arrivée rapide du jour où le travail de Laïfaoui éviterait ces exécutions pour l'exemple.

Les exécutions se poursuivirent.

Laïfaoui savait que la terreur qu'il devait entretenir n'était que la réponse à la violence que faisait régner l'armée française. Un cercle vicieux qui semblait sans fin.

Dans la wilaya II, Zighout et tous les capitaines de zones avaient donc mis en place une discipline de fer – vis-à-vis des habitants mais également vis-à-vis de leurs hommes. Lorsqu'ils se croisaient, les djounoud et les officiers devaient désormais se saluer comme dans une armée régulière. Des sanctions punissaient également les fautes : la peine de mort était même appliquée en cas de trahison, de vol ou de viol. Les combattants étaient prêts, du moins leurs chefs voulaient-ils le croire, à se lancer à l'assaut des forces coloniales.

La lutte avait commencé, la guerre allait être déclarée.

Pourtant, dans le Constantinois, la situation n'évoluait guère en faveur du FLN. Les soldats français du colonel Ducourmeau tenaient le secteur et obligeaient les fellagas à fuir et à se cacher. En outre, Zighout était coupé d'Alger et des autres zones d'insurrection. Il continuait à faire croire à ses hommes qu'il recevait toujours ses ordres de l'extérieur. En réalité, la zone FLN était presque au bord de l'asphyxie lorsque son chef prit la décision de miser le tout pour le tout : le 20 août 1955 serait le jour d'une véritable déclaration de guerre à l'occupant, le début d'une lutte sans possibilité de retour en arrière, un affrontement total jusqu'à la mort ou jusqu'à la victoire, confia-t-il à son second, Ben Tobbal.

Dans un camp, quelque part dans la forêt du massif de Collo, Zighout et son second, Ben Tobbal, celui que l'on surnommait « l'homme dont le cerveau travaille en permanence », préparaient l'affrontement.

Deux semaines avant l'attaque, sous les immenses arbres qui protégeaient de la chaleur étouffante, sans plus de formalisme, l'adjudant Laïfaoui fut fait officier. Il reçut le grade de sous-lieutenant et le titre de commissaire politique. L'ancien mécanicien aux ongles noircis par la graisse était devenu le garant d'une ligne idéologique dont il croyait en la toute-puissance. Si M'Barka l'avait su, ça l'aurait horrifiée, reconnut-il en laissant pourtant exploser sa fierté devant son chef. Un sourire idiot éclaira son visage.

Zighout lui rendit un sourire franc :

– Continue de faire ton travail aussi bien que tu l'as fait jusqu'à présent, *Si Laïfaoui*. C'est des hommes comme toi dont se nourrit la Révolution !

D'autres officiers, dont Ben Tobbal, lui tapèrent virilement dans le dos, certains de ses propres subordonnés vinrent lui serrer la main. Dès lors, Achraf Laïfaoui s'effaça au profit du guerrier Si Laïfaoui, celui qui donnerait sa vie à la révolution algérienne.

La ligne de l'ALN se précisait. Il s'agissait d'armer le peuple, de bombes et de fusils, ou à défaut, de pelles et de pioches, de couteaux et de pierres. Un ordre de sabotage général fut bientôt transmis dans les Douars, dans les villages et jusqu'au centre des grandes villes : les infrastructures industrielles devaient être attaquées sans répit afin de désorganiser l'appareil économique colonial. Dès que l'occasion s'en présentait, il fallait abattre des militaires ou des civils français afin de répandre la peur dans la population européenne.

Puis, pendant quelques semaines, les principaux lieutenants de Si Ahmed et les commissaires politiques eurent pour tâche d'expliquer aux habitants que leur volonté de vengeance était légitime. Ils les confortèrent dans ce début de sentiment d'injustice qui commençait à naître en eux. Si les Algériens étaient pour la grande majorité encore hermétiques à l'idée de révolution, leur désir de venger les leurs tombés sous les coups de la répression aveugle des Français était évident. Le petit peuple du Constantinois adhéra donc à l'opération préparée par l'ALN. Les objectifs furent enfin définis : Philippeville, El-Arrouch, Oued-Zenati, Kroub, Collo, El-Milia, Djidjelli, Guelma, Böne, Jemmapes.

Et la violence explosa comme jamais auparavant.

Le sous-lieutenant Achraf Laïfaoui fut chargé de l'attaque menée dans sa ville natale, Philippeville. Savoir M'Barka si près et ne pas pouvoir l'approcher, lui tiraillait les entrailles. Mais l'heure était bien trop grave et si, lui, enfreignait les ordres comment pourrait-il exiger de ses hommes et de la population qu'ils se sacrifient ?

Cette population pauvre qui vivait d'expédients accordés par les colonisateurs blancs, parfois de travaux journaliers sous-payés, allait pour la première fois entrer dans la lutte. Cette proximité avec le peuple en armes emplissait Si Laïfaoui de courage. Alors, même si son amour pour sa femme l'aurait en d'autres circonstances poussé à traverser la ville, le pays ou même la Terre entière pour la rejoindre, il resta résolument à son poste.

Le samedi 20 août, dès 11 heures du matin, une foule déchaînée, chauffée à blanc par les idéologues de l'ALN, se répandit dans les rues des principales villes du Constantinois.

À Philippeville, Si Laïfaoui et ses hommes indiquaient aux meneurs musulmans les hommes à abattre. Les Européens fuyaient en hurlant au meurtre, certains s'enfermaient chez eux et se cachaient même dans leurs placards. C'était incroyable de les voir courir dans tous les sens ! Des hommes, des femmes et des vieillards blancs, pas toujours beaucoup plus riches que leurs agresseurs, tombèrent sous les coups de fusils de chasse, de couteaux, de rasoirs ou même de pavés. Les hommes de Laïfaoui, eux, tiraient sur les Européens qui avaient des armes. Ils firent aussi feu contre quelques éléments disparates des forces de l'ordre qui tentèrent de s'interposer. Mais la panique était totale dans leurs rangs aussi.

Certains fellagas avaient également reçu pour mission de se présenter chez des militants de l'association des ulémas, l'UDMA. Ceux-ci avaient eu l'arrogance de s'élever contre la politique militariste du FLN, ils devaient donc être éliminés. Ce qui fut méticuleusement fait.

Suivi de ses trois gardes du corps, Laïfaoui participait directement à la bataille. Il vidait ses chargeurs de Thompson dans les rues qu'il avait autrefois arpentées avec ses amis. Ses balles fauchaient peut-être des voisins qu'il avait autrefois salués.

Des bruits : les cris de haine des insurgés qui se mélangeaient aux cris d'effroi des suppliciés.

Des odeurs : la sueur des émeutiers qui se mélangeait au sang des suppliciés.

Laïfaoui n'éprouvait aucune tristesse, seule l'habitait l'assurance qu'il faisait ce qui devait être fait. La Révolution demandait des sacrifices, toujours plus de sacrifices, il l'avait désormais complètement accepté. Et puis, se disait-il en appuyant sur la détente, les meurtres de ces Européens n'étaient rien d'autre que la violence en retour des humiliations et des souffrances subies par son peuple depuis si longtemps.

Dans les premiers moments de l'attaque, des émeutiers utilisèrent les liens professionnels, de voisinage ou même d'amitié qu'ils entretenaient avec leurs connaissances européennes pour pénétrer chez elles. Les cadres FLN leur avaient conseillé la ruse, toutes les ruses, pour atteindre leurs buts. Le massacre avait été implacable : plus de soixante-dix victimes européennes jonchèrent bientôt les rues de la cité. La rupture était dès lors irrémédiable et Si Ahmed avait rempli sa mission : rendre tout retour en arrière impossible. La liberté ou la mort ! avait-il ordonné.

Plus tard dans la journée, l'armée française s'était enfin mise en ordre de marche répressive. La violence changea immédiatement de camp : à Philippeville, en haut de la rue Clémenceau, les soldats et les policiers français firent pleuvoir balles, rafales de mitraillette, jets de grenades et obus de mortier. Il ne fallut que quelques minutes pour que les émeutiers n'eussent le choix qu'entre la fuite ou la mort. Mais la fuite n'empêchait pas la mort d'advenir.

La première peur endiguée, les Européens s'étaient armés, eux aussi. Ils s'étaient armés de leur haine et de leurs armes et avaient décidé de faire justice. Dans toutes les villes et les villages qui avaient subi la fureur du FLN, ils s'étaient rués à l'assaut des quartiers musulmans. À Philippeville, tous les jeunes Arabes qui avaient été trouvés en ville, avaient été emmenés au stade et systématiquement fusillés. Pistolet-mitrailleur en main, le maire lui-même, menait la revanche et demandait que la répression s'intensifie. Les bicots avaient tiré sur leurs amis, leurs voisins, les Français qui leur avaient apporté la civilisation, l'abondance, la sécurité et Dieu ? Ils allaient voir qui étaient les plus forts, ces fanatiques ! L'édile en personne dirigea la controffensive et celle-ci fut particulièrement efficace : les jours suivants l'attaque du FLN, la ville compta plus de 2 000 morts arabes.

Si Laïfaoui quitta la ville alors que les Européens avaient déjà commencé l'épuration. Il pensa à sa femme et à ses parents mais il était dans l'incapacité de les protéger. Et puisqu'il ne croyait pas en Allah, il accepta de s'en remettre au hasard.

Plus tard, il apprit que M'Barka avait eu la vie sauve. Mais ses parents avaient été assassinés par des voisins.

Laïfaoui dut abandonner quatorze de ses hommes qui s'étaient fait piéger dans la ville. Ils réussirent à soutenir un siège meurtrier pendant plus de cinq heures dans une villa de la rue de Paris. Mais les parachutistes du 1er RCP les tuèrent un à un.

Le 23 août, Youssef Zighout déclara que la victoire était totale. La mèche avait été allumée, l'explosion allait être générale. Désormais l'insurrection était prise au sérieux par les autorités françaises et les Européens, et aussi par le peuple algérien.

Et désormais, l'autorité de Si Ahmed était incontestable au sein du FLN.

Rennes, 1971

Le train Paris-Brest fut annoncé en gare de Rennes.

Cinq minutes d'arrêt, prévint la voix nasillarde dans le haut-parleur.

Il pleuvait et ça vous donnait une idée peu ragoutante de la Bretagne.

Sur le quai, Laïfaoui se tenait sur la pointe des pieds pour tenter d'apercevoir les siens entre les innombrables parapluies. Lorsque les portes du train s'ouvrirent, et après que des passagers furent descendus sur le quai, il vit M'Barka s'avancer.

Ce fut une véritable apparition. Et c'était peu de le dire parce que l'ex-chef du FLN n'avait pas recouvré la foi en ses années d'exil, bien au contraire.

M'Barka était habillée à l'européenne, vêtue d'un trench-coat beige et sans voile sur les cheveux. Après tout ce temps, sa beauté était intacte. Laïfaoui la trouva même plus belle car elle semblait plus sûre d'elle : son regard était posé et elle ne semblait pas affolée par la foule qui l'entourait et cet endroit qu'elle ne connaissait pas.

Le cœur de Laïfaoui battait la chamade. Lui qui pensait avoir perdu toute capacité à être heureux retrouvait le goût et l'envie de croire en un avenir radieux. Il se sentait rajeunir au fur et à mesure qu'il se rapprochait de sa femme. C'était bien l'amour qui le transportait en cet instant.

M'Barka plongea dans les bras puissants de son mari – ça n'était plus arrivé depuis la fin de l'année 1962. Il l'embrassa et sentit le goût salé des larmes qui roulaient sur les pommettes saillantes de sa femme. Il enfouit son visage dans ses cheveux noirs et emplit ses poumons de son odeur. Lorsqu'il ouvrit les yeux, il croisa le regard presque effrayé d'un enfant. Son fils, Tarek.

Laïfaoui s'accroupit et ouvrit les bras en sa direction.

L'enfant jeta un coup d'œil inquiet à sa mère.

– C'est ton papa, Tarek, dit-elle.

Laïfaoui regarda sa femme. Sa voix, sa voix douce qui l'avait bien souvent apaisé lors des terribles épreuves qu'il avait traversées après l'indépendance.

Le fils se blottit à son tour contre son père. C'était donc lui, son père, le traître à la patrie algérienne dont parlaient ses instituteurs, ses camarades et leurs parents. Tarek s'accrocha à cet homme immense et laissa ses bras puissants l'étreindre doucement.

Des bruits : les discussions animées des voyageurs et de leurs proches qui se retrouvaient.

Des odeurs : la peau sucrée de son fils et l'acidité de la pluie sur le quai.

– Mon fils, dit le père.

M'Barka glissa ses doigts dans son abondante chevelure crépue, alors, Laïfoui se mit à pleurer, silencieusement. Ça lui fit un bien fou. Ça le fit peut-être revenir à la vie.

– Partons d'ici, dit-il soudain après s'être essuyé les yeux comme si verser des larmes sur ce quai de gare, au milieu de ces inconnus (qui en versaient aussi beaucoup) pût nuire à sa réputation d'homme dur.

La famille Laïfaoui sortit de la gare et s'engagea sur le boulevard de l'Alma.

Il portait son fils dans ses bras, sa femme se serrait contre lui. Ils allaient lentement.

Tarek ouvrait de grands yeux, cette ville étrange lui paraissait avoir été construite sur une autre planète. La pluie drue et le ciel sombre, les bâtiments gris et l'absence totale de Maghrébins dans les rues étaient autant de bizarreries qui le mettaient mal à l'aise. Comme ils longeaient un immense mur de pierres sales, Tarek tapota sur l'épaule de son père :

– C'est quoi, ça ? fit-il en montrant le mur d'enceinte.

Il avait la même voix douce que sa mère. Laïfaoui espéra qu'il avait hérité de sa douceur aussi et que la violence paternelle s'était perdue quelque part entre l'Algérie et la France.

– C'est une prison. Une prison pour les dames.

Cette réponse avait estomaqué l'enfant, lui pour qui l'incapacité de toute femme à faire du mal était une évidence. Ça le pétrifia : quel était ce pays qui enfermait ses femmes ?

Ils marchèrent une vingtaine de minutes en silence. Puis, ils pénétrèrent dans le hall d'un immeuble qui dépassait les plus hauts bâtiments que Tarek avait vu à Alger. Son père parlait de la *ZUP Sud*, de la construction d'un nouveau quartier, de nombreux frères marocains et de quelques Algériens aussi qui vivaient déjà dans le voisinage. Il affirmait que M'Barka trouverait des amis et que Tarek aurait plein de copains, que finalement, leur nouvelle vie n'était pas si mauvaise. Ils empruntèrent un ascenseur et s'arrêtèrent au quatrième étage. Là, ils pénétrèrent dans l'appartement de la famille Laïfaoui – c'était inscrit sur la sonnette à côté de la porte d'entrée.

Quinze jours auparavant, il avait reçu les clefs de ce deux-pièces-cuisine et, presque concomitamment, l'autorisation du ministère de l'Intérieur de faire venir sa femme et son fils. Depuis son arrivée en France, il avait vécu dans des foyers lugubres et sales, où les immigrés s'entassaient à trois ou quatre dans des chambres minuscules. C'était donc comme s'il ouvrait les portes d'un véritable palais à sa famille.

Rennes, 1971

Ses parents souriaient, Tarek vit ce sourire comme un bon présage. Peut-être que cette nouvelle vie allait effectivement être pleine de surprises agréables. Peut-être allait-il même se faire des copains lui qui, fils de traître, n'en avait jamais eu auparavant.

Banlieue parisienne, 1971

Victor Saint-Clair arrivait désormais à passer une semaine sans trop y penser. Parfois même, deux nuits d'affilée, il ne rêvait plus de l'Algérie : ni militant FLN qui lui vidait son arme en plein visage, ni commando Delta de l'OAS qui posait une bombe sous son lit. Ni Kader, ni Gascogne, ni Chamouze ne venait troubler son sommeil.

Le docteur Firon lui avait dit que c'était le début de la fin de son traumatisme. Petit à petit, il avait d'ailleurs espacé les prises de somnifères. Ses idées noires étaient devenues moins sombres. Pas tout à fait claires encore.

Quand il allait en consultation chez Firon, c'était désormais avec optimisme. Le toubib l'accueillait avec le sourire du chaman qui a amené son disciple au stade supérieur. Ce stade-là se trouvait juste avant la guérison, affirmait le généraliste.

En quittant Alger, Victor Saint-Clair n'avait eu qu'une idée : raccrocher aux wagons de sa vie d'avant.

Comme beaucoup de ses camarades, il s'était engagé dans l'armée pour vivre des aventures, voir du pays et finalement devenir un homme. Tout cet idéalisme n'avait pas tardé à voler en éclats au contact de la réalité sordide de la guerre.

Il avait tenu grâce à quelques rencontres et particulièrement à celles du lieutenant Gascogne et du sergent Chamouze. D'ailleurs, après sa démission de l'armée, il n'avait pu refuser de suivre les deux hommes lorsqu'ils l'avaient entraîné dans ce cul-de-basse-fosse qu'était devenu le Mouvement pour la coopération. L'OAS en avait fait de la charpie, les barbouzes avaient du s'enfuir d'Alger la queue entre les jambes et pour certains, dans un cercueil.

Mais Saint-Clair s'était retiré avant la destruction de la maison d'Al-Biar. Ça avait été sa chance, quelques mois de plus et il y aurait laissé sa santé mentale et peut-être même sa vie. Son esprit avait pourtant nécessité les soins assidus d'un médecin quelques années plus tard.

De retour à Paris, il avait renoué avec l'Éducation nationale et avait fait valoir son diplôme de l'École normale. Rapidement, il avait été nommé instituteur en banlieue parisienne. Montrouge d'abord, Arcueil ensuite et depuis cinq ans à l'école maternelle Eugénie Coton, à Brétigny-sur-Orge, juste en face du cabinet du docteur Firon qui, lui, le suivait depuis cinq ans. Des liens amicaux s'étaient même tissés entre les deux hommes à tel point que le toubib lui avait demandé de l'aide pour trouver un nom à l'enfant que sa femme attendait pour le début de l'année 1972.

Deux semaines auparavant, alors qu'il feuilletait *Le Canard enchaîné*, il avait appris l'assassinat d'une ancienne barbouze, rue Blanche à Paris. Il s'agissait d'Alain Chamouze, ex-sergent au 9e RCP. On supposait une rixe entre alcooliques ou un guet-apens dans le milieu des proxénètes de la place Pigalle. Le journaliste, lui, imaginait un possible règlement de comptes entre barbouzes et OAS mais il était bien le seul. Autant reconnaître que les flics s'en battaient l'œil que ça vous donnait une idée de l'infini. Et pour tout dire, Saint-Clair aussi s'en fichait éperdument.

Bien sûr, la disparition de son ancien camarade lui avait fait un choc mais il n'oubliait pas que Chamouze était celui qui avait dénoncé la fuite de Kader Mekchiche à la hiérarchie militaire. C'était lui qui était responsable de la disparition du harki dès son retour sur le sol algérien. Ça, il n'avait jamais pu le pardonner.

Alors, lorsqu'il crut reconnaître Kader dans les rayons de l'hypermarché de Sainte-Geneviève-des-Bois, Saint-Clair avait ressenti un sentiment joyeux, comme si le harki pouvait être encore vivant – et comme s'il pouvait ne pas avoir vieilli. Mais, au contraire de Chamouze, il n'avait pas perdu des neurones dans la bataille contre le passé, l'alcool ne lui avait pas ramolli le ciboulot : Kader était mort et enterré quelque part dans une fosse commune des environs d'Alger, ses os se mélangeant à ceux d'autres types assassinés par hasard ou par malchance. Ça c'était une certitude. Il avait donc passé son chemin.

Quatre jours plus tard, alors qu'il sortait de l'école où il enseignait et s'apprêtait à remonter l'avenue de la Commune de Paris afin d'attraper un bus, il croisa à nouveau le regard de l'homme qui ressemblait tant à Kader. Celui-là marchait à sa hauteur, sur le trottoir d'en face, vêtu d'une canadienne élimée.

– Bon Dieu ! Je deviens dingue ou quoi ? murmura l'instituteur en hâtant le pas.

La ressemblance était troublante. Mais loin de reproduire le sentiment joyeux qu'il avait ressenti dans les rayons de l'hypermarché, l'apparition engendra une véritable panique. Saint-Clair vit son passé défiler devant lui et il eut soudainement peur de mourir. Une peur atroce, de celle qu'il avait ressentie en Algérie lorsque les balles et les explosions le cernaient. Instinctivement, il se mit à courir et réussit à bondir dans un bus qui démarrait un peu plus loin.

Il s'enfonça dans une banquette et s'aperçut que Kader Mekchiche avait disparu. Arrivé à la gare de Brétigny-sur-Orge, Saint-Clair se rua dans le premier train en direction de Paris et tenta de recouvrer ses esprits. Son souffle était court et sa salive pâteuse. Il se força à fermer les yeux.

Au bout de quelques minutes, il repensa à cette journée de juillet 1960, à Philippeville. Cette journée ensoleillée lors de laquelle Gascogne, Chamouze et lui avaient rencontré Kader Mekchiche pour la première fois. Et aussitôt un souvenir remonta à la surface de sa mémoire en un flash stroboscopique sous ses paupières closes : il revit le fils du harki, Rochdi. Et bordel de Dieu ! c'était certain, c'était Rochdi qui l'avait suivi sur l'avenue un peu plus tôt.

Cette découverte ne le rassura pas. Il songea à l'article qu'il avait lu deux semaines auparavant et qui racontait la mort étrange de l'ex-sergent Chamouze. L'OAS ou les souteneurs de la place de Clichy n'étaient peut-être pas dans le coup. Il se pouvait simplement que le fils de Kader cherchât à venger son père. Saint-Clair en fut terrifié.

Deux stations plus tard, il descendit sur le quai, la trouille au ventre. Il marcha vite, se retournant sans cesse, changeant de trottoir lorsqu'un homme de la taille de Kader Mekchiche, et donc de Rochdi, venait à sa rencontre. Il grimpa les deux étages qui menaient à son petit appartement, et s'enferma à double tour.

Le jour déclina mais Saint-Clair n'alluma pas la lumière et il se retrouva bientôt dans le noir. Pour autant, il ne dormit pas de la nuit. Au moindre bruit, il se précipitait à l'une des fenêtres qui donnaient sur la rue Paul Vaillant-Couturier ou allait plaquer son œil sur le judas de la porte d'entrée. Il but des litres de café en se rongeant les ongles.

Depuis son départ d'Alger, il avait rompu tout contact avec ses anciens camarades du MPC ou de l'armée. Quelques mois après s'être installé en banlieue parisienne, il avait pourtant croisé par hasard un adjudant du 9e RCP. C'était lui qui lui avait expliqué comment et pourquoi Kader et les autres harkis que le lieutenant Gascogne avaient envoyés en France, avaient finalement été arrêtés par les autorités militaires française dès leur arrivée en gare de Redon. C'était le sergent Chamouze qui avait bavé, le salaud ! avait raillé l'ancien soldat écœuré. Saint-Clair avait été profondément blessé d'apprendre la vérité. Il avait ressenti une vaste sensation de non-sens. Les années passées en Algérie n'avaient été que mensonges et trahisons, il le savait. Mais la trahison de Chamouze rajoutait encore un peu plus à ce sentiment d'avoir été berné.

Alors, cette nuit-là, enfermé dans son appartement, il ne savait vers qui se tourner. Ses anciens camarades et ses anciens chefs n'étaient plus là pour l'aider. Quant à la police, il ne pouvait s'y rendre au risque de devoir expliquer son passé barbouzard et remettre en question son appartenance à l'Éducation nationale. Et son boulot d'enseignant était désormais sa raison d'être.

Au petit matin, après des heures de réflexion durant lesquelles la paranoïa l'avait disputé à l'optimisme, Saint-Clair avait décidé d'affronter le jeune

Rochdi, non les armes à la main mais en tentant de le raisonner. Car la raison était désormais l'arme de l'instituteur Saint-Clair. Le fils de son ami harki comprendrait qu'il n'était pour rien dans le terrible destin de son père. Au contraire, il lui parlerait des moments qu'ils avaient partagés en Algérie, des moments difficiles et des moments heureux aussi. Et tout rentrerait forcément dans l'ordre.

Mais rien ne rentra dans l'ordre.

Le lendemain matin, lorsqu'il sortit de chez lui, brisé par la fatigue mais plus serein que la veille au soir, un homme l'attrapa violement par le col de son blouson. C'était le fils de Kader ! L'instituteur vit une lame s'élever au-dessus de lui.

– Rochdi ! hurla-t-il.

Son nom prononcé par sa victime, immobilisa l'agresseur l'espace d'une seconde. Juste assez de temps pour que Saint-Clair se dégage d'un coup de poing bien ajusté en pleine face (les réflexes acquis en Algérie n'avaient pas totalement disparu).

– Ton père était mon ami, je ne l'ai pas balancé ! Je n'y suis pour rien…

Mais le visage de Rochdi était fermé. Une lueur de haine brûlait au fond de ses yeux – c'étaient les yeux d'un dément. Saint-Clair ne tenta pas de négocier plus longtemps, il prit ses jambes à son cou et remonta la rue Paul Vaillant-Couturier comme un dératé, manquant de se faire renverser par les automobiles, bousculant les passants.

– Petit salaud ! lui gueula un vieux grabataire qui faillit se retrouver cul par terre.

– Si c'est pas un monde, tout de même, argumenta sa femme dont le visage semblait être celui d'une momie. Une bonne guerre, ça leur ferait pas de mal à ces jeunes-là !

Saint-Clair se foutait de la politesse et de la bienséance, il ne voulait pas crever pour un malentendu. Il traversa la chaussée et fonça vers le commissariat. Comme l'on faisait au Moyen-âge dans les églises, il y demanda *asile*. Ses tremblements impressionnèrent même le planton de service qui, un instant, soupçonna une consommation de substances illicites.

Saint-Clair s'en remit alors au bon-vouloir des flics et aux aléas de la justice des hommes.

Rennes, 1972

Chaque matin, il fallait se lever tôt, la chaîne n'attendait pas. Il fallait bien les produire ces satanées voitures que les Français moyens voulaient conduire. Alors, chaque matin, très tôt, Achraf Laïfaoui buvait silencieusement son bol de café robusta et sortait de son appartement sans avoir oublié d'emporter son repas de midi, la gamelle rempli du sempiternel riz aux légumes, et son thermos de café. Le jour n'était jamais levé (sauf peut-être au plus beau de l'été) lorsqu'il poussait la porte d'un bistrot où il avait pris l'habitude de prendre un expresso en compagnie de quelques-uns de ses collègues. Les banalités échangées au bord du zinc finissaient de réveiller les cerveaux embrumés.

Puis, il ressortait dans la fraîcheur matinale et forçait le pas pour attraper le premier bus qui partait pour Saint-Jacques-de-la-Lande.

Depuis 1965, il travaillait à l'usine Citroën de Rennes-La Janais.

Une chance. Car malgré ses états de service au sein du FLN et les convocations répétées au commissariat principal de Rennes, et parfois à la préfecture, il avait été accepté comme ouvrier spécialisé.

Une chance. Parce que sans ce travail, jamais Laïfaoui n'aurait pu faire venir sa femme et son fils. La France demandait toujours plus de bras pour poursuivre son essor économique, sa place au sein des nations les plus prospères, des pays dominants en dépendait. Et depuis qu'elle avait perdu ses colonies, elle se devait d'être l'une des premières puissances industrielles. Une chance donc.

Sur la chaîne, Laïfaoui, avait toujours eu la même place, au ferrage. Il avait d'abord assemblé des Ami 6. Puis à partir de 1967, les premières carcasses métalliques de la GS avaient commencé à passer devant lui. Un défilé monotone qui le forçait bien souvent à repenser à sa vie d'avant, à quand il était Si Laïfaoui, officier de l'Armée de libération nationale.

Et toujours, des images terribles lui revenaient à l'esprit.

Souk Ahras,
frontière algéro-tunisienne, avril 1958

En 1958, Souk Ahras avait donc été une victoire pour la révolution algérienne. Le FLN et le GPRA en avaient décidé ainsi même si, sur le terrain, les *djounoud* s'étaient finalement fait tailler en pièces.

Pendant cette bataille, le lieutenant Laïfaoui et ses hommes avaient fait parler la poudre et le feu. Les soldats français du 9e RCP avaient payé cher leur volonté d'asservir son peuple, d'humilier l'Algérie. Laïfaoui avait tué de ses propres mains plusieurs troufions, un caporal-chef courageux et, surtout, le capitaine qui commandait la 3e compagnie. Mais le FLN y avait aussi perdu de nombreux et valeureux combattants. Le chef du 4e bataillon, Latrech Youssef s'était fait tuer sur le djebel Mouadjène et Laïfaoui avait été fait prisonnier.

C'est à partir de sa capture que l'enfer avait réellement commencé. Avant ça, la bataille, les morts et la peur d'être tué par une balle n'avaient été que des préliminaires. Treize ans plus tard, le souvenir des heures de torture qu'il avait endurées dans la grange du camp militaire de Souk Ahras, le réveillait encore la nuit. Des crises de terreurs nocturnes l'obligeaient même à allumer la petite lampe sur la table de chevet et à ne plus fermer les yeux jusqu'à ce que le jour se lève.

Il avait subi la question mais il n'avait pas parlé. Sous les assauts de l'électricité il s'était pissé et vomi dessus. Il avait reçu des norias de coups, on avait menacé de le tuer dans des conditions atroces, de s'en prendre à sa femme, à ses parents, à ses amis, mais il n'avait pas parlé.

Des bruits : les rires stupides des soldats pendant l'interrogatoire.

Des odeurs : son urine et son vomi souillant son corps pris de tremblements.

Le capitaine en maillot de corps qui conduisait l'interrogatoire avait l'air impressionné par sa résistance. Lorsque deux lieutenants, un sous-lieutenant et un sergent du 9e RCP entrèrent dans la grange, résolus à venger leur capitaine tué quelques heures auparavant sur le djebel Mouadjène, il leur déclara :

– Mis à part son blaze, Si Laïfaoui, et son grade, lieutenant politico-militaire, ce fumier n'a pas desserré les mâchoires. Faut pas croire qu'on a affaire qu'à des branques, messieurs. Mais, vous savez ce que l'on dit ? C'est à la valeur de leurs ennemis qu'on voit la valeur des soldats.

Il ordonna alors à ses hommes de relâcher les liens qui le maintenaient dans les airs grâce à un système de poulies. Les jambes écartées, Laïfaoui chuta lourdement sur un tréteau. Ses testicules manquèrent d'exploser sous le choc. Une douleur inhumaine lui traversa le corps, empruntant le même chemin nerveux que l'électricité de la gégène. L'envie irrépressible de prier Allah l'effleura, lui qui ne croyait plus en Dieu depuis son enfance.

Le capitaine cogna de son poing au visage. Une autre douleur.

L'officier français s'énervait de ne pas disposer d'un membre de la famille de son prisonnier. Tous les combattants du maquis avaient entendu parler de séances consistant à forcer le fils ou la femme d'un détenu à le torturer. Si le prisonnier résistait, on torturait alors ses proches. L'enfer ne devait pas être plus terrible, se dit Laïfaoui.

Il n'avait pas parlé. Il était Si Laïfaoui, le guerrier dont la vie appartenait à la Révolution.

Le capitaine, hors de lui, cogna à nouveau. Deux fois au visage. La douleur était au-delà de ce que l'on pouvait imaginer de pire et le sang giclait toujours. Le corps humain contenait donc tant de sang ?, s'interrogea Laïfaoui en remontant des limbes où l'avaient précipité les coups.

– Tu vas nous obliger à faire une corvée de bois, ce soir, murmura le capitaine à son oreille.

Le sous-lieutenant du 9e RCP demanda alors :

– Les électrodes n'ont rien donné, mon capitaine?

Le chef d'interrogatoire répondit par la négative. Ça paraissait incompréhensible aux tortionnaires que l'on pût résister à tant d'acharnement.

Puis, le capitaine confia aux soldats de la 3e compagnie la mission de faire disparaître le prisonnier.

– On va le garder au frais jusqu'à ce soir, expliqua-t-il en regardant les quatre hommes. Vous en prendrez possession et vous l'emmènerez à l'extérieur de la ville.

Le capitaine et ses hommes gardèrent donc Laïfaoui au frais. Un maréchal-des-logis prit le relais de son chef et il frappa méthodiquement sur la blessure que le prisonnier avait reçue au flanc durant la bataille. Une fois, deux fois, trois fois et la quatrième fois, Laïfaoui s'évanouit.

Le liquide chaud qui coulait sur son visage le réveilla. Lorsqu'il rouvrit les yeux, il comprit que le sous-officier venait de lui verser un seau d'urine sur la tête. Et puis, une douleur aigüe à son sein droit attira son regard: une électrode avait été pincée sur son aréole et une autre enserrait l'un de ses gros orteils. Une ligne de douleur indicible lui traversa immédiatement le corps de bas en haut.

– Fais gaffe, Ducon! rigola le maréchal-des logis à l'intention du soldat qui actionnait la gégène. Faut pas nous le tuer tout de suite, il a encore plein de choses à nous dire, le melon avarié.

Mais Laïfaoui n'avait rien dit. Même après s'être évanoui encore et encore, à trois reprises.

Au bout d'un long moment, le capitaine qui enchaînait les cigarettes, allumant la suivante avec le mégot de la précédente, s'assit sur les marches qui montaient jusqu'à la mezzanine. Il s'étira en bâillant:

– Bon, on n'en sortira plus rien, de ce zozo-là.

Il renfila sa chemise, écrasa sa cigarette et ordonna au maréchal-des logis:

– Lelièvre, tu refiles le felloche aux types du 9e et je ne veux plus en attendre parler.

– À vos ordres, cap'taine, répondit l'autre en giflant le fellaga, une dernière fois, pour la forme.

Les yeux de Laïfaoui étaient révulsés.

On refila donc le felloche à la 3e compagnie du 9e RCP.

Un peu plus tard dans la soirée, le sous-lieutenant aux yeux vairons et le gros sergent revinrent dans la grange. Ils étaient accompagnés par un caporal arabe.

Ils traînèrent le fellaga qui sentait l'urine et le vomi à l'extérieur.

Alors que le ciel s'obscurcissait, ils l'installèrent à l'arrière d'une jeep et discrètement, quittèrent le camp. Lorsque le véhicule leur passa devant, des soldats qui fumaient des cigarettes près de l'infirmerie jetèrent des regards dont on ne savait s'ils étaient d'encouragement ou de reproche. Peut-être étaient-ce les regards abattus de soldats éprouvés par ce qui se déroulait autour d'eux.

La jeep sortit de Souk Ahras puis se dirigea vers la ligne Morice. Le plan était simple, le lieutenant l'expliqua au sergent :

– On le flinguera sous le barrage. On pensera qu'il s'est fait descendre en essayant de le traverser.

Le sous-officier fit la grimace :

– On pourrait peut-être le balancer vivant sur la haute tension, comme ça, il s'électrocutera. Et là, on pourra vraiment penser qu'il s'est fait cuire en essayant de traverser le barrage.

L'officier dévisagea son subordonné :

– On n'est pas obligé de se comporter en sauvages pour éviter de se salir les mains. D'ailleurs, la réputation de l'armée est déjà bien dégueulasse, on n'a pas besoin d'en rajouter. Et puis, merde !

À l'arrière du véhicule, le caporal regarda longuement le prisonnier sanguinolent. Il ne semblait pas hostile.

La ligne Morice était une invention bien française, l'héritière des lignes Maginot et de toutes les frontières militarisées qui avouaient bien vite leur impuissance à empêcher l'ennemi de passer.

En juin 1957, André Morice, alors ministre de la Défense, avait ordonné l'érection d'un barrage de 350 kilomètres, courant tout le long de la frontière algéro-tunisienne, de Bône à Négrine. En moins d'un an, la ligne de défense avait été achevée dans l'une des régions les plus hostiles d'Algérie, entre montagnes, djebels rocailleux, gorges arides et forêts de broussailles.

Dans le Nord, le barrage était une véritable haie électrifiée, parfois doublée ou triplée, entrelacée de fils barbelés, hérissée de pointes de fer, renforcée par des chevaux de frise, surveillée par des systèmes de détections sophistiqués.

Dans le Sud, il n'était parfois plus qu'un champ de mine parsemé de postes dits *radars-canon*, disposant de canons tirant des projectiles de 105 mm à une distance de vingt kilomètres. L'armée avait isolé le site et la population avait été déplacée dans des camps d'internement – appelés officiellement *camps d'hébergement*.

En février 1958, le nouveau ministre de la Défense, Jacques Chaban-Delmas décida l'évacuation totale de la région comprise entre Tébessa, Souk Ahras et Bône.

Lorsque les trois soldats et leur prisonnier arrivèrent en vue du barrage, la nuit était déjà tombée. Mais de puissants projecteurs éclairaient les fortifications et aucune zone n'était laissée dans l'ombre.

– Que Dieu me savonne ! laissa filer le sergent qui paraissait ne s'être jamais approché d'aussi près du barrage.

Un incroyable entrelacs de fer et d'électricité s'étendait devant eux. Large de huit à dix mètres, l'ouvrage paraissait infranchissable. Un bien bel outil de guerre psychologique, s'étaient réjouis décideurs politiques et donneurs d'ordres militaires.

– Regardez là-bas, mon lieutenant ! s'enthousiasma le harki.

Il paraissait tout excité de savoir, lui, de quoi il retournait dans le coin :

– La grande barrière avec les onze rangées de barbelé, au milieu, vous voyez, mon lieutenant ? Hé ben, elle fait 7 000 volts. Les rebelles y brûlent dessus.

Le sergent avait eu un petit rire :

– C'est de ça que je parlais tout à l'heure, lieutenant.

L'officier descendit de la jeep sans répondre. Laïfaoui vit que son regard étrange de différentes couleurs trahissait le tourment qui l'agitait. Un instant il imagina que la pitié ne lui était pas inconnue. Mais l'instant d'après, le fellagha se promit de ne rien faire pour déclencher cette pitié. Lui et ce soldat français n'avaient rien en commun, ils étaient ennemis à jamais. Il espérait qu'il ne l'humilierait pas en lui proposant sa pitié.

Une automitrailleuse s'était alors avancée lentement sur l'un des chemins de ronde qui longeaient le barrage. Lorsqu'elle fut à quelques mètres, un sergent sortit sa tête par la portière.

– Sous-lieutenant Gascogne, 3e compagnie du 9e RCP. On a un ordre de mission, déclara l'officier aux yeux vairons.

Le sergent de l'automitrailleuse vit l'homme entravé à l'arrière de la jeep. Il comprit sans aucun doute la raison de la présence de ces hommes.

– Pas de problème, lieutenant. Mais n'approchez pas plus du barrage, ça peut être dangereux.

– Merci, sergent. Nous n'en avons pas pour longtemps. Simple reconnaissance.

Le sergent lâcha un bruit étrange qui venait du fond de sa gorge, un bruit qui disait : « faites les saloperies que vous avez à faire, mais ne me prenez pas pour un con ». Puis l'automitrailleuse s'éloigna.

Le lieutenant resta silencieux pendant un long moment. Il semblait fasciné par le barrage.

Le harki s'approcha alors de lui :

– Je peux m'en occuper seul, mon lieutenant, si vous voulez.

L'officier observa quelques secondes le supplétif et hocha finalement la tête.

Le caporal fit alors chuter lourdement Laïfoui à l'extérieur de la jeep. Le prisonnier crut à nouveau mourir tant la douleur à son flanc était insoutenable. Il fut presque traîné jusqu'au réseau de barbelé.

À travers le sang coagulé qui recouvrait son visage meurtri, il vit le lieutenant se rasseoir au volant de la jeep à côté du sergent. Pas de pitié entre de tels ennemis que nous, pensa-t-il en serrant les dents. Le harki lui asséna un violent coup de pied aux fesses et l'obligea à se relever.

– Avance ! gueula-t-il en lui plantant le canon de son fusil dans les reins.

Ils marchèrent pendant une cinquantaine de mètres.

Laïfaoui sentait les grains du sable froid glisser entre ses orteils. Il se souvenait des plages non loin de Philippeville sur le sable desquelles il s'était si souvent promené en compagnie de M'Barka. Il revoyait ses cheveux noirs voler au vent chaud de la Méditerranée. Son cœur le fit alors souffrir et une tristesse infinie l'envahit.

Des bruits : le grésillement de l'électricité dans les fils du barrage.

Des odeurs : la fraîcheur de la nuit dans le désert.

– M'Barka, murmura-t-il en contenant son chagrin.

– Mon lieutenant, dit alors le harki, entre ses dents, sans presque bouger les lèvres. Va falloir jouer serrer.

Laïfaoui crut rêver.

– Tu vas faire le mort, mon lieutenant. Et tu vas attendre longtemps après notre départ. Après, tu pourras t'enfuir.

– Je n'ai que faire de ta pitié, répondit Laïfaoui.

Le harki fronça les sourcils. Pendant une seconde, il sembla se demander s'il ne valait pas mieux suivre les ordres et exécuter le prisonnier. Laïfaoui sentit l'hésitation de son gardien :

– Pourquoi fais-tu ça ?

– Parce que tu es Si Laïfaoui, le grand guerrier, l'ami de Si Ahmed. Et parce que je n'ai peut-être pas fait le bon choix. Mais ça, ça ne regarde que moi.

Laïfaoui se retint de lui dire tout le mépris qu'il avait pour les traîtres à l'Algérie, que ceux-là devraient payer lorsque le FLN l'emporterait. Il pensait même que ceux qui restaient silencieux devraient répondre de leur lâcheté.

– Tu te souviendras de moi ? continua le harki. Je m'appelle Kader Mekchiche. Mekchiche, tu te souviendras ?

– Oui, je me souviendrai de toi.

Alors, le caporal Kader Mekchiche leva lentement son fusil et tira une balle juste au-dessus du crâne de son prisonnier. Laïfaoui se laissa tomber dans le sable froid, comme l'aurait fait un corps sans vie. Un deuxième coup de feu claqua à nouveau. Et il ferma les yeux.

Assis dans la jeep, le lieutenant et le sergent français avaient assisté à l'exécution cinquante mètres plus loin.

– Voilà, tu es mort, lieutenant, murmura le harki.

Rennes, 1971

Malgré les souvenirs qui l'assaillaient, Achraf Laïfaoui assurait un travail de qualité au ferrage. Un vrai travail d'ouvrier spécialisé alors qu'il appartenait à la catégorie des manœuvres. Depuis son embauche en 1965, il n'avait en effet jamais quitté le grade M2.

La hiérarchie des ouvriers sur la chaîne avait été fixée par une *main invisible*, selon un ordre en tout cas incompréhensible aux petites gens de l'usine. En bas de la grille de classification, les Noirs étaient M1, les Maghrébins M2 ou M3, les Espagnols et Portugais OS1 et les Français, dès leur arrivée, devenaient OS2 puis OS3. Laïfaoui était M2 et parce qu'il avait fait partie du FLN, dix ans auparavant, il savait qu'il ne bougerait jamais du bas de l'échelle. Il touchait à peine 3,50 francs de l'heure et avait l'obligation d'être le meilleur des ouvriers.

Il ne frayait pas beaucoup avec ses camarades. Seul Gavornikov, un Slovaque qui avait fui la Tchécoslovaquie, peu après le Printemps de Prague, lui adressait la parole pour autre chose que les salutations d'usage. L'ancien communiste savait que Si Laïfaoui avait été un personnage important de la lutte pour l'Indépendance algérienne dans le Constantinois, le sous-chef d'une wilaya ou quelque chose comme ça. À l'université de Bratislava, Gavornikov, lui, avait cru à un socialisme à visage humain. Il avait dû s'exiler lorsque les chars soviétiques avaient envahi son pays.

Quelque part dans les bureaux de la direction, les responsables des ressources humaines avaient décidé de se servir du particularisme culturel des ouvriers immigrés pour mieux assurer le calme dans les usines Citroën. Ainsi, il existait sur les chaînes de montage un calque presque parfait de la hiérarchie qui régnait dans les villages d'où venaient les ouvriers manœuvres. Dans les usines de la région parisienne, à Choisy et à Javel, des villages entiers avaient été transportés : sur la chaîne, le chef religieux ou tribal commandait donc à une trentaine de villageois. Ce chef, ne travaillait pas, surveillant ses compatriotes et touchant même au passage un pourcentage du salaire de ceux-ci.

À Rennes-La Janais, les travailleurs étaient majoritairement des Blancs, ouvriers agricoles et paysans qui avaient préféré pointer à l'usine plutôt que de se casser le dos à cultiver la terre. Après leur journée de travail, certains continuaient à cultiver la terre dans les fermes familiales, ils avaient encore ça dans le sang. Il n'y avait guère d'ouvriers algériens dans l'usine bretonne et la cinquantaine qui y travaillait obéissaient tous à l'imam. Peu après son arrivée, Laïfaoui avait fait savoir à ses compatriotes que rien ne les obligeait à reverser une part de leur salaire, que la révolution algérienne avait mis à bas le système féodal.

Le soir même, à la fin de sa journée de travail, Laïfaoui avait été convoqué dans le bureau vitré du chef de ligne, un contremaître qui le tutoya immédiatement. Il lui déclara que sa place était précaire et qu'il était facile à Citroën de le faire renvoyer en Algérie en un tournemain. Alors, il s'était tu et avait décidé de ne plus faire de vagues. D'ailleurs, ses compatriotes de l'usine, sur les ordres de l'imam, l'évitèrent dorénavant.

À l'usine, Laïfaoui parlait donc avec Gavornikov et, à l'extérieur, avec quelques Algériens athées. C'était déjà ça.

Il avait tenu le coup et, en 1971, on lui avait attribué un logement HLM dans la ZUP Sud de Rennes. Là, les voisins étaient plus causants et beaucoup se fichaient de savoir si Si Laïfaoui avait trahi ou non, puisque seul importait qu'il fût un travailleur sérieux désormais. Bientôt, M'Barka, son bon sens et sa douceur, avaient fait le reste : la famille Laïfaoui était devenue une famille tranquille, polie et fréquentable. Achraf et et son épouse acceptèrent d'imaginer qu'ils avaient un nouveau pays. Et même si la France ne remplacerait jamais l'Algérie, peut-être pourraient-ils y vivre heureux. Peut-être Tarek pourrait-il y grandir sans crainte, s'instruire et se construire un avenir.

Rennes, 1972

Dix mois après que sa femme et son fils l'eurent rejoint en France, Achraf Laïfaoui s'était fait à ses nouveaux habits d'ouvrier et de père de famille français. Il se levait toujours à l'aurore. Avant de prendre l'autobus qui le menait à l'usine, il buvait un petit café serré en compagnie de quelques ouvriers dans un petit bar de ses amis, *La Rose de Casablanca*. L'établissement se trouvait dans un minuscule centre commercial de la ZUP Sud, au milieu des HLM qui poussaient.

Souvent, ces matins-là, les yeux dans le vague, le goût amer du café dans la bouche, il revoyait les paysages des environs de Philippeville – sa ville natale portait désormais le nom de Skikda. C'était une nostalgie un peu douloureuse, mais qu'il aimait ressentir avant de commencer sa journée de travail. Parfois il la laissait l'accompagner jusqu'aux portes de l'usine.

Un matin d'automne, à travers la vitre du bus embuée, Laïfaoui, perdu dans ses souvenirs, se demanda si sa mémoire ne lui jouait pas des tours.

Il crut en effet apercevoir l'homme qui avait simulé son exécution une nuit d'avril 1958, près du barrage électrifié sur la frontière tunisienne. Cet homme marchait sur le trottoir non loin des nouvelles HLM de la rue de l'Alma. Qu'un type puisse ressembler à un autre, c'était possible et Laïfaoui n'était pas superstitieux, il savait que chacun possédait de nombreux sosies en ce bas monde.

Pourtant, un petit pincement désagréable lui énerva les intestins. Il songea que la moindre coïncidence le reliant à son passé – et la ressemblance de ce jeune homme avec le harki en était une particulièrement troublante – pouvait être le signe que là-bas, en Algérie, des individus avaient les moyens de se rappeler à son bon souvenir. Il savait ainsi que le chef des services secrets algériens, Kasdi Merbah, avait décidé de faire le ménage dans les rangs de l'opposition à Boumediene. L'année précédente, Krim Belkacem s'était fait assassiner en Allemagne. On avait vu à l'œuvre l'efficacité des agents de Merbah.

Alger, 1962

Le 3 juillet 1962, une foule hurlant de joie s'était déversée dans les rues d'Alger. À la radio, les résultats de la consultation électorale avaient été annoncés : le OUI l'avait emporté, l'Algérie était désormais indépendante.

Des milliers de drapeaux vert et blanc arborant le croissant et l'étoile avaient fièrement fleuri dans tout le pays. Des camions et des voitures surchargés d'hommes, de femmes et d'enfants s'étaient dirigés vers Alger et avaient déversé leurs passagers dans les grandes artères de la capitale. Le centre-ville se remplit de femmes criant « *Djizar-vi, ya-ya !* »

Les Arabes riaient, les petits Blancs pleuraient.

Car ce jour marquait également la débandade définitive et généralisée des pieds-noirs. Les interdictions de l'OAS ne faisaient pas le poids face à la possibilité d'une vengeance des vainqueurs – d'ailleurs, l'OAS, elle aussi, avait déjà fui. Les Européens et les pieds-noirs ne pensaient plus qu'à quitter le pays. Et tant pis si de l'autre côté de la Méditerranée, les Français les attendaient avec inquiétude. Déjà, on parlait d'assassinats de Blancs à Oran et dans les Aurès. Depuis quelques semaines, les avions et les paquebots embarquaient un nombre insensé de fuyards. Ceux-ci avaient, au mieux, bradé leurs biens, au pire ils les avaient abandonnés. Plutôt une valise vide qu'un cercueil plein !

Deux semaines auparavant, la radio pirate de l'OAS avait confirmé les accords passés entre l'Organisation secrète et le FLN. Du fond de sa prison de Fresnes, l'ex-général Salan avait bien conseillé à ses compatriotes de rester sur leur terre natale devenue « une seule Algérie fraternelle ». Mais le vieux militaire avait perdu son aura en se lançant dans l'escalade barbare des assassinats et des attentats. C'était fini, l'heure de l'Algérie française avait fait long feu.

Les Algériens avaient gagné.

Dans les rues, ils se laissaient aller à une joie nouvelle, entière, enivrante. Pour la première fois depuis 1830, ils étaient maîtres en leur pays. Un vent de changement soufflait, ils en étaient persuadés.

Le capitaine Si Laïfaoui, accompagné de quelques-uns de ses hommes, était sorti de son PC de la Casbah, tôt le matin. Ensemble, ils avaient remonté la rue Marengo en armes et en uniforme de l'ALN. La foule qui les avait acclamés n'en finissait plus de les féliciter et de les embrasser. Voyant ces hommes marcher la tête haute, beaucoup de *Marsiens* avaient alors eu le courage de sortir dans la rue avec leurs fusils qui n'avait jamais servi et leurs drapeaux blanc et vert à l'odeur de naphtaline. Mais ces résistants de la dernière heure, de l'après 18 mars 1962, qui arboraient leurs brassards aux couleurs algériennes comme seuls signes distinctifs de leur appartenance à l'armée de libération, n'avaient pas la gravité martiale qu'affichaient le capitaine Laïfaoui et ses compagnons. Ceux-ci ressentaient dans leur chair et dans leur âme combien la mort de leurs camarades n'avait pas été vaine. Plus que tous les autres, ils l'avaient attendu longtemps ce moment de liberté, ce moment où ils seraient enfin chez eux en Algérie.

La nuit précédente, Tarek était né. M'Barka l'avait mis au monde dans l'appartement de la rue du Rempart-Médée que les Laïfaoui occupaient et qui servait de PC militaire. Dès le matin suivant, le capitaine Laïfaoui n'avait guère eu le temps d'embrasser sa femme et son fils, son devoir était de s'opposer à tout coup de force. Celui-là pouvait venir des derniers francs-tireurs de l'OAS.

Ou, plus encore, des forces du FLN de l'extérieur qui revendiquaient déjà les plus hautes fonctions de l'État. On savait que de graves dissensions étaient apparues entre le Gouvernement provisoire de la République algérienne et l'état-major de l'ALN, les désormais frères-ennemis de la lutte pour l'indépendance. La veille, Laïfaoui avait appris qu'Ahmed Ben Bella avait débarqué à Oran en vainqueur. Le colonel Houari Boumediene et ses troupes de l'ALN, mais également les forces insurgées des wilayas des Aurès, du Sahara et de l'Oranie soutenaient désormais Ben Bella.

Face à l'état-major de l'ALN, le GPRA de Mohamed Boudiaf essayait de se maintenir au pouvoir. À Alger, on attendait l'arrivée imminente de Benyoussef Benkhedda, le président du Gouvernement provisoire. C'était pour eux, pour le GPRA, Krim Belkacem et Benkhedda que Si Laïfaoui avait pris parti. Un pari sur l'avenir qui s'avéra vite trop peu réfléchi.

Tout ça risquait de mal finir, estimait à part lui, le capitaine Laïfaoui. Au-delà des cris de joie, des chants et de la liesse populaire sincère et générale, ceux qui avaient réellement participé à la lutte pressentaient que l'affrontement qui se préparait allait être à nouveau sans pitié. Encore un. Pendant quelques heures, Laïfaoui se laissa tout de même aller à son double bonheur d'être un père et un Algérien libre.

Le temps avait passé vite depuis son engagement dans le petit groupe de rebelles du Nord-Constantinois et Achraf Laïfaoui avait traversé ces années de guerre comme un mort vivant. Plusieurs fois il avait échappé à la mort. Après sa capture à Souk Ahras, il avait même enduré la torture. Et puis, il y avait tout ce sang qu'il avait sur les mains, le sang de ses ennemis bien évidemment, mais aussi le sang des fusillés pour l'exemple, des traîtres et de ceux qui ne voulaient pas s'engager.

Le prix à payer avait été extrêmement lourd. Laïfaoui était persuadé que les historiens ne parviendraient jamais à le quantifier, qu'il serait le seul, avec ses compagnons, à en connaître l'importance. Mais, l'Histoire était déjà en train de s'écrire, approximative et mensongère, les historiens et les gouvernements s'accorderaient entre eux.

Lorsque quelques jours plus tard, les chefs du GPRA apparurent au balcon de la préfecture d'Alger, tous les Algériens comprirent que la fête était terminée. Benkhedda commença par dégrader les principaux commandants de l'ALN en les accusant de vouloir mettre en place une *dictature militariste*.

Mais la Casbah était tenue par le chef historique de la zone autonome d'Alger, Yacef Saadi, fraîchement sorti des geôles françaises. Lui, il entretenait d'excellentes relations avec le clan de Ben Bella.

La tension entre les deux camps déboucha bientôt sur des affrontements armés. Il ne fallut pas longtemps pour que Ben Bella et Boumediene s'emparent du pouvoir. Et, puisque toute prise de pouvoir nécessite de se faire une place, on fit de la place. La chasse aux ennemis de la Révolution fut décrétée ouverte. Ceux qui n'étaient pas avec Ben Bella et Boumediene étaient contre eux, c'était logique.

Il s'agissait que les Algériens se réapproprient l'Algérie. Et c'est dans le sang que le nouveau gouvernement se réappropria son pays.

Alger, août 1961

Le 4 juillet, à Oran, des massacres d'Européens se multiplièrent au prétexte de répondre à des coups de feu tirés sur la foule en liesse. Une provocation de l'OAS, le baroud d'honneur de pistoleros fous et une réponse énergique des Algériens fit 95 morts et 163 blessés. Des Européens. Dans un premier temps le capitaine Laïfaoui avait cru la version officielle, il avait trouvé juste qu'on fasse payer aux Blancs leurs crimes passés.

Il avait vu ce qu'avait donné l'entêtement de certains Européens à ne pas vouloir admettre leur défaite. Dès 1961, l'OAS avait transformé Alger en un vaste champ de bataille. Les attentats au plastique, les *stroungas*, succédaient aux assassinats en plein jour. Les musulmans déclarés *persona non grata* dans le centre-ville, ceux qui s'y aventuraient étaient passibles d'une balle dans la nuque. Parfois, on leur tranchait la gorge sans autre forme de procès. Les flics français ne bougeaient plus, la plupart étant liés à l'OAS, les autres s'en fichant comme de leur premier calot.

La population européenne était parfois, elle-même, terrorisée par l'organisation secrète. Mais, parmi elle, nombreux étaient les sympathisants et mêmes les collaborateurs actifs. On se contentait donc, bien souvent, d'enjamber les cadavres des Arabes sur les trottoirs de Bab El-Oued.

En novembre 1961, le FLN détacha le lieutenant Achraf Laïfaoui, commissaire politique de la wilaya II, à Alger. Le chef, Salah Boubnider, alias Saout-El-Arab, donna son assentiment en déclarant que Si Laïfaoui avait tout le sang-froid et le bon sens nécessaires pour assurer l'ordre au nom de la Révolution et du peuple.

Car à Alger, la population musulmane commençait à exiger des représailles. La direction du FLN éprouvait les plus grandes difficultés à empêcher les familles des victimes de l'OAS de faire justice elles-mêmes, au hasard. C'était ce qu'espérait l'OAS : si des représailles algériennes dégénéraient en massacres, la situation se transformerait assurément en véritable guerre. Les pourparlers secrets entre le gouvernement français et les dirigeants du FLN avaient déjà débouché sur des préaccords et l'indépendance n'était plus qu'une question de mois.

Pour le FLN, il ne fallait pas qu'une situation insurrectionnelle à Alger ou dans l'une des grandes villes du pays fasse capoter les accords. Au vu des résultats exceptionnels qu'il avait accumulés dans le Nord-Constantinois, on enjoignit donc à Achraf Laïfaoui de participer au maintien de l'ordre dans la Casbah et d'empêcher tout dérapage. On lui octroya le grade de capitaine politico-militaire.

À Alger, il obéissait à Yacef Saadi.

À la fin de l'année 1957, lors de la bataille d'Alger, Saadi avait été arrêté par les parachutistes du général Massu. À cette époque, face à l'intensification des opérations militaires, les Algérois n'avaient pu que faire profil bas.

En 1961, lorsque l'OAS avait déclaré la guerre aux Arabes et aux Européens libéraux, les dirigeants du FLN éprouvaient les pires difficultés à retenir l'ire de leurs compatriotes. Seule la promesse d'une vengeance exemplaire les empêchait de fondre sur les quartiers européens. Mais le temps passait et même les plus sages commençaient à perdre patience.

Laïfaoui parvint à faire venir sa femme à Alger. Ils emménagèrent sous un faux nom dans un petit appartement de la rue du Rempart-Médée.

M'Barka était sa dernière famille. Ses parents s'étaient fait tuer lors de la répression qui avait suivi l'offensive de l'ALN lancée le 20 août 1955 dans la région du Nord-Constantinois. Offensive que Si Laïfaoui avait lui-même commandée à Philippeville. Les massacres avaient répondu aux massacres.

Lors de la nuit du 23 au 24 août, des hommes et quelques femmes, des civils, avaient enfoncé la porte de l'appartement des Laïfaoui, rue d'Orléans à Philippeville. Sans préliminaires, ils s'étaient jetés sur les deux vieillards et les avaient roués de coups jusqu'à ce que mort s'en suive. On n'avait pas oublié que le fils de la famille avait assassiné deux pauvres jeunes Européens dans une ruelle, juste avant de fuir dans le maquis.

– Ils ont enfanté cette saloperie de crevure qui a assassiné un des amis de mes cousins, z'ont qu'à crever ! avait précisé, folle de rage, une femme d'une trentaine d'années, collègue de M'Barka Laïfaoui à l'hôpital de Philippeville.

Juste avant l'arrivée de la foule, M'Barka se réfugia chez des voisins. Quand les justiciers voulurent perquisitionner les appartements de l'immeuble, le seconde classe Kader Mekchiche en uniforme, deux médailles militaires fièrement piquées sur son torse, refusa qu'on pénètre chez lui. L'infirmière bouffie de rage tenta bien de lancer ses compagnons de justice expéditive à l'attaque du repère des *harkis-fellagas-bicots*, disait-elle, mais personne n'eut l'audace de s'en prendre à un soldat français.

– Si on se met en plus les musulmans amis à dos, c'est pas demain la veille qu'on sera en paix en Algérie ! souligna un fonctionnaire à la retraite armé d'un fusil de chasse.

Six ans plus tard, à Alger, M'Barka s'installait dans la Casbah, sans pour autant endosser de rôle officiel au sein du FLN. Tout au plus préparait-elle à manger aux adjoints de son mari lorsqu'ensemble ils discutaient stratégie et action. Mais elle était le soutien désormais nécessaire qui permettait à Laïfaoui d'accomplir sa mission. Et puis, elle était enceinte et elle croyait à cette Algérie nouvelle qui allait se dessiner dans un avenir prochain. Un pays où hommes et femmes vivraient libres et égaux.

Le GPRA avait donc missionné à Alger des hommes qui parvinrent à contenir les pulsions vengeresses de leurs frères. À leur tête, Si Azzedine avait été chargé de reconstituer la zone autonome d'Alger et de tenir d'une main ferme la population.

La première action psychologique qu'on confia au capitaine Laïfaoui fut une mission terrible que seuls acceptent les hommes portés par une foi révolutionnaire sans faille. Et peut-être les meurtriers sans foi ni loi. La direction du FLN d'Alger voulait sonder la fidélité du nouveau venu : il s'agissait de frapper un grand coup, de dire à la population musulmane que le FLN n'abandonnait pas le peuple.

Si Laïfaoui dirigea un véritable crime sacrificiel.

Des indicateurs du FLN avaient averti que cinq harkis et leurs familles s'étaient fait prendre alors qu'ils essayaient de se réfugier en France. Les soldats français les avaient parqués sur un bateau qui rentrait en Algérie. Laïfaoui envoya ses hommes réceptionner le maximum de ces traîtres.

– Prenez-en au hasard, dit-il. Ramenez-les vivants.

Ainsi, ce fut le hasard qui mit à nouveau le capitaine Laïfaoui face à l'ex-caporal Mekchiche. La rencontre se passa dans le sous-sol d'un entrepôt sombre et complètement vide, rue des Abderames, non loin de la cache dans laquelle Ali-la-Pointe avait préféré se faire exploser plutôt que de tomber aux mains des Français, en octobre 1957.

Les hauts dignitaires du FLN étaient présents, ainsi que divers représentants des civils et quelques dignitaires religieux. Au fond du sous-sol sombre, quatre femmes voilées, mères ou femmes d'hommes assassinés récemment par les Français, se tenaient droites et assistaient silencieusement à la scène.

Kader Mekchiche et Si Laïfaoui se reconnurent-ils ? Chacun put penser qu'il n'avait rien à attendre de l'autre. Tout était perdu, considérait le harki. Ce qui allait arriver était nécessaire, se répétait sans doute le capitaine du FLN. D'ailleurs, le prisonnier avait été passé à tabac plusieurs fois depuis son enlèvement. Son visage était sanguinolent et méconnaissable. Devant Laïfaoui, il était agenouillé, ligoté et bâillonné et même s'il avait voulu implorer la pitié de son bourreau, il n'aurait pu dire un mot. C'était Laïfaoui qui avait demandé à ce qu'il soit ainsi muselé, afin d'éviter que l'exécution fût plus difficile encore. Il en avait vu des traîtres pleurer et supplier, il avait vu des bourreaux devenir pâles et tremblants avant de faire feu, des hommes ne jamais se remettre d'avoir exécuté un prisonnier en pleurs et suppliant.

Les responsables locaux du FLN discutèrent quelques instants avec les civils. Puis Si Laïfaoui dégaina son PA 35.

– Le FLN ne laissera pas impunis les crimes des Français, déclara-t-il d'une voix glaciale. Dites à vos familles, à vos amis, à vos voisins d'être patients : l'indépendance de l'Algérie est proche. Mais en attendant ce jour, il ne faut pas répondre à la violence par la violence. Par la grâce d'Allah, seul le Front de libération nationale peut user de la violence.

Des bruits : la respiration trop rapide de l'homme à genoux.

Des odeurs : le parfum de M'Barka qu'il avait dû emporter avec lui lorsqu'il l'avait embrassée quelques heures auparavant.

Il posa le canon de son arme sur la nuque du traître, eut l'impression de reconnaître le regard résigné du condamné à mort mais ne parvint pas à renouer le fil de ses souvenirs.

Sans plus attendre, il tira.

Le corps de Kader Mekchiche chuta lourdement sur le sol poussiéreux.

Le FLN parvenait à endiguer la soif de vengeance de la population par de telles actions symboliques. Si Laïfaoui tentait lui d'endiguer son dégoût de la guerre.

Car il devait reconnaître que depuis le début de l'année 1961, la guerre avait pris une autre forme, celle d'une escalade de la sauvagerie. Il tentait de garder à l'esprit que la brutalité dont il devait faire usage n'était que la réponse à la fuite en avant meurtrière de l'OAS; une véritable politique de terre brûlée, un déni de la réalité, une folie assassine.

En février 1962, la directive n° 29 édictée par l'ex-général Raoul Salan, déclara qu'il fallait « s'efforcer de paralyser le pouvoir et le mettre dans l'impossibilité d'exercer son autorité. Les actions brutales seront généralisées sur l'ensemble du territoire [...] de manière à tendre au maximum vers l'insécurité générale et la paralysie totale du pays ». Une semaine auparavant, en sept jours, l'OAS avait tué plus de cinquante personnes, Européens ou Arabes.

Alors, lorsque les accords d'Évian accordèrent finalement l'indépendance à l'Algérie, les plasticages tous azimuts, les tirs d'obus de mortier contre les quartiers arabes et les mitraillages aveugles s'enchaînèrent. Des cibles arabes étaient désignées au hasard: les préparateurs en pharmacie, le 17 mars, les femmes de ménage, le 5 mai, les facteurs un autre jour. Autant d'assassinats destinés à provoquer une réaction de la part des Algériens, à les pousser à la faute. On tuait en pleine rue, en plein jour. Les quartiers blancs et le centre de la capitale étaient désormais interdits aux bicots, aux melons, aux bougnoules. Les commandos deltas tiraient sans connaître leurs victimes, sans même voir leurs visages puisqu'ils frappaient souvent dans le dos. Le 22 février, vingt-trois personnes tombèrent sous leurs coups assassins. Le 24 février après l'assassinat à Bab El-Oued d'un chauffeur de taxi par le FLN, une ratonnade fit vingt victimes algériennes. Coups de poings, de pieds, de couteaux et de barres de fer français sur os et chair arabes.

Alger était la proie d'une terreur généralisée, le meurtre y était devenu normalité. Le fossé avait été creusé trop profond : Européens et Algériens ne pouvaient plus envisager un avenir commun. Mais rien ne ralentissait la dérive sanguinaire de l'OAS.

Un peu plus tard, lorsque les opérations militaires françaises en Algérie furent stoppées, l'Organisation secrète tenta de créer des zones insurrectionnelles à l'intérieur même des villes. Le 22 mars, des commandos armés jusqu'aux dents prirent position à Bab El-Oued et transformèrent le quartier en camp retranché. Cinq appelés du contingent trouvèrent la mort dans une embuscade et la bataille se déclencha.

À Paris, De Gaulle affirma immédiatement que devant la subversion en marche, il ne fallait pas lésiner ! L'armée décida alors de réduire le fortin *manu militari*. Pendant cinq jours, les combats firent rage. Le 26 mars, l'OAS, désespérée, appela la population européenne à marcher sur Bab El-Oued afin de délivrer les insurgés. Une manifestation immense déferla depuis les quartiers Est mais se heurta aussitôt à un barrage militaire dans le centre-ville. Provocation de l'OAS, du FLN ou panique de l'armée française ? Une fusillade éclata rue d'Isly et on releva 54 morts et 140 blessés.

Les Algériens avaient regardé de loin les affrontements entre Français, priant pour que cela accélère la fin du système colonial.

M'Barka écoutait les coups de feu, assise dans la cuisine de l'appartement de la rue du Rempart-Médée.

– C'est l'Enfer, avait-elle murmuré comme son mari lui peignait ses épais cheveux noirs.

– C'est un juste retour des choses, dit Laïfaoui.

– Peut-être mais ça ne change rien : l'Enfer doit ressembler à ce qu'est devenue Alger aujourd'hui. Et ce n'est pas bon pour l'avenir.

Après la fusillade rue d'Isly, les Blancs savaient qu'ils avaient perdu la partie. L'armée qui était censée les défendre, leur avait tiré dessus. Seules les menaces de l'OAS empêchèrent la quasi-totalité des Européens de fuir. Mais les dirigeants de l'Organisation se faisaient arrêter les uns après les autres : Edmond Jouhaud le 25 mars, Roger Degueldre le 6 avril. Puis, le 30 avril, ce fut le tour du grand chef : les gendarmes du capitaine Lacoste interpellèrent Raoul Salan dans son QG d'Alger.

Les mois suivants, les rescapés de la direction de l'OAS, représentée par Jean-Jacques Susini, rencontrèrent Abderrahmane Farès et les émissaires du GPRA. L'inespéré se produisit : un accord fut signé.

L'arrêt des violences fut ordonné en contrepartie de l'assurance faite aux pieds-noirs de pouvoir vivre tranquillement dans une Algérie algérienne. Bien sûr, on vit encore quelques actions désespérées – le 7 juin, les irréductibles de l'OAS incendiaient la bibliothèque de l'université d'Alger – mais l'affaire était définitivement pliée.

Krim Belkacem, le chef du GPRA, donna son assentiment aux accords OAS-FLN. Le 19 juin, du fond de sa cellule de la prison de Fresnes, Salan, lui-aussi, accepta la fin des combats.

Yacef Saadi et ses hommes tenaient désormais la rue algéroise.

La guerre était terminée.

Une autre commençait.

Alger et El-Affroun, 1962

Une fois les Européens mis à la porte, il fallut s'occuper des traîtres. Des traîtres mais aussi de tous ceux qui avaient soutenu la faction de Belkacem et de Benkhedda.

Une guerre civile larvée fit rage à partir du début du mois de juillet. L'opposition entre forces favorables au GPRA et celles ralliées à l'état-major général déboucha sur de véritables affrontements armés. Dès le 6 juillet, Ahmed Ben Bella avait évoqué les agissements non révolutionnaires du GPRA qui tenait alors l'exécutif à Alger. C'était une menace à peine voilée.

À Alger, Achraf Laïfaoui sentait venir le moment où il devrait lancer ses hommes contre ceux de Yacef Saadi. Le chef historique de la zone autonome d'Alger, fraîchement sorti des prisons françaises, avait regagné son fief militaire, la Casbah. Le bruit enflait qu'il penchait désormais du côté de Ben Bella. Plusieurs fois, Laïfaoui avait tenté d'obtenir une entrevue avec Saadi pour tenter de négocier la paix, jamais il ne put l'approcher. Les penchants politiques de Laïfaoui étaient désormais connus en haut lieu.

Des rumeurs d'une possible guerre civile se répandaient dans la capitale. Alors, dans tout le pays, l'armée des frontières, lourdement équipée et bien entraînée, fit mouvement. Elle s'empara facilement de Constantine, d'Annaba et de Skikda dès la fin du mois de juillet. Nombre de dignitaires du GPRA furent également emprisonnés : Mohamed Boudiaf, l'un des fondateurs du FLN et ministre du GPRA fut arrêté à M'sila. De violents heurts se déroulèrent dans certaines wilayas, on dénombrait déjà des milliers de morts et autant de blessés. Bientôt, seule la Kabylie résista.

À Alger, des fusillades éclataient çà et là. Puis de véritables combats eurent lieu.

Finalement, ce fut Yacef Saadi qui fit basculer la situation en faveur de Ben Bella. Tout alla très vite. Retranché dans la Casbah avec près de 4000 soldats et civils en armes, il menaça d'occuper Alger si le GPRA n'acceptait pas l'ouverture du gouvernement à Ben Bella. Au Palais du gouvernement, on avait interdit au capitaine Laïfaoui de s'opposer à Saadi afin d'éviter un bain de sang. Laïfaoui avait obtempéré d'autant plus facilement qu'il n'avait pas de sentiments suicidaires : il savait que, désormais, il était militairement en minorité dans la Casbah. Il avait donc attendu la suite des événements, résigné à devoir intégrer le camp des vaincus de l'Indépendance. Il avait voulu envoyer M'Barka et Tarek dans un coin d'Alger plus sûr mais sa femme ne voulait plus le quitter. La séparation lorsqu'il avait pris le maquis lui était encore un souvenir douloureux.

Un matin, alors que la Casbah se réveillait dans les cris et les odeurs de soupe, quatre de ses officiers s'étaient présentés à la porte de son appartement. Ils étaient inquiets et précédaient un lieutenant de l'état-major de Saadi qui, lui, semblait serein. Il tendit un document selon lequel la présence de Si Laïfaoui dans la Casbah n'était plus nécessaire.

– Elle peut même s'avérer dangereuse pour vous et votre entourage, souligna l'officier sans baisser les yeux. Des éléments incontrôlés ont dit qu'ils voulaient éliminer les ennemis de la Révolution. Votre nom a été cité.

Laïfaoui disposait d'un laissez-passer total jusqu'à 10 heures. Ce délai écoulé, lui et les siens seraient mis en état d'arrestation pour trouble à l'ordre public et incitation à la violence. Ils risquaient la peine de mort.

Laïfaoui voulut congédier le capitaine mais l'autre ne bougea pas :

– Je dois assurer votre protection jusqu'à votre sortie de la Casbah. Je vous répète que des éléments incontrôlés pourraient essayer de s'en prendre directement à vous.

L'officier de Saadi fixait toujours son interlocuteur avec un mépris à peine dissimulé. C'était la marque que Laïfaoui faisait désormais partie des vaincus.

Il ordonna immédiatement à ses hommes de quitter le quartier discrètement pour ne pas provoquer les partisans de Saadi. Les quatre officiers qui avaient combattu avec lui dans le Constantinois et sur la frontière tunisienne et qui le secondaient depuis son arrivée à Alger, se mirent fièrement au garde-à-vous.

– On se retrouve au siège du GPRA, dit l'un d'eux.

Ils lancèrent un regard terrible à l'officier qui allait escorter leur chef. En d'autres circonstances, ils l'auraient tué sur place.

Laïfaoui passa dans la chambre et demanda à sa femme de faire rapidement quelques paquets et de préparer Tarek.

– C'est si grave, Achraf? demanda-t-elle de sa voix douce.

– Nous quittons la Casbah sur l'heure. Peut-être pour ne jamais y revenir.

Le lieutenant qui attendait dans l'entrée croisa alors le regard noir et triste de la femme de Si Laïfaoui. Il baissa les yeux.

Dix minutes plus tard, Achraf et M'Barka Laïfaoui, son fils dans les bras, marchaient dans la rue du Rempart-Médée encadrés par une troupe de soldats en casquette à longues visières souples – l'armée de la nouvelle Algérie avait revêtu les uniformes des parachutistes français.

Sur les murs de la Casbah, on pouvait lire :

Un seul héros, le peuple

Il semblait tellement loin ce matin où l'Indépendance avait été proclamée et où les Algériens acclamaient Si Laïfaoui comme un héros.

Des bruits : Les murmures haineux des hommes qui regardaient passer le couple.

Des odeurs : La propreté qui émanait des uniformes neufs des soldats de l'escorte.

Quelques heures plus tard, Yacef Saadi lança ses commandos à l'assaut des positions occupées par les soldats de la wilaya IV. Les rues de la Casbah furent le lieu de combats sanglants. Partout dans le pays, l'armée des frontières et l'état-major général affrontaient les hommes restés fidèles au GPRA.

Le 3 août 1962, Ben Bella fit son entrée dans la capitale. À l'aéroport, des Algérois en liesse l'accueillirent et dans toute la ville, on scanda son nom comme celui d'un libérateur.

Le 1er septembre une manifestation parcourut la capitale aux cris de « *Sebaa snine, baraket !* » Sept ans de guerre, ça suffisait mais les dirigeants militaires n'en avaient pas leur compte, semblait-il.

Le 9 septembre 1962, l'armée des frontières, rebaptisée Armée nationale populaire, pénétra à Alger. Ben Bella devint chef du gouvernement de la nouvelle République algérienne et Boumediene fut nommé ministre de la Défense. Le capitaine Laïfaoui se mit dès lors à la disposition du nouveau pouvoir, c'était son devoir de soldat.

Le GPRA avait perdu.

Alors, les traîtres furent châtiés.

Les harkis et leurs familles furent les premiers à subir le courroux du nouveau pouvoir. Au mois de septembre 1962, Laïfaoui fut envoyé à El-Affroun par le nouveau pouvoir. C'était la sempiternelle histoire de l'inculpé qu'on cherche à démasquer : on lui remet une arme avec une balle et on lui dit d'exécuter un de ses amis. Il n'a pas assez de munitions pour abattre ceux qui le mettent à l'épreuve. Au mieux, il peut se suicider. Généralement, il fait ce qu'on lui ordonne de faire.

Ce n'était pas un de ses amis qu'on lui ordonna d'exécuter. Mais, alors qu'il s'était très clairement prononcé en faveur d'une amnistie générale après l'Indépendance, on l'avait envoyé à El-Affroun. Laïfaoui savait qu'il avait eu de la chance qu'on eut préféré l'humilier plutôt que de l'éliminer.

Certains officiers avaient disparu dans des circonstances étranges : les journaux fidèles au gouvernement avaient expliqué que l'OAS leur avait réglé leur compte. Mensonges que tout cela, savait Laïfaoui. Les activistes de l'OAS avaient fui à l'étranger dès le mois de juin, plus besoin de Français pour tuer, les assassinats se faisaient entre Algériens, entre anciens frères de lutte.

Lorsqu'il avait embarqué pour El-Affroun, le capitaine Laïfaoui avait rangé son ordre de mission au fond de sa poche revolver. Ensuite, il l'avait relu plusieurs fois durant le trajet qu'il avait parcouru depuis Alger : « Prendre en charge les traîtres harkis, les exécuter et laisser leur corps en place publique pendant vingt-quatre heures ».

Il ne pouvait plus s'échapper à moins d'être lui-même condamné a mort pour refus d'obéissance. Devant l'obligation de tuer, il tenta de se convaincre que cet ordre avait peut-être une utilité. Peut-être l'exemplarité de la peine était-elle nécessaire à la construction de la nouvelle nation ? Il aurait voulu croire qu'il était primordial de montrer aux ennemis de l'Algérie la légitimité du gouvernement par l'exercice du monopole de la violence physique. Et comment mieux prouver cette légitimité qu'en châtiant ceux qui avaient choisi de trahir leur patrie ? Il voulait encore y croire.

Un vent chaud soufflait sur El-Affroun, lorsqu'il arriva dans la ville.

Des harkis avaient été rassemblés sur la place principale. Encadrés par l'armée algérienne, certains tenaient difficilcment sur leurs jambes. Les traîtres venaient sans aucun doute de vivre des moments particulièrement difficiles, les séances d'interrogatoires avaient dû ressembler à celle qu'il avait lui-même subie en 1958, à Souk Ahras.

Quelques corps étaient déjà entassés un peu à l'écart des prisonniers.

– On leur a fait boire du pétrole à eux, une allumette et pfff ! expliqua un lieutenant en avançant vers Laïfaoui.

La main ouverte au niveau du front dans un salut presque théâtral, il était fier d'avoir participé à l'émancipation algérienne, celui-là.

On sentait une odeur de chair brûlée.

Laïfaoui éprouva un sentiment de malaise, presque une nausée. Ces corps brûlés signifiaient beaucoup plus que la démonstration par le nouvel État algérien de sa légitimité. Ils signifiaient même beaucoup plus que l'acceptation, sur un plan strictement moral, de la torture au sein de ce nouvel État. Pour Laïfaoui, ces corps brûlés signifiaient la confiscation de la Révolution et la mise au pas du peuple.

Alors, muré dans son rôle d'officier *stricto sensu*, il donna des ordres brefs, s'obligeant à l'action pour ne pas avoir à réfléchir à sa responsabilité dans le naufrage de ses idéaux. Il savait aussi qu'il jouait peut-être sa tête. Il décida que les harkis qui avaient un grade, les caporaux compris, devaient être passés par les armes, les autres seraient emprisonnés et répondraient plus tard de leurs fautes devant un tribunal populaire.

Les heures qui suivirent virent mourir beaucoup d'hommes qui portaient encore l'uniforme de l'armée française. D'autres, habillés en civil, qui avaient tenté de se fondre dans la population furent aussi fusillés d'une balle dans le crâne. Les familles s'étaient cachées chez elle de peur de subir le même sort que leurs hommes.

Dans les villes d'Algérie, l'armée française, elle, était toujours cantonnée dans les casernes. Ainsi, les quelques officiers et soldats encore présents à El-Affroun assistèrent au supplice de leurs anciens frères d'armes. Mais ils n'intervinrent pas. Les ordres étaient clairs : « c'est les affaires des bicots, pas des Français », avait expliqué un capitaine traduisant ainsi en langage de troupe l'idée générale du gouvernement français et de son ministre Pierre Joxe.

Laïfaoui accomplit implacablement son devoir, ses hommes lui obéissant sans sourciller et les officiers du FLN qui avaient pris en main la ville purent communiquer au plus haut niveau leurs sentiments à propos du capitaine Laïfaoui : c'était désormais un soldat entièrement dévoué à l'Algérie nouvelle. Le ministère de la Défense décida donc de le garder parmi les cadres de l'armée. Peut-être finalement, son expérience pouvait-elle être utile à la construction de l'armée populaire.

Le cœur de Laïfaoui était brisé. Il en vint à maudire le pays pour lequel il s'était battu pendant ces années. De longues nuits d'insomnie lui furent nécessaires pour réaliser que désormais cette Algérie lui faisait horreur.

Il songea à se suicider.

Et puis, il pensa à sa femme et à son fils.

Philippeville, 1961

La première fois que Rochdi avait vu son père en uniforme de l'armée française, il en avait éprouvé de la fierté. Il était âgé de six ans. Un âge où les gamins sont encore fiers de leur père.

Plus tard, la fierté avait laissé place à la crainte. Ce nouveau sentiment, il l'avait ressenti un soir, après avoir entendu ses parents discuter dans la salle à manger de l'appartement de la rue d'Orléans. Cet appartement que son père avait trouvé à louer peu après son incorporation dans les forces supplétives grâce à l'aide de l'administration française.

– Et les enfants, ils risquent rien ? avait demandé sa mère.

– Non, ils risquent rien. Le FLN, il sait que je suis un patriote et que c'est pour les enfants, pour qu'ils aillent à l'école que je me suis engagé. C'est tout.

– Le FLN, il s'en fiche de tes raisons. Deux hommes ont été tués la semaine dernière, ils venaient de signer leur engagement dans l'armée.

– Ça n'a rien à voir, je les connaissais ces deux-là, c'étaient des mauvaises personnes, des malfaisants. Ils se sont engagés parce qu'ils voulaient se venger de certains du FLN. Ne t'inquiète pas. Je vais m'arranger pour aider des prisonniers FLN, comme ça tout le monde saura que je suis un vrai patriote et on nous laissera tranquilles.

Rochdi s'était rapidement replié dans sa chambre et avait fermé silencieusement la porte. Sa grand-mère avait traversé le couloir sans le voir. Il avait ensuite attendu quelques secondes et s'était à nouveau rapproché de la salle à manger, sans un bruit.

– Le FLN, il ne gagnera pas, disait son père d'un ton exaspéré. Je te l'ai déjà dit : si tu voyais les hélicoptères, les automitrailleuses et tous les fusils qu'ils ont les Français, tu saurais toi aussi que le FLN, il ne gagnera pas.

L'enfant était désemparé car il savait bien que ses parents avaient des ennuis avec leurs voisins arabes mais aussi avec les Français. Parfois, lorsqu'il se promenait dans la rue avec sa mère, sa grand-mère et sa sœur, il sentait bien l'animosité que les Blancs développaient à leur endroit. Un jour, un homme jeune accompagné d'autres hommes jeunes et même de filles jeunes l'avait montré du doigt :

– Faudrait les mettre en cage dès leur naissance, avait-il dit en rigolant trop fort. Ce petit-là, il deviendra grand et il cherchera à violer nos femmes.

Et il s'était approché de ses amies avec des yeux de fou et celles-ci s'étaient enfuies en hurlant de rire.

Rochdi avait ri lui aussi : le jeune homme était un excellent comédien. Mais sa mère l'avait violemment tiré par l'épaule et lui avait adressé un regard sévère, de ceux que nécessitent les situations dangereuses :

– Arrête de faire l'imbécile, Rochdi !

Et la famille Mekchiche s'était presque enfuie.

Rochdi n'avait pas immédiatement compris que les Blancs ne les aimaient pas non plus.

Alors, lorsque son père était rentré, pour la première fois, avec des soldats français blancs, il n'avait pas ressenti de fierté. Le sous-lieutenant, le sergent et le très jeune soldat avaient été très gentils avec ses parents mais lui, il n'avait pas voulu les saluer lorsqu'ils avaient quitté les lieux. Son père en avait été terriblement blessé. L'officier l'avait pourtant empêché de se fâcher et lui avait dit de ne pas être dur avec son fils :

– Il est jeune, il ne peut pas comprendre.

Son père s'était excusé et avait dit qu'il ressentait beaucoup de honte.

Le sous-lieutenant avait alors souri et il avait eu cette phrase incroyable :

– Il a raison, ton fils : les Français ne sont plus les bienvenus en Algérie.

De sa chambre où il s'était réfugié, Rochdi avait alors vu sa mère devenir blanche de peur.

Ces militaires étaient revenus de temps en temps. Ils prenaient un thé avec son père, ou mangeaient même un morceau. Parfois, le lieutenant venait seul et durant toute la soirée, son père et lui avaient de longues discussions à voix basse dans le salon.

Un soir, il les avait entendus parler plus fort. Les femmes s'étaient alors cloîtrées dans la cuisine et on lui avait interdit de sortir de sa chambre. Mais il avait gardé cette faculté de se mouvoir sans bruit et d'écouter sans se faire voir. Discrètement, il avait assisté à la vive discussion entre les deux adultes. Il était question de Souk Ahras, du barrage électrique et de la mort d'un chef FLN.

– Tu es fou, Kader ! Tu te rends compte si on t'avait surpris ? À l'époque, on ne te connaissait pas et Chamouze t'aurait descendu sans coup férir. Tu as risqué de te faire descendre pour rien. Tu as pensé à ta famille ?

– Je pense à elle, bien sûr, mon lieutenant. Et je pense à l'avenir aussi, mon lieutenant, avait répondu son père d'une voix aigüe qu'il ne lui connaissait pas.

– Mais Kader, le FLN ne te pardonnera pas simplement parce que tu n'as pas tué ce type. Ce n'est pas si simple.

Il y avait eu un long silence.

L'officier avait repris :

– Ma proposition de te faire passer en France avec ta famille tient toujours.

– C'est vrai, mon lieutenant ? Quand ça ?

– Bientôt, Kader, très bientôt.

Comme les deux hommes s'étaient levés, Rochdi avait regagné sa chambre. Par l'entrebâillement de sa porte, ils les avaient vus se serrer la main.

– Et je t'ai déjà dit que lorsqu'on était seuls, tu pouvais laisser les « Mon lieutenant ». Quand on est tous les deux, tu peux m'appeler Louis.

– C'est vrai, mon lieutenant, je le ferai maintenant.

Algérie, France, Algérie, août 1961

Le grand départ eut lieu au mois d'août 1961.

Philippeville était baignée par le soleil.

Son père avait entraîné Rochdi dans le salon. Il caressa ses cheveux quelques minutes tendrement. C'était la première fois qu'une telle intimité physique les unissait, l'enfant était un peu inquiet.

– Nous allons quitter Philippeville.

– On déménage ?

Le père haussa les épaules :

– Oui, on déménage très loin : on va en France.

Du haut de ses dix ans, la nouvelle troublait Rochdi :

– On est des Algériens, papa, on doit vivre en Algérie, non ?

Le père continuait à caresser les cheveux de son fils, maladroitement cette fois :

– Oui mais, bon, des fois la vie, hé ben, elle est bizarre. Nous on est des Algériens français. Voilà !

L'explication ne satisfit ni le fils, ni le père.

– Va préparer tes affaires avec ta mère.

Quelques jours auparavant, Kader Mekchiche avait quitté son uniforme de caporal et revêtu des habits civils un peu étriqués. Sa prestance de militaire avait complètement disparu, Rochdi en avait été étonné, peut-être déçu.

La famille prit l'autocar jusqu'à Sétif. Le père était nerveux, il regardait sans arrêt à travers les fenêtres sales du véhicule comme s'il s'attendait à voir apparaître sur la route les nombreux ennemis qui en voulaient à sa famille.

Le voyage se déroula pourtant sans problème. L'autobus fut contrôlé à trois reprises mais les militaires français ne vérifièrent que les papiers du conducteur. À chaque fois, ils jetèrent seulement un coup d'œil débonnaire sur les passagers sans jamais s'arrêter sur la famille Mekchiche. On lisait l'ennui au fond de leurs yeux.

– Tu vois : la guerre est bientôt finie, dit son père à sa mère. Les Français ont déjà l'esprit qui est retourné en France.

La mère sourit tristement en serrant l'avant-bras de son mari.

À Sétif, la famille s'installa dans un train qui se rendait à Alger. Les Mekchiche se serrèrent sur deux banquettes qui se faisaient face, leurs valises déposées dans les porte-bagages fixés au plafond, quelques paquets coincés entre leurs genoux.

C'était la première fois que Rochdi et Souhila prenaient le train. Leur grand-mère aussi d'ailleurs, mais elle dormit pendant tout le trajet. Le jeune garçon oublia ses angoisses et se laissa happer par le film du paysage qui défilait par les fenêtres. Ses pensées se perdirent dans la contemplation des montagnes escarpées de la Kabylie. Mais un sentiment diffus de tristesse finit par le gagner.

C'était aussi la première fois que Rochdi et Souhila allaient prendre le bateau.

À Alger, ils descendirent à la gare de l'Agha. Ses parents répétaient aux enfants et à la grand-mère qu'il ne fallait pas traîner. Son père était encore plus inquiet que lors du voyage en autocar. Sur les murs, Rochdi déchiffrait les inscriptions. L'une d'elles disait que l'Algérie est française et que l'OAS vaincra.

– Chouffe, papa, dit-il à son père : l'Algérie est française et nous on est des Algériens français, t'as dit. Alors, pourquoi on part ?

Le père jeta un coup d'œil au graffiti sur le mur, son front était couvert de sueur.

– Vite, ordonna-t-il à sa famille. Il ne faut pas traîner dans ces rues.

D'une main il tirait la grand-mère, de l'autre, il poussait son fils avec sa valise. Sa mère tenait la main de sa sœur et trainait une autre valise de son bras libre.

Et puis, au détour d'une rue, le lieutenant Gascogne apparut. Il serra la main de son père et prit immédiatement Souhila dans ses bras.

– Vite, fit-il à son tour.

– Merci, lui dit sa mère. Et puis, merci pour tout aussi.

Rochdi ne comprit pas ce que signifiait ce « tout » mais eut l'intuition que ce n'était pas une bonne chose.

Le sergent Chamouze était là lui aussi. Il tapa amicalement sur l'épaule de son père. Puis il le souleva, lui l'enfant du harki, dans ses bras. Il sentit les muscles noueux du militaire sous la chemise légère et, surtout, son haleine chargée d'alcool. Rochdi n'aimait guère Chamouze mais il ne s'expliquait pas pourquoi.

Finalement, rien de terrible n'était advenu. Le lieutenant montra des documents aux policiers et militaires qui gardaient le port, l'embarquement des passagers et le bateau. Devant le *El-Djezaïr*, un immense paquebot à coque noire, son père tendit sa main vers celle de l'officier. Celui-là refusa la main tendue pour le serrer dans ses bras.

– Tout va bien se passer, Kader, dit-il. Téléphone-moi dès que vous êtes arrivés.

– Merci, mon lieutenant.

– Kader, merde, appelle-moi Louis, pour une fois !

Son père avait fait un discret signe du menton vers Chamouze :

– Mais on n'est pas seul, mon lieutenant.

– Chamouze ce n'est pas vraiment quelqu'un, rigola l'officier.

Chamouze lâcha un gros rire. Lui, il serra la main de son père. Sa mère essuya les larmes qui coulaient sur ses joues.

Une heure après avoir débarqué à la gare d'Alger, la famille Mekchiche au complet s'installait sur une banquette du pont intérieur. Les places alentour étaient occupées par d'autres familles algériennes dont les pères connaissaient celui de Rochdi. L'un d'eux le salua même à la militaire en disant « bonjour caporal ».

Son père avait eu un sourire triste :

– C'est fini tout ça. Plus de caporal, plus de harkis, plus d'Algérie.

La traversée de la Méditerranée avait été un moment de tranquillité comme les Mekchiche n'en avaient plus connu depuis longtemps. À bord de l'*El-Djezaïr*, il semblait que les esprits s'étaient refroidis, son père paraissait triste mais aussi plus détendu que lorsqu'ils étaient encore sur le sol algérien. Les femmes s'étaient toutes changées : elles avaient quitté leur djellaba et retiré leur haïk et s'étaient vêtues à l'européenne. Sa mère avait revêtu une jupe qui arrivait juste au-dessous de ses genoux et un imperméable beige, elle avait noué ses cheveux en un petit chignon. Elle était très belle.

Ensuite, les harkis avaient peu parlé. Les pères avaient discuté un petit moment à voix basse, un peu plus loin sur le pont. Et au bout de quelques heures, tous s'étaient endormis comme s'ils n'avaient plus dormi depuis des jours. Sa grand-mère parlait en dormant, ça avait fait rire les enfants, et aussi, parfois, leurs parents. Rochdi, lui aussi, souriait : la France était peut-être un pays où tout le monde souriait.

Mais en France : plus on avançait, plus le ciel devenait gris. C'était pourtant l'été. Quant aux Français, ils ne souriaient pas. À Marseille, ils regardaient même le groupe d'Algériens avec de la haine. Cette haine les harkis la connaissaient pour l'avoir vue chez certains Européens à Philippeville.

– C'est l'invasion des felloches, dit même un vieux monsieur qui fumait une pipe.

– Ils mettent pas assez le bazar chez eux, ils ont besoin de venir chez nous, ben c'est du propre ! confirma un peu plus tard un jeune cycliste.

Son père expliqua alors aux autres hommes harkis qu'il valait mieux que les familles voyagent séparément, afin d'éviter d'attirer l'attention. On se donna donc rendez-vous, peut-être à Paris, à la gare Montparnasse, et plus certainement à Rennes ou à Redon. Pour Rochdi, Rennes et Redon étaient des noms d'un exotisme incroyable : malgré ce qu'il avait vu de la France, sa grisaille et sa tristesse, il s'imaginait des villages au bord d'une mer bleue et de petites maisons blanches et propres. Une manière d'Algérie parfaite, sans la guerre et la méfiance entre les Algériens et les Français.

Dans le wagon, les Mekchiche se retrouvèrent pour la première fois seuls au milieu des Français. L'inquiétude reprit possession de la famille. Rochdi, lui, s'efforçait de s'absorber dans la contemplation du paysage. Mais le beau temps n'était toujours pas de la partie : au bout de deux heures, le ciel nuageux déversa même des trombes d'eau.

– J'ai froid, maman, murmurait de temps en temps Souhila.

Sa mère la serrait contre elle et la fillette se rendormait.

Par la fenêtre, on voyait beaucoup d'églises au centre des villages qui apparaissaient au loin. Rochdi s'étonna de l'absence de minarets. Il s'étonna aussi de la pâleur des gens : en Algérie, même les Français n'avaient pas la peau blanche. Dans le compartiment, le couple et son petit garçon qui faisaient face aux Mekchiche avaient la peau presque aussi blanche qu'un cachet d'aspirine. Et puis, le mari et la femme n'en finissaient plus de hausser les sourcils lorsque leurs regards s'arrêtaient sur la famille algérienne. Rochdi pensa que c'étaient les ronflements de sa grand-mère qui les ennuyaient.

À Paris, les Mekchiche durent à nouveau se presser dans les rues grises. Une pluie fine mouillait la capitale de la France et les Parisiens faisaient d'épouvantables grimaces. Lorsqu'ils pénétrèrent dans l'immense hall de la gare Montparnasse, ils virent le mot « OAS » peinturluré sur un mur.

Malgré les patrouilles de soldats et de policiers qu'ils croisèrent à plusieurs reprises, on ne les inquiéta jamais.

– Ils sont là pour l'OAS, précisa son père comme sa mère s'inquiétait de voir des hommes en armes si loin de l'Algérie.

– Et ils n'ont pas peur du FLN ?

Le père haussa les épaules :

– Il paraît que le général de Gaulle et Belkacem Krim ont engagé des négociations.

– Des négociations pour quoi faire ? demanda sa mère qui semblait découvrir qu'on lui avait menti.

– Pour l'Indépendance, répondit le père en haussant à nouveau les épaules mais, cette fois, de l'air de celui qui en sait plus que les autres. Ne fais pas l'étonnée, tu savais bien que le FLN allait gagner.

La mère se tut, ses yeux étaient vides. Puis elle hocha la tête :

– Oui, oui, je savais bien…

Ils s'installèrent alors dans leur wagon pour la dernière partie du voyage. Sur le quai, ils virent passer les autres familles harkis. De part et d'autre de la fenêtre, les émigrés se sourirent, un peu plus sereins de se sentir un peu plus nombreux.

Émigré. Ce fut son père qui employa le premier ce mot.

– On sera toujours des étrangers, maintenant, murmura sa mère alors que tout le monde dormait sur le bateau.

Son père sourit de ce petit sourire triste qui ne le quittait plus :

– Pas des étrangers, Fouzia. Des émigrés. Comme beaucoup d'Algériens, de Marocains ou même de Portugais en France. Ce n'est pas anormal des émigrés en France.

Par ce long voyage, les Mekchiche étaient donc devenu des émigrés. Mais Rochdi ne crut pas son père : il sentait bien que, désormais, il était aussi un étranger. En France, bien sûr, mais également en Algérie.

Émigrés ou étrangers, il se trouvait qu'en France les Algériens n'étaient pas les bienvenus. Lorsque le train s'arrêta en gare de Redon, une compagnie de gardes mobiles, fusils au poing, encerclait la gare. À Philippeville, les Mekchiche en avaient vu des gendarmes et des militaires, eux aussi la mitraillette en bandoulière, ce n'était pas là le problème. D'ailleurs, en Algérie, les avions et les véhicules blindés faisaient également partie du quotidien, ici il n'y en avait pas. Mais dans la gare de cette petite ville de Bretagne, Rochdi et les siens réalisèrent vite que c'était pour les harkis que les forces de l'ordre avaient sorti leurs armes. Pas pour le FLN.

Quelques gradés et deux civils se tenaient en avant de la troupe.

On interdit d'abord aux Algériens de descendre du train. Les autres passagers, les Français, furent priés de se dépêcher de quitter les lieux après que leurs papiers eurent été vérifiés. Son père déclara qu'il n'y avait rien à craindre, que le lieutenant Gascogne avait tout prévu, que ce n'était qu'une opération de routine et qu'il ne fallait pas s'affoler.

Un long moment avait passé.

Puis, un capitaine et trois gendarmes montèrent dans le train. L'officier demanda aux hommes de descendre.

La discussion entre Français et *émigrés* fut brève. Les émigrés baissaient la tête et les Français secouaient la leur, comme le faisait l'instituteur lorsque Rochdi n'avait pas appris sa leçon.

Tous les harkis furent ensuite regroupés dans un seul wagon. Quatre policiers en civil montèrent à leur tour dans le train : leur mission était de s'assurer que les Algériens retournent en Algérie.

– Vous savez parfaitement qu'en tant qu'ex-soldats français, votre venue en France est illégale, expliqua d'un ton paternaliste le capitaine avant de quitter le wagon.

Pendant une heure encore, le train resta immobile. Personne ne dit un mot, les vieilles femmes pleuraient doucement.

Dehors, la ville ne ressemblait en rien à ce qu'avait imaginé Rochdi : pas de mer bleue et de petites maisons blanches et propres. C'est pourquoi le retour en Algérie lui sembla finalement une alternative tout à fait acceptable, à lui.

Le train démarra enfin. Le voyage de retour fut silencieux, angoissé et toujours aussi pluvieux.

À la gare de Rennes et à la gare Montparnasse, une dizaine de gendarmes attendaient les Algériens. Ils les escortèrent jusqu'aux trains suivants sous les regards courroucés de certains Français qui empruntaient les couloirs et les quais.

– Ne devrait-on pas les enfermer dans un train spécial pour éviter qu'ils s'attaquent aux bons citoyens ? demanda un gros homme à l'inspecteur principal qui dirigeait le groupe des policiers en civil.

L'inspecteur se gratta la tête en envisageant la bêtise du bon citoyen qui lui faisait face. Il trouvait déjà que son travail était bien dégueulasse parfois, s'il fallait en plus se fader l'inculture crasse de ces Français qui confondaient harkis et fellagas, alliés des Français et terroristes, il y avait de quoi devenir dingue.

– Circulez ! ordonna-t-il. Sinon, c'est vous qu'on va enfermer.

Le gros type en était devenu blême :

– Hé bé, elle est belle la France ! Si même la police protège les bicots maintenant…

Les cinq familles de harkis arrivèrent à Marseille quarante-huit heures après être descendues de l'*El-Djezaïr*. On les envoya de la gare Saint-Charles au port, dans des camionnettes de police qui puaient l'urine.

Cette fois, ce fut l'*Atlas* qui leur fit traverser la Méditerranée. Le bateau était quasiment vide de civils. Les quatre familles qui accompagnaient sa famille et quelques autres harkis composaient l'essentiel des passagers. Sur les autres ponts, des soldats, engagés récents ou conscrits, rigolaient bruyamment.

Et puis Alger la Blanche apparut au fond du port. Cette ville qui descendait paisiblement vers la mer, les quartiers arabes tout au fond, les quartiers européens en contrebas, semblait pourtant promettre à tous les passagers des lendemains pleins de possibilités. Les soldats qui allaient poser pour la première fois le pied en Algérie s'agitèrent, certains que les *événements* étaient sur le point de se terminer. Leur mission allait être une promenade de santé, ils en étaient convaincus.

Les quatre policiers qui accompagnaient les harkis depuis Redon parurent, eux aussi, se décontracter.

– Voilà, déclara l'inspecteur principal aux harkis qui le dévisageaient avec inquiétude. Vous voilà chez vous, nous n'avons plus à vous escorter.

Le policier piétina sans oser regarder les prisonniers, il baissa les yeux :

– Bonne chance, m'sieurs, dames, dit-il seulement en sortant de la salle.

Ses hommes le suivirent tout aussi gênés.

– *Rh'lah !* C'est plus chez nous, maintenant, cracha l'un des pères. Et ils nous abandonnent comme des chiens !

L'*Atlas* se rapprocha de la terre ferme et les harkis se penchèrent par-dessus les rambardes de sécurité du pont. En bas, sur le quai, il y avait des half-tracks militaires qui attendaient les soldats et appelés du contingent. Quelques policiers patrouillaient çà et là.

– Là-bas ! cria soudainement l'un des pères, un petit à moustaches, en désignant un groupe d'hommes au fond du quai, entre deux containers. Le FLN, il est là-bas !

Et ce fut la panique : les mères commencèrent à geindre, les grands-mères à prier et les enfants à pleurer. Les hommes faisaient les cent pas en se prenant la tête à deux mains.

– On fait quoi, caporal ? demanda le petit homme à moustaches dont le regard fou trahissait la peur qui l'envahissait.

Son père haussa les épaules et fit son petit sourire triste :

– Y'a plus de caporal.

Les hommes s'approchèrent alors de leur femme et échangèrent quelques mots avec elle, et pour certains quelques baisers. Ils caressèrent aussi la tête de leurs enfants. Puis ce fut la débandade : les anciens supplétifs de l'armée française avaient décidé de tenter leur chance seuls. Tous, sauf son père qui, lui, s'assit entre sa mère et sa grand-mère. Il les prit lui et sa sœur sur ses genoux. Il avait réussi à garder son calme. Selon lui, le FLN ne pouvait rien faire, c'étaient les Français qui étaient encore les maîtres en Algérie. On verrait plus tard.

Sa mère serra l'avant-bras de son père et posa sa tête contre son épaule :

– Tu peux partir avec les autres, Kader, murmura-t-elle.

Son père avait souri d'un air crâne.

Sur le coup, ni sa mère, ni lui ne comprirent qu'il était moins terrifié par ce qu'il encourait d'avoir trahi son peuple, que par l'idée d'abandonner sa famille et de la laisser affronter les gens du FLN.

L'*Atlas* s'immobilisa contre le quai et les passagers commencèrent à descendre.

Rochdi saisit la main de son père. Celui-là menait le groupe des harkis, il était à présent le seul homme adulte et guidait ce qui restait des cinq familles. De la passerelle, on pouvait voir les quatre autres harkis s'enfuirent sur le quai en courant. Il y eut un frémissement parmi les gens du FLN, là-bas, entre les deux containers mais aucun ne tenta de rattraper les fuyards.

– Vous rentrez à la maison, à Philippeville, déclara son père à sa mère. Je vais me débrouiller, ne t'inquiète pas.

Sa mère se mit à pleurer, presque silencieusement.

Les hommes du FLN s'approchèrent alors tranquillement du groupe des harkis.

– Et toi, Rochdi, tu veilles sur ta mère, ta sœur et ta grand-mère. Je vais devoir m'absenter quelques temps. Tu es un homme maintenant, faut pas avoir peur.

Les hommes du FLN étaient quatre, leurs regards étaient sombres. Ils se plantèrent devant son père, leurs mains sous leur veste tenaient sans aucun doute des armes.

– Je t'aime très fort, eut le temps de glisser son père à sa mère.

Puis il avait quitté le port sans se retourner, encadré par les autres hommes.

Rochdi l'avait regardé s'éloigner et il avait ressenti une rage sourde à l'encontre de ces gens du FLN, des soi-disant amis soldats français de son père, et de tous les hommes.

Du retour en train jusqu'à Philippeville, Rochdi ne se souvint de rien. Sur la banquette du compartiment, il s'endormit comme assommé par toutes les épreuves que lui et sa famille venaient de traverser. Rue d'Orléans, l'appartement des Mekchiche avait été visité : les meubles avaient été retournés, on avait volé quelques bibelots et inscrit sur le mur du salon : *FLN vaincra*. Rochdi ne comprenait plus qui de l'OAS ou du FLN allait vaincre. Il ne pouvait se renseigner auprès de sa mère qui semblait écrasée par le chagrin.

Alors ils remirent l'appartement en état.

Les jours qui suivirent, ils restèrent terrés chez eux, les persiennes fermées. La nuit, des inconnus tambourinaient à la porte ou criaient des *Sales traîtres !* sous les fenêtres. Sa mère sortait tout de même au milieu de la journée pour tenter de trouver des informations concernant son père.

– Les gendarmes disent que le caporal Kader Mekchiche a démissionné et que ce qui peut lui arriver ne les concerne plus, expliqua-t-elle le troisième jour après s'être présentée à la gendarmerie.

– Il faudrait peut-être quitter cet endroit, Fouzia, dit la grand-mère.

Durant la dernière journée que les Mekchiche passèrent dans l'appartement rue d'Orléans, sa mère essaya de trouver une trace du lieutenant Gascogne ou du sergent Chamouze. En vain.

Rochdi pensa que les amis de son père étaient des salauds de l'avoir abandonné sur le port d'Alger. Des salauds comme tous les Français dorénavant.

Puis, une semaine après avoir réaménagé dans l'appartement de Philippeville, la famille avait définitivement quitté son domicile pour retourner à Alger. La capitale était assez vaste pour s'y faire oublier et c'était là-bas que le père avait été enlevé, c'était donc là-bas qu'on pouvait espérer le retrouver.

Rennes, 1971

Trois semaines après avoir vu le sosie du harki qui lui avait laissé la vie sauve en 1958, Achraf Laïfaoui fut à nouveau confronté à lui. Encore une fois, ce fut un hasard qui les mit face à face : le jeune Arabe buvait un petit crème dans le café de la ZUP Sud où Laïfaoui avait l'habitude de s'arrêter chaque matin avant d'aller pointer.

La Rose de Casablanca se trouvait plantée au milieu d'un petit centre commercial constitué d'une épicerie, d'une boulangerie et de l'échoppe d'un cordonnier. L'établissement était tenu par Tarik Tarasit, un Marocain qui se sentait bien, loin de son pays, de sa femme et de ses enfants. Après avoir travaillé une dizaine d'années comme loufiat dans le café en question, il l'avait racheté avec ses économies mais surtout grâce à celles amassées pendant toute une vie par son beau-père au Maroc. Le café était alors une affaire proche de la faillite. Tarasit avait réussi à la redresser et vivotait désormais convenablement. Tous les mois, il envoyait même un mandat postal, un peu d'argent à sa famille et chaque été, il retournait quelques semaines dans les environs de Casablanca.

Depuis son arrivée à Rennes, Laïfaoui venait donc y boire un petit noir avant d'aller travailler et parfois, dans la journée, un verre de bière. Il écoutait le patron vanter les mérites démocratiques de la société française sans avoir jamais pu lui dire combien il aurait aimé, lui, tester les mérites de la démocratie algérienne. Laïfaoui n'avait jamais confié à personne sa situation de réfugié, jamais non plus il n'avait raconté ces années durant lesquelles il avait risqué sa vie pour l'indépendance de son pays. Même pas à Gavornikov, l'ouvrier slovaque avec qui il parlait parfois politique sur la ligne, chez Citroën, et qui soupçonnait son collègue d'avoir été un des responsables militaires de l'insurrection algérienne. Personne ne devait savoir.

Les Maghrébins qui fréquentaient *La Rose de Casablanca* avaient tous plus ou moins la nostalgie de leur pays. Et pourtant, de ces Algériens qui étaient venus travailler en France avant l'Indépendance, aucun n'avait fait le voyage retour. Ils avaient préféré voir venir et, au fil des ans, ils avaient vu : la situation en Algérie ne leur avait pas donné envie d'y retourner vivre.

– Je dis pas, avait un jour déclaré Mohamed Abdala, un ouvrier de chez Citroën que Laïfaoui fréquentait. Si on avait pu être là-bas et avoir une place au soleil, on aurait peut-être récupéré quelque chose après le départ des Français et là, je dis pas, la vie en Algérie aurait pu avoir un intérêt.

Laïfaoui avait bien évidemment entendu parler du scandale de l'attribution des biens vacants dès l'été 1962.

– Toi, tu faisais partie du GPRA ou de l'ALN ?

– Non, bien sûr que non ! avait fait Laïfaoui en secouant la tête pour que ses gestes donnent plus de véracité à ses mots.

– Parce que si tu n'as pas fait partie du GPRA ou de l'ALN, à un haut niveau, hé ben, les appartements et les maisons des Français, *zarma* ! ils te sont passés sous le nez.

Abdala avait passé rapidement son index sous son nez avec un petit « pschitt ».

Derrière le zinc, Tarasit avait souri et, philosophe de comptoir expérimenté, il avait lancé sa fameuse maxime :

– Hé oui, c'est comme ça et pas autrement !

Alors, la France, finalement, on y était bien. Bien sûr, il y avait ce racisme omniprésent, cet esprit du temps comme disaient les Français qui s'en accommodaient. Mais ce n'était finalement qu'un inconvénient que l'on oubliait rapidement lorsqu'on se retrouvait en famille ou même au bistrot, entre compatriotes.

Car eux, les Algériens de France, ils ne détestaient pas boire quelques verres d'alcool après le boulot, rigoler et écouter de la musique sur le transistor derrière le comptoir. Pour tout dire, c'était aussi l'islamisation de la nouvelle société algérienne qui ne leur paraissait pas très tentante.

Pour différentes raisons, la France et la Bretagne surtout, paraissaient à ces exilés une terre d'asile tout à fait acceptable. Au milieu de ses frères maghrébins, Achraf Laïfaoui souffrait pourtant de sa situation d'apatride. C'était finalement pour M'Barka et Tarek qu'il avait accepté l'exil comme un moindre mal.

Ce fut donc à *La Rose de Casablanca* qu'il croisa le regard du jeune homme qui ressemblait au harki de Souk Ahras. Son cœur s'emballa comme il ne s'était plus emballé depuis la guerre et les événements qui avaient suivi. Car le jeune homme était effectivement le sosie quasi parfait du caporal. Son instinct de survie se mit immédiatement en marche et ses intestins se serrèrent douloureusement. Comme avant lorsqu'il tuait pour ne pas être tué.

Alors, l'ancien fellagha qui avait abattu des hommes par balles, au couteau et même une fois à mains nues, décida de faire face au danger. S'il fallait tuer encore pour sauvegarder le semblant de bonheur qu'il était parvenu à reconstituer, il était prêt. Il espérait qu'il lui restait encore quelque courage de Si Laïfaoui, le guerrier du Constantinois.

Mais le jeune homme, assis derrière un café-crème, lui décocha simplement un sourire qui paraissait parfaitement sincère. Ça troubla Laïfaoui : se pouvait-il qu'il soit devenu paranoïaque au point de s'inventer des ennemis ? Il rendit le sourire et se retourna vers le comptoir.

– Tu le connais celui-là ? demanda-t-il discrètement au patron.

Tarasit leva les yeux et se gratta le centre de son mono-sourcil :

– Ha ! Lui, c'est un jeune de chez toi. Il vient de Constantine ou de quelque part par là-bas, il m'a dit l'autre jour.

Le patron renifla.

– Il m'a dit qu'il était arrivé à Rennes depuis quelques semaines. Il a l'air d'un gentil garçon.

Laïfaoui considérait que l'on pouvait faire confiance au bon sens de Tarasit, l'homme sentait les clients comme d'autres le bon vin. Il recouvra donc son calme et lorsque le jeune Algérien s'approcha du comptoir pour payer, il le dévisagea :

– Tu es d'où en Algérie ?

Le jeune homme sourit à nouveau :

– Je suis né à Skikda. Et puis aussi j'ai habité à Alger. Jusqu'à il y a deux ans.

Laïfaoui se laissa tomber sur un tabouret. Ça faisait tellement longtemps qu'il n'avait pas rencontré quelqu'un qui avait connu Philippeville qu'il en fut presque ému.

– Moi aussi, j'habitais Skikda. À l'époque, les Français l'appelaient encore Philippeville. Je te paye un café ?

Rochdi Mekchiche accepta de bon cœur. Lui aussi ça lui faisait chaud au cœur de rencontrer ce grand type qui avait connu sa ville natale. Et pour le coup, celui-là ne le jugerait pas sur ce qu'avait pu faire son père comme l'avaient toujours fait ses compatriotes.

Alger, 1962

Lorsqu'elle retourna à Alger, espérant se fondre dans la masse des habitants de la capitale, la famille Mekchiche connut une période de sursis.

Les recherches qu'entreprit la mère de Rochdi pour retrouver son mari furent d'abord discrètes. Elles prenaient la forme de longues déambulations dans la Casbah ou au Climat de France, les quartiers arabes. Parfois, elle montrait une photo de son mari. Au début, elle n'essaya pas d'entrer en contact avec les autorités du FLN qui, pourtant, commençaient à se faire connaître.

Un jour, Rochdi accompagna sa mère au commissariat. Mais les flics français n'avaient rien à faire de la disparition d'un Arabe. Il en disparaissait des dizaines chaque mois et eux-mêmes commençaient à devenir les cibles récurrentes des terroristes du FLN ou des furieux de l'OAS.

– Alors, vos histoires, on s'en bat l'œil, déclara le policier derrière le comptoir d'accueil.

Depuis l'échec du putsch des généraux en avril et l'entrée dans la clandestinité de Salan, Jouhaud et de tous ceux qui avaient cru que c'était arrivé, que De Gaulle allait les laisser mettre le bazar sans sourciller, les flics se contrefoutaient de la disparition d'un Arabe.

– C'est le FLN qui l'a emmené, tenta d'argumenter sa mère.

– Là, *Fatima*, ça ne relève plus de nos compétences, répondit le planton derrière son comptoir, bien content d'avoir une excuse pour ne pas avoir à recueillir la plainte. Faut aller voir tes petits copains du FLN. Allez, circulez, madame.

Rochdi et sa mère circulèrent.

Une semaine plus tard, dans la Casbah, sa mère se résigna à interroger l'un des responsables du FLN qui participait à la tentative de reconstitution de la zone autonome d'Alger. Ce fut à ce moment que les ennuis commencèrent réellement. L'homme n'était pas un haut gradé mais il avait d'abord mis en garde la femme du harki :

– Ton mari était un traître. Si le FLN s'est occupé de lui, c'est tant mieux. Tu n'es pas une traître, toi aussi, par hasard ?

L'homme du FLN la saisit par le bras et l'entraîna dans une ruelle. Puis il la força à monter l'escalier d'un immeuble et la fit entrer dans un appartement. Rochdi tenta de la suivre mais l'homme le repoussa sans ménagement :

– Pas toi ! Tu dégages, *yel-la* !

Le gamin était resté debout dans le couloir de l'immeuble. Au bout de quelques minutes, trois hommes le bousculèrent et pénétrèrent à leur tour dans l'appartement. Rochdi parvint à apercevoir sa mère l'espace d'une seconde – elle était assise sur une chaise, les mains sur les genoux – avant que la porte ne se referme.

Il attendit longtemps dans le couloir sombre. Les bruits de la rue, parfois des rires d'enfants, montaient par la cage d'escalier.

Puis, la porte s'était rouverte et sa mère était sortie doucement comme si elle marchait sur la pointe des pieds. Elle avait pris la main de son fils et ensemble ils avaient dévalé les escaliers.

– Et papa, il est où ?

– Tais-toi Rochdi, par Dieu, tais-toi ! avait répondu sa mère en éclatant en sanglots.

De son père, ex-caporal de l'armée française, Rochdi n'entendit plus parler que comme du traître égorgé par le FLN. C'étaient les gamins de l'immeuble où vivait la famille, au carrefour de la rue Randon et de la rue Porte-Neuve, qui disaient ça en riant bien fort.

Les Mekchiche avaient alors vécu seuls, la plupart du temps cloîtrés dans leur appartement. Fréquemment, des hommes venaient frapper à la porte et demandaient à s'entretenir avec Fouzia

Mekchiche. Sa mère les recevait dans la minuscule salle commune alors que Rochdi, Souhila et leur grand-mère s'enfermaient dans l'unique chambre. Parfois ils devaient rester enfermés pendant une ou deux heures. Puis les hommes s'en allaient et sa mère disparaissait à son tour dans la chambre. Rochdi l'entendait pleurer.

– Et les amis militaires de papa, ils sont où ? lui demanda-t-il un jour alors qu'elle ressortait de la chambre.

Elle le regarda puis lui caressa la joue, un peu maladroitement :

– Il ne faudra jamais dire à personne que ton père a eu des amis militaires, des Français. D'accord ?

Rochdi hocha la tête.

– Jamais, tu m'entends ? Tu le promets et Allah est témoin ?

Rochdi promit.

Rapidement, sortir dans les rues devint risqué pour tous les Algérois, Arabes mais aussi pieds-noirs et Français. On s'y assassinait fréquemment et à partir de décembre 1961, des fusillades et des explosions éclataient chaque nuit.

La nuit, Rochdi gardait longtemps les yeux ouverts. Il imaginait son père s'extirper d'une prison en faisant exploser les murs d'enceinte et en tirant sur ses geôliers. Les semaines passant, il se mit à imaginer que c'étaient les amis militaires français de son père, ceux dont on ne pouvait plus parler, qui périssaient dans les explosions et sous la fusillade. Le lieutenant Louis et le gros sergent qui puait l'alcool mouraient dans d'atroces souffrances, payant ainsi leur trahison.

Puis, on apprit que l'OAS avait interdit aux Arabes de pénétrer dans le centre-ville et dans Bab El-Oued. Qui étaient ces gens pour interdire aux Algériens de se promener dans leur ville ? Rochdi qui avait commencé son long apprentissage de l'injustice, n'en finissait plus d'apprendre combien les hommes étaient mauvais.

Dans la cour de l'immeuble, les gamins du quartier répétaient chaque jour les horreurs qu'ils avaient entendues dans la bouche de leurs parents le soir précédent. Rochdi s'asseyait dans un coin et feuilletait un illustré qu'il connaissait par cœur. Ainsi, il pouvait écouter les conversations à son aise. L'OAS tuait des Arabes qui marchaient sur les trottoirs d'Alger, un sourire kabyle et c'était terminé ! Des ratonnades avaient fait cinq victimes dans la rue Michelet. Et puis, les gamins racontaient également les exploits du FLN : des enlèvements et des exécutions avaient eu lieu en représailles des assassinats perpétrés contre les Algériens.

Étrangement, Rochdi ressentait de la fierté à appartenir à ce peuple qui ne se laissait pas martyriser sans réagir. Il savait que le FLN était responsable de la disparition de son père mais il vibrait à l'écoute des exploits des rebelles. Il aimait particulièrement entendre les histoires qui parlaient du fameux Si Laïfaoui, le guerrier de la wilaya II venu dans la Casbah pour venger les Arabes tués dans les rues. Sa mère lui raconta comment son père, alors soldat de deuxième classe de l'armée française, s'était interposé face à la foule meurtrière peu après les émeutes qui avaient ensanglanté le Constantinois et Philippeville, en juin 1955. Rochdi était alors trop petit pour réaliser le danger mais il se souvenait bien de cette femme aux cheveux noirs qui s'était réfugiée chez eux. La foule avait hurlé sa haine dans l'escalier mais son père, en uniforme, n'avait pas cédé. Sa mère lui apprit plus tard que la femme était M'Barka Laïfaoui, l'épouse d'un des chefs de la Casbah. Le gosse s'était donc immédiatement senti lié à Si Laïfaoui d'une façon que lui seul pouvait comprendre.

Le 22 mars, l'OAS avait lancé une attaque de mortier sur la place du Gouvernement, juste à côté de la Casbah. Beaucoup d'Arabes avaient été tués. Une voisine de l'immeuble avait hurlé pendant des heures la mort de son mari et de son fils.

Voyant sa mère terrifiée par les plaintes qui traversaient les murs de l'appartement, Rochdi s'approcha et lui caressa doucement la main du bout des doigts.

– Au moins, j'ai toujours mon fils, moi, dit-elle à mi-voix.

Pour la première fois, Rochdi eut la certitude que son père était mort. La confirmation était venue de la bouche de sa mère, c'était donc la vérité. Dès lors, il avait espéré toutes les nuits que les représailles du FLN touchent les anciens amis français de son père. Seulement eux. Et leur femme aussi. Et leur mère, leurs filles et leurs fils également.

Les pleurs résonnaient chaque jour dans la Casbah. Des habitants forcés d'aller dans le centre-ville pour travailler ou accomplir une tâche administrative tombaient sous les coups de l'OAS. Rochdi entendait les cris de douleur et les pleurs des proches des victimes remonter des rues de la Casbah.

L'augmentation des pleurs dans le voisinage coïncida aussi avec l'arrêt des visites que les hommes du FLN faisaient à sa mère. Sans doute, le FLN, et Si Laïfaoui le premier, avait-il été obligé de mobiliser tous ses hommes pour contrer les tueurs de l'OAS. C'était une bonne chose. Mais comme le printemps devenait de plus en plus meurtrier, Rochdi devint, lui, la victime expiatoire de ses petits camarades. Alors qu'ils avaient pris l'habitude de laisser en paix le fils du traître, ou, peut-être parfois, de simplement lui cracher dessus en passant, ils s'en prirent de nouveau directement à lui. La première fois, ça avait été lorsque l'un des gamins de l'immeuble venait de perdre un de ses cousins – une balle dans la nuque boulevard Gambetta. Rochdi avait été l'objet de la colère d'une demi-douzaine de garçons et n'avait dû son salut qu'à l'intervention des mères des bourreaux en herbe qui leur promirent, du haut de leur balcon, des ennuis s'ils s'avisaient d'être plus stupides que les adultes.

Ça n'empêcha pas les gamins, lorsqu'ils croisaient le fils du harki dans un couloir ou un escalier, et pour peu qu'ils fussent supérieurs en nombre, de placer un bourre-pif et deux ou trois coups de pied à *l'ennemi du peuple algérien*. Rochdi récoltait en général quelques bleus sur les cuisses ou sur les tibias, et, les jours de malchance, un cocard. Il devait alors inventer un mensonge pour que sa mère ne se mette pas à pleurer lorsqu'il rentrait de l'école. Il avait décidé qu'il valait mieux passer pour un incapable distrait à ses yeux, plutôt que ceux-ci se remplissent de larmes. Se dévaluer, c'était tout ce qu'il pouvait faire pour soulager la peine de sa mère.

Le 3 juillet suivant, l'Indépendance de l'Algérie avait été proclamée.

Les rues furent alors envahies par une foule joyeuse. Des groupes de femmes voilées de la tête au pied dans des djellabas blanches faisaient des you-you à n'en plus finir. Rochdi avait bien senti que sa mère hésitait à se joindre à la liesse populaire. Et soudain, elle eut un grand sourire :

– L'Algérie est aux Algériens ! déclara-t-elle en entraînant ses enfants dans la rue.

La grand-mère tapa elle aussi dans ses mains et dit « *Ya-ya, Djeza-ïr* ». Rochdi ne l'avait pas entendue prononcer autant de mots depuis leur départ de Philippeville.

Si ce jour fut un jour exceptionnel pour Rochdi, ce fut surtout parce que tôt dans la matinée, lui, le fils du traître, avait vu Si Laïfaoui, son héros, en chair et en os. L'indépendance était bien peu de choses au regard de cette apparition martiale. Dans la rue Marengo, le capitaine du FLN paradait au devant de ses hommes en armes et en uniforme. Les femmes faisaient des you-you à sa gloire, parfois même les plus jeunes et les plus hardies d'entres elles l'embrassaient. Rochdi avait été fasciné par la haute stature du guerrier et par le charisme qui se dégageait de son visage sur lequel était pourtant dessiné un sourire. Cependant, nul ne pouvait ignorer que ses épais sourcils étaient durcis par l'inquiétude.

Ça avait été une journée exceptionnelle.

Alger était drapée de vert et de blanc. Tout le monde s'embrassait. Des femmes serraient sa mère dans ses bras, des hommes soulevaient sa sœur dans les airs et déposaient des bisous sur son front. Des soldats tiraient en l'air, un clairon avait résonné devant la cathédrale Saint-Philippe et toutes les voitures klaxonnaient. On avait remis à Rochdi un calot et un fusil en bois : comme tous les gosses, il était déguisé en combattant de l'ALN.

La fête avait duré quelques jours. À peine.

Rapidement, les enfants de la cour de l'immeuble avaient répété ce que leurs parents disaient à propos de tensions apparues entre les différentes factions composantes du FLN. La plupart, à la suite de leurs parents, affirmaient que l'ancien chef de la zone autonome d'Alger, revenu s'installer dans la Casbah, Yacef Saadi, allait balayer les traîtres du GPRA. Rochdi ne savait pas ce que signifiait exactement cette partition mais s'il y avait des traîtres au FLN, il s'en sentait proche en tant que *fils de traître*, lui aussi. Au début du mois d'août, un gamin, plus dégourdi que les autres, déclara que Si Laïfaoui était un traître qui soutenait le GPRA. Rochdi leva les yeux de son illustré et croisa ceux du gamin qui venait d'apporter la nouvelle de la disgrâce du capitaine.

– Si Laïfaoui est un traître comme ton père ! Et comme lui, il sera égorgé comme un porc, balança le gamin.

Rochdi bondit alors sur le gamin et le maintint d'une main à la gorge. Il tapa plusieurs fois du poing droit en plein visage et sa victime perdit un peu de sang sous les coups.

Les autres gamins hurlèrent et Rochdi se précipita chez lui. Les hurlements des enfants furent repris en cris d'orfraie par leurs mères. Mais immédiatement, une fusillade éclata dans la rue Randon, près de la synagogue. Rien à voir avec les coups de feu des soldats FLN fêtant l'indépendance, une vraie fusillade, cette fois.

– Le GPRA et l'état-major général se font la guerre ! hurla un homme en traversant au pas de course la cour de l'immeuble.

Cette annonce empêcha les parents outragés par ce que le fils du harki avait fait subir à leurs chers petits, de venir demander des comptes à sa mère.

Deux jours après ces violentes escarmouches, Rochdi et sa mère sortirent tôt le matin pour aller faire quelques courses en espérant éviter les règlements de compte intra-FLN. Ils assistèrent à un spectacle qui avait brisé le cœur de l'enfant. Dans la rue du Rempart-Médée, Si Laïfaoui – accompagné d'une dame très belle aux cheveux très noirs qui portait un nouveau-né dans ses bras – était escorté par des soldats algériens qui portaient des casquettes à longues visières souples.

Un peu plus loin, une inscription sur un mur disait :

Un seul héros, le peuple

Rochdi vit son héros s'éloigner vers un destin qu'il jugeait équivalent à celui de son père.

Sa mère reconnut, elle aussi, la femme qui accompagnait Si Laïfaoui. Son regard s'était embué et elle avait porté sa main à sa bouche :

– Viens Rochdi, on a des choses à faire !

Les escarmouches entre le GPRA et l'état-major général culminèrent en de véritables affrontements. De nouveau, Alger était en proie à la folie des hommes et les jours suivants, les rues de la Casbah furent le théâtre de combats sanglants. De la fenêtre de sa chambre, Rochdi vit des soldats vider leur pistolet-mitrailleur sur un homme qui tentait de fuir dans une ruelle en escalier. Son corps s'était désarticulé sous les impacts des balles en une danse ridicule et il avait roulé jusqu'au bas des marches. Le sol s'était lentement recouvert d'une mare de sang.

Les échanges de coups de feu et les explosions finirent cependant par cesser. Les habitants d'Alger ressortirent petit à petit de chez eux, la vie reprit ses droits. Les adultes disaient que la *coalition de Tlemcen* avait montré son courage et que Ben Bella était le meilleur, que lui seul pouvait finalement construire l'Algérie nouvelle. Rochdi savait que son héros, Si Laïfaoui, avait perdu la partie. Comme son père avant lui.

Parfois, les femmes qui faisaient leur marché parlaient encore entre elles des Mekchiche comme de la famille du traître, du harki. Bien sûr, derrière leur voile, elles proféraient quelques calomnies mais elles évitaient désormais les médisances à voix haute. C'était un semblant de retour à la normale pour la famille de Rochdi. Et puis, les hommes du FLN ne vinrent plus jamais à l'appartement, pour discuter avec sa mère. C'était ce que Rochdi avait demandé à Allah dans ses prières et il s'estimait chanceux d'avoir été entendu. Alors il essaya à son tour de devenir un Algérien normal.

Jusqu'à la fin de l'hiver 1963, ses soi-disant camarades de classe lui rappelaient souvent, à grands coups de poing sur les épaules et de claques sur le haut du crâne de qui il était le fils. On lui crachait parfois des blagues salaces à propos de sa mère et des gens du FLN qui venaient la visiter. Ses professeurs lui vouaient également un mépris que même un enfant de douze ans était en mesure de ressentir comme une injustice. Rochdi en avait déjà fait l'apprentissage cruel depuis de nombreuses années.

Il avait également appris à se défendre. Les épreuves avaient fait leur œuvre: son caractère s'était endurci et la peur avait commencé à quitter son cœur, laissant place à la colère. Lorsqu'il le pouvait, c'était à renfort de gifles et de coups de pied qu'il rendait la monnaie de leur pièce aux autres gamins. Il avait même appris à opérer discrètement: ainsi, il attendait quelque temps après avoir reçu un mauvais coup ou une insulte blessante, puis il exerçait une vengeance souvent refroidie mais ô combien revigorante. Son habitude était de laisser passer quelques jours, puis de s'arranger pour se retrouver seul avec un de ses ennemis. Alors seulement il tapait. Pour faire mal. Il faisait saigner du nez ou des lèvres et parfois il cassait des dents ou même un jour, un doigt. Dans la cour de récréation et dans les escaliers de son immeuble, on commençait à le craindre. Tant et si bien qu'au printemps suivant, les plus âgés de ses tourmenteurs préférèrent éviter de taquiner le fils du traître. Désormais, on le croisait même avec inquiétude.

Quant à ses professeurs, ils sanctionnèrent à de nombreuses reprises l'élève Rochdi Mekchiche pour refus d'obéissance. Ou pour violence à l'encontre de ses camarades de classe. Sa mère était souvent convoquée au collège mais ne montra jamais de colère vis-à-vis du comportement de son fils. Elle aussi avait fait provision d'injustice pour longtemps et peut-être était-elle rassurée que Rochdi se défende à sa manière contre la méchanceté du monde.

Après une scolarité médiocre stoppée avant la fin du collège, il fit la connaissance de petits voyous qui vivaient de menus larcins dans la banlieue d'Alger. Puisqu'il fallait aider sa mère à faire bouillir la marmite, il s'était mis à voler dans les magasins. Parfois, il revendait même des vélos ou des motocyclettes habilement subtilisés dans les quartiers bourgeois de la capitale.

Au sommet de l'État, la lutte pour le pouvoir continuait bon train. En 1965, le colonel Houari Boumediene organisa un coup d'État et se fit nommer président de la République. Il envoya Ahmed Ben Bella croupir en prison pour une bonne quinzaine d'années.

L'Algérie était devenue un pays étrange où les militaires s'occupaient des affaires publiques. Et de toutes les autres affaires, d'ailleurs. Rochdi avait commencé à comprendre, comme ses compatriotes, que le socialisme selon le FLN n'était pas forcément égalitarisme. Tout ça n'était pourtant que des histoires qui, finalement, ne le concernaient pas. Lui, il s'occupait de sa toute nouvelle carrière de voleur.

À presque dix-huit ans, alors que ses revenus stagnaient à un niveau à peine supérieur à celui d'un petit employé de la fonction publique, il décida de se lancer dans des projets plus importants : il commença à réfléchir à la possibilité de braquer une banque afin de mettre sa famille à l'abri du besoin. La truande aurait pu devenir sa vocation et il aurait su s'y faire un nom. Mais, hasard de la vie ou savoir-faire de la force publique, un des comparses qui devait l'aider à mettre au point le hold-up du siècle, s'avéra être un indicateur de la police. Il déballa à ses supérieurs les projets de Rochdi Mekchiche. Il ne fallut pas vingt-quatre heures pour qu'une demi-douzaine de flics n'arrête celui-ci, en pleine rue, et le jette au fond d'une cellule d'un commissariat de Bab El-Oued.

La police n'ayant d'autres charges à retenir contre lui que la certitude de ses crimes à venir, il fut sévèrement passé à tabac par un brigadier irascible. Puis, les flics le relâchèrent après avoir averti sa mère que personne n'avait oublié que les Mekchiche avaient été des traîtres à leur pays. C'était le premier et dernier avertissement, prévinrent-ils : la prochaine fois, le jeune homme risquait bien de disparaître quelque part dans la Mitidja.

Sa mère fut bouleversée d'imaginer son fils se faire exécuter comme l'avait été son mari. Lorsqu'il rentra le soir, elle s'isola immédiatement avec lui dans la pièce commune de l'appartement familial. Rochdi n'avait que faire de la loi et jusqu'à sa récente interpellation, il se moquait même des flics. Mais il écoutait sa mère lorsqu'elle haussait le ton. Après un long monologue, elle parvint à le convaincre qu'il courait désormais un vrai danger à mener l'existence qu'il menait jusqu'alors. Voulait-il vraiment mourir jeune ? Finalement, elle réussit aussi à surpasser sa douleur et lui conseilla de tenter de recommencer sa vie à l'étranger. En France, peut-être.

Elle prêchait un convaincu car Rochdi avait très mal supporté de se faire casser le nez et deux côtes dans la cellule du commissariat de Bab El-Oued. Il n'en pouvait plus d'être l'éternel fils de traître, celui sur lequel tout le monde tapait. Et il ne se faisait pas d'illusion : nul avenir glorieux ne lui était promis en son pays natal.

À l'été 1969, il traversa la Méditerranée et débarqua en France, sept années après la tentative avortée de sa famille.

L'Algérie nouvelle allait désormais devoir se construire sans lui.

Rennes, 1972

I

À *La Rose de Casablanca*, au pied des HLM de la ZUP Sud de Rennes, Rochdi Mekchiche croisa à nouveau le grand ouvrier qui avait vécu à Philippeville. Ils prirent bientôt l'habitude de boire des cafés au comptoir en échangeant des souvenirs sur leur ville natale. Finalement, ça passait le temps, se disait Rochdi qui n'avançait plus dans ses recherches.

En arrivant à Paris, il s'était rapproché de la *bande des Arabes* qui tenait commerce de prostitution et de drogue du côté de Pigalle. Parfois, ceux-là avaient été en guerre avec les *Corses*. Mais le plus souvent les deux coteries considéraient que la paix des armes favorisait la circulation de l'argent, une théorie capitaliste raisonnable, dira-t-on.

Une frêle recommandation d'un de ses anciens collègues de rapine d'Alger avait permis à Rochdi de se rapprocher de quelques-uns des membres de la bande. On lui avait immédiatement fait comprendre qu'il allait devoir faire ses preuves, ses expériences algéroises ne faisant pas office de curriculum vitae très probant en France. Il entreprit donc de traîner ses guêtres entre Pigalle et la place de Clichy en attendant qu'on fasse appel à lui.

C'est lors de ses déambulations désœuvrées dans les troquets de Pigalle qu'il entendit parler d'un ancien sergent parachutiste alcoolique. L'information ne tomba pas dans l'oreille d'un sourd. Au contraire, elle réveilla même une blessure qu'il avait cru endormie plus profondément. Bientôt, à force de laisser traîner un œil ici ou là, il finit par croiser l'un des compagnons d'arme de son père au 9e RCP.

L'homme n'avait plus rien d'impressionnant, son ventre proéminent et sa trogne défraîchie laissaient penser que le retour à la vie civile ne lui avait pas réussi. Peut-être était-ce sa conscience qui l'avait par trop tourmenté ? Rochdi, lui, n'éprouva aucune pitié et, rapidement, il se convainquit que justice devait être rendue. Cette justice qu'il pensait nécessaire à son apaisement.

Une semaine plus tard, après avoir vaguement repéré ses habitudes, il enfonça la lame de son couteau à cran d'arrêt dans le corps boursouflé d'alcool et de remords de l'ancien sergent. Celui-ci mourut la bouche ouverte, les yeux grands ouverts de terreur.

Le meurtre accompli, Rochdi fouilla les poches du cadavre et tomba sur un petit carnet répertoire imbibé de sang duquel pendait un petit crayon à papier. Il réussit à lire l'adresse complète du soldat Victor Saint-Clair. Mais les pages « G » tachées de sang étaient quasiment illisibles. On pouvait seulement décrypter quelques mots dont un « Lieutenant Gasco » et un « Rennes ». Il arracha la couverture du carnet sur laquelle il inscrivit un *Tortionnaire de Français* destiné à brouiller les pistes et qu'il déposa sur le cadavre.

Avec les quelques éléments récoltés, il quitta Pigalle et partit à la recherche du soldat Saint-Clair. C'était celui qui habitait le plus près de Paris. Ensuite, il se mettrait en quête du lieutenant Gascogne.

La piste du carnet répertoire menait donc dans la banlieue Sud. Rochdi Mekchiche s'installa d'abord dans un foyer pour travailleurs immigrés et accepta les journées de travail harassantes que lui proposaient des chefs de chantiers peu sourcilleux quant aux connaissances techniques de leurs employés. Au bout de deux semaines, il décida de passer à l'action.

La tentative d'assassinat de Victor Saint-Clair tourna en eau de boudin : l'instituteur s'était échappé et avait prévenu les flics.

Comme il souffrait encore du coup de poing que lui avait asséné Saint-Clair, la veille, Rochdi dut sauter du troisième étage du foyer Sonacotra où il logeait alors que les flics investissaient le bâtiment.

Il se précipita gare Montparnasse et prit le premier train en partance pour la capitale bretonne.

À Rennes, son seul plan d'attaque consistait à sillonner au hasard les rues du centre-ville et les quartiers périphériques. De l'ex-lieutenant Gascogne, il n'avait trouvé nulle trace. Au bout d'un mois, le seul hasard dont il avait bénéficié, fut d'avoir marché jusqu'à la ZUP Sud et d'avoir poussé la porte de *La Rose de Casablanca*. C'est là qu'il avait rencontré Achraf Laïfaoui.

Dans un premier temps, il ne connut Laïfaoui que sous le seul prénom d'Achraf.

– Qu'est-ce que tu fais de ta vie ? lui demanda Achraf, un matin de début d'automne, alors qu'ils buvaient leur expresso. Tu travailles en ce moment ?

Rochdi secoua la tête, un peu piteux. Il travaillait parfois sur les marchés à déballer la marchandise pour quelques pièces. Mais, de plus en plus souvent, ça le démangeait de reprendre son activité de bandit. Peut-être, cette fois, pour braquer sa première banque.

– Ils embauchent chez Citroën, tu devrais aller y faire un tour.

Mohamed Abdala qui travaillait aussi dans l'usine du constructeur automobile confirma :

– Va leur demander un travail. *Zarma*, avec un peu de chance, tu ne seras pas à la peinture et tu garderas tes poumons.

Laïfaoui sourit :

– Momo dramatise tout, il est comme ça. Mais tu sais, Citroën, c'est pas pire qu'ailleurs. Et il faut que tu travailles, fils. Les Français n'aiment pas les Arabes qui ne font rien.

Il était très tôt, le ciel s'éclaircissait à peine.

Une buée recouvrait la vitrine du café et quelques ouvriers maghrébins buvaient ici un verre de vin, là un café allongé. La fumée des cigarettes maïs avait envahi toute la salle. Il était six heures du matin, la journée s'annonçait pluvieuse et enrouée.

– Pas un temps à mettre un Arabe dehors, déclara Tarik Tarasit en jetant un coup d'œil au ciel. Bah, c'est comme ça et pas autrement !

II

Lorsqu'il sut qu'il allait devenir père, Louis Gascogne retourna vivre chez Sylvie Vercors. Il décida également de rompre avec la précarité de son existence. Son activité de détective privé n'avait plus rien de romantique. Et encore moins de rémunérateur.

Alors, il accepta une offre qui lui avait été faite quatre moins auparavant, peu avant l'été durant lequel il avait appris sa prochaine paternité. Il savait qu'il devait impérativement mettre sa superbe de flic privé en sommeil et ne jamais parler à Sylvie de l'emploi qu'il s'apprêtait à accepter. Sa compagne n'aurait pas admis de vivre avec un homme dont la fonction était de traquer les ouvriers qui chapardaient des outils ou des matériaux au fond de l'usine Citroën de Rennes-La Janais. C'était peu glorieux mais, à raison de trois jours par semaine à rôder autour de la chaîne de fabrication, Gascogne était désormais certain d'assurer l'avenir (à moyen terme) de sa famille.

Au début de l'hiver, la direction des ressources humaines de l'usine Citroën lui attribua un poste un peu flou de contrôleur-qualité dont le travail était censé améliorer l'ergonomie des postes de travail – un emploi qui ne voulait rien dire puisqu'il n'apparaissait même pas sur l'organigramme de l'entreprise.

Habillé comme un chef de ligne, Gascogne parcourait en réalité l'usine sans éveiller les soupçons, à la recherche des tristes hères qui subtilisaient ici un tournevis, là un essuie-glace. Il n'était pas fier de lui alors il ne faisait pas de zèle. La première semaine, il dénonça un Portugais. L'homme avait glissé un pot de mastique dans sa gamelle. C'était du mastique destiné à rafistoler les fenêtres de son appartement afin d'empêcher l'air glacé de rendre plus malades encore ses enfants qui souffraient de bronchites purulentes, déclara le voleur aux deux vigiles qui l'interpellèrent à la sortie de l'usine. On se fichait bien du froid glacé qui rendait ses gosses malades et le Lisboète fut remercié sur-le-champ.

Dire que Gascogne se sentit merdeux en apprenant le licenciement de l'ouvrier est un doux euphémisme. Il en eut des douleurs dorsales qui l'empêchèrent de marcher normalement pendant deux semaines. Deux semaines durant lesquelles, il ne dénonça personne. Pourtant, il en vit des OS qui cachaient dans leur besace de la peinture et des outils, des manœuvres qui glissaient discrètement des miroirs de rétroviseur sous leur bleu de travail. Mais il se tut, incapable de choisir parmi ces pauvres bougres celui qui allait rentrer chez lui sans emploi. Un matin, pourtant, il repéra un agent de maîtrise à l'air peu avenant qui remplissait ses poches de bougies de démarrage. Sa conscience pour lui, il alla immédiatement rapporter le flagrant délit à ses chefs. On lui dit « que dites donc, Gascogne, pas trop tôt, ça fait bien deux semaines que vous n'avez chopé personne, on se demandait si vous n'aviez pas de la merde dans les yeux ! »

Mais lorsqu'on apprit que le coupable était cette fois un chef de ligne, c'est dans les oreilles que ses supérieurs semblèrent avoir de la merde.

– Comment ça : un agent de maîtrise ? grogna l'un des chefs du service contrôle-qualité qu'on avait chargé de faire diminuer le nombre de vols dans l'entreprise.

– C'est Braouzeg, le petit chef de la sellerie.

Le chef de service fronça les sourcils, l'étrangeté des yeux vairons du délateur semblait le mettre pour la première fois mal à l'aise.

– Braouzeg ? Mais ce n'est pas Dieu possible, il tient ses gars d'une main de fer. L'en a fait virer deux, le mois dernier, parce qu'ils ne tenaient pas la cadence.

– Dites à vos vigiles de le fouiller à la fin de la journée et ils trouveront des pièces de moteurs dans ses poches. Des bougies, je crois.

L'autre en resta Gros-Jean comme devant : pour lui, c'étaient les bougnoules et les nègres qui volaient, parfois les Portos et les Espingouins. Un Breton, chef de ligne de surcroît, qui se mettait à chaparder, ça dépassait son entendement. Il congédia Gascogne et décida d'en référer à ses supérieurs.

En fin d'après-midi, le détective privé au service du patronat qui avait passé le reste de la journée à se tourner les pouces dans les allées de l'usine, se posta, sans y paraître, à la sortie de l'usine. Il vit le chef du service contrôle-qualité intercepter Braouzeg et lui glisser deux mots à l'oreille. L'autre rougit et tenta de se défendre par des « c'est pas du tout ce que vous pensez, monsieur… »

Gascogne ravala bien vite le sentiment d'avoir réussi à contourner la dégueulasserie de son boulot. Le chef de service tapa virilement sur l'épaule du voleur et déclara que « ça pouvait arriver à tout le monde ».

Braouzeg quitta l'usine la tête enfoncée dans les épaules, humilié, certes, mais pour y revenir le lendemain sans autre forme de sanction. Décidément, l'égalité n'était pas de ce monde et ce n'était pas dans cette usine qu'elle allait réconcilier les hommes.

Le matin suivant, le contremaître était à son poste en bout de chaîne, l'air furibard, persuadé d'avoir été dénoncé par l'un des ouvriers de la sellerie. Désormais, son unique objectif fut de leur pourrir l'existence en demandant des augmentations de cadences. Le nombre de sièges à réaliser en une journée passa alors de soixante-quinze à quatre-vingt trois. Des ingénieurs vinrent personnellement féliciter le chef de ligne stakhanoviste qui assura à ces messieurs qu'impossible n'était pas un mot de son vocabulaire.

Gascogne ne sut jamais qu'à cause de son intervention, les ouvriers de la sellerie en bavèrent des ronds de chapeaux. Leurs pouces durcis par des années à pousser l'aiguille dans le tissu épais des sièges destinés aux Ami 6, puis aux GS, se mirent à saigner et il fallut plusieurs semaines pour qu'ils cicatrisent à nouveau.

En fin de semaine, le chef du service contrôle-qualité convoqua Louis Gascogne et l'envoya à la direction du personnel. L'affaire Braouzeg avait dû remonter haut pour que les ressources humaines veuillent lui en toucher deux mots. On le fit patienter en face d'une secrétaire tout sourire, la vingtaine rayonnante et heureuse d'avoir décroché un job chez Citroën. Les voies du possible lui paraissaient désormais ouvertes.

Au bout d'une vingtaine de minutes à potasser *Ouest-France*, Gascogne vit s'ouvrir une porte derrière la secrétaire. Un homme au crâne dégarni et aux lunettes épaisses apparut. Dans la hiérarchie de l'usine, il était plus haut placé que les techniciens en blouse blanche : lui, il portait un costume-cravate.

– Monsieur Gascon, si vous voulez bien vous donner la peine, lança-t-il.

La secrétaire sourit, un peu gênée de ne pas avoir pu mener son job jusqu'à son terme, car c'était elle qui d'habitude demandait aux visiteurs de passer dans le bureau.

– C'est *Gascogne*, fit Gascogne en serrant la main molle et moite du directeur des ressources humaines.

L'homme repoussa ses lunettes sur son nez :

– Ah ? On m'avait dit *Gascon*, c'est étrange.

Il montra une chaise rigide et sans confort au visiteur et s'assit lui-même dans un moelleux fauteuil à roulettes. Il fouilla dans une pile de feuilles, en tira un petit bristol jaune et eut un air de contentement :

– Gascon ! Cette idiote m'avait écrit *Gascon* ! Je savais bien que je n'étais pas fou ! Quelle idiote…

Ceci dit, il n'emprunta aucun détour et intima l'ordre au détective privée de ne plus dévier de sa tâche :

– Ce sont les ouvriers, et les ouvriers seulement, qui mettent en péril l'entreprise par leurs larcins répétés, expliqua-t-il. L'histoire de monsieur Braouzeg est regrettable mais cela reste un épiphénomène. Votre objectif, ce sont les ouvriers et les ouvriers seulement. Comprendo ?

Gascogne acquiesça.

– Voilà, vous pouvez disposer, dit l'homme au crâne luisant sans lever les yeux. Bonne journée.

Gascogne quitta le bureau, salua la souriante secrétaire, l'idiote à son patron, et retourna à ses petites compromissions avec l'existence. Il se fit l'impression d'être un clébard, la queue basse. C'était donc comme ça qu'il espérait assurer un avenir à son enfant ? L'espoir fait vivre, certes. Parfois, il peut s'avérer mortel.

Ce jour-là, trop occupé à imaginer comment il allait faire pour s'arranger avec sa conscience et conserver son très lucratif emploi, il ne fit pas attention aux quelques demandeurs d'emploi qui attendaient devant la porte du bureau, qu'on les reçût. Ceux-là étaient assis sur un banc, face à une porte ouverte donnant sur une salle au milieu de laquelle deux tables avaient été disposées. Deux cadres du personnel auditionnaient les postulants et s'ils faisaient l'affaire, leur donnaient à remplir des formulaires d'embauche.

Il passa devant un jeune Maghrébin, sans le voir, tête baissé. Car sinon, il aurait cru être face au fantôme de son ancien ami Kader Mekchiche. Peut-être qu'alors, il aurait laissé tomber son métier à la con chez Citroën et qu'il aurait donné un autre sens à son existence. Tout aurait été possible.

III

Rochdi Mekchiche, lui, reconnut immédiatement le lieutenant Gascogne.

Il en fut stupéfait : l'ouvrier spécialisé avec un badge à la poitrine « contrôle-qualité » n'était autre que Louis, l'ami de son père. Quelques années en plus, le visage plus dur et un peu plus ridé mais c'était bien lui. L'étonnement fut tel qu'il l'empêcha de lui sauter à la gorge et de lui régler son compte.

On appela son nom et ce fut son tour de pénétrer dans la pièce du recrutement. Machinalement, encore sous le choc, il s'assit devant des jeunes hommes en blouse blanche qui l'accueillirent avec un très léger sourire.

Le jeune Algérien avait été intégré au rang de M2.

– Pour commencer, lui assura-t-on.

Rochdi Mekchiche fut affecté sur la chaîne principale, à l'endroit où l'on vérifiait la carrosserie des voitures qui sortaient du département peinture. Muni d'un gant en coton friable, il caressait les flancs du véhicule. Lorsqu'une imperfection arrachait un peu de coton, il devait la passer au papier de verre afin de la faire disparaître. Si l'imperfection était trop importante, il devait la signaler à un contremaître, assis un peu plus loin derrière un bureau recouvert de poussière. L'homme, un européen quinquagénaire qui fumait cigarette sur cigarette, se levait alors, armé d'une ponceuse électrique et « en deux coups de cuillère à pot » (comme il le répétait à chaque fois), il faisait disparaître cette petite saloperie. Le contremaître retirait alors le véhicule poncé de la chaîne et le renvoyait, par un chemin parallèle, vers la peinture.

Durant la première journée, le contremaître resta derrière Rochdi sans jamais lui adresser un mot. Il poussait des soupirs lorsque le nouvel ouvrier ne parvenait pas à suivre la cadence de la chaîne. Il se munissait alors d'un morceau de papier de verre et rattrapait *en deux coups de cuillère à pot* le retard qui risquait de foutre la pagaille dans toute l'usine.

Rochdi travaillait le plus vite possible, l'esprit occupé à penser au lieutenant Louis et à ce qu'il allait désormais entreprendre pour achever son œuvre de justice. Car, loin de s'être calmé après l'échec patent de la tentative d'assassinat de Victor Saint-Clair, sa rage avait repris le dessus. Il imaginait tuer de manière spectaculaire l'ancien officier, le responsable direct de la mort de son père. Il savait cependant qu'il fallait qu'il reste ouvrier dans cette usine, le temps de s'approcher de Gascogne. Il s'efforçait donc d'exécuter la tâche qui lui avait été confiée avec le plus de soins et de rapidité possible. Lorsque la sirène de changement d'équipe hurla, un type du personnel vint s'assurer de ses capacités de travail, le contremaître à la ponceuse électrique hocha pensivement la tête :

– Il a pas inventé le fil à couper le beurre, ça c'est sûr, mais il s'en sortira.

Le lendemain matin, Rochdi revint pointer à l'usine.

Après avoir enfilé son bleu de travail, et aussi rapidement que tous les autres ouvriers, il gagnait son poste avant que l'équipe précédente ne décroche, les trois-huit devaient s'enchaîner sans coup férir. Le système de production en flux tendu ne tolérait aucun vide, aucun arrêt entre les changements d'équipes.

Deux jours après avoir été embauché, il retourna à *La Rose de Casablanca*.

Lorsqu'il arriva devant l'établissement, Tarasit tentait de nettoyer les mots qui avaient été écrits sur sa façade durant la nuit. On pouvait encore lire « Virons les arabes or de Bretagne » en lettres de peinture.

Le patron salua Rochdi d'un signe de tête :

– Je finirai plus tard, dit-il en suivant le jeune homme à l'intérieur du bar.

Tarasit avait toujours le sourire aux lèvres, qu'il neige ou qu'il vente. Il savait bien que ce n'était pas demain la veille que ses habitués rentreraient chez eux, en Algérie ou au Maroc.

– T'as vu l'inscription, môsieur Laïfaoui ? rigola-t-il en passant derrière le comptoir. Ils veulent que tu retournes au bled t'arranger avec Boumediene.

Laïfaoui haussa les épaules et eut lui aussi un grand sourire :

– J'attends son invitation et je fais ma valise tout de suite !

À l'entrée du bar, Rochdi s'immobilisa : il venait d'entendre le nom du chef du FLN. C'était donc lui, le fameux Si Laïfaoui, le héros de son enfance ?

– Hé ben, qu'est-ce que t'as, fils ? lui envoya Tarasit en le voyant planté comme un benêt en travers du passage. T'as vu un fantôme ou quoi ?

– Vous êtes Achraf Laïfaoui ? dit seulement l'autre en n'osant s'approcher.

Laïfaoui le dévisagea et, lui aussi, eut une manière de violent déclic qui le força à se maintenir au comptoir. Un étrange puzzle venait de se reconstituer, des pièces remontant à la fin des années cinquante s'étaient assemblées à celles apparues quelques mois auparavant dans l'autobus qui l'amenait à l'usine et plus tard, lorsqu'il avait parlé pour la première fois au jeune homme.

Rochdi ressemblait certes au harki qui ne l'avait pas abattu sous le barrage électrifié de Souk Ahras. Mais, il était aussi le portrait craché d'un autre homme qui hantait les rêves de Laïfaoui.

Car à la fin du mois d'août 1961, dans le sous-sol de la rue des Abderames, lorsqu'il avait posé le canon de son MAC 50 sur la tête du harki que ses hommes avaient enlevé, le capitaine Laïfaoui avait déjà eu la désagréable impression de reconnaître le condamné à mort. Dix années plus tard, à Rennes, dans ce bar miteux, il comprenait que l'homme qu'il avait exécuté était le même qui l'avait laissé vivre en 1958, sous les fils barbelés et la barrière électrique de la ligne Morice.

Sous le barrage, le caporal harki lui avait dit qu'il le laissait vivre parce qu'il était le grand Si Laïfaoui, l'ami de Si Ahmed. Il s'appelait quelque chose comme – Ah ! la mémoire lui faisait défaut… – et il lui avait sauvé la vie.

Ce matin-là, il comprit que le gamin qui lui faisait face était sans aucun doute possible le fils de ce harki. Qu'un tel hasard fût possible, ça lui scia les jambes :

– Ben, toi non plus, Achraf, t'as pas l'air bien, remarqua Tarasit en astiquant un verre. Y'a un virus qui traîne ou quoi ?

– Vous êtes Achraf Laïfaoui ? reprit Rochdi. Vous êtes Si Laïfaoui ?

Laïfaoui hocha la tête, persuadé que le gamin connaissait son rôle dans la mort de son père.

Mais Rochdi lui tendit la main comme s'il le rencontrait pour la première fois.

– Ma famille s'est installée à Alger à la fin de l'été 1961, dans la Casbah. Vous étiez mon héros. Quand j'étais petit je rêvais d'être Si Laïfaoui.

– C'était il y a bien longtemps, fit Laïfaoui comprenant qu'il n'y avait aucune haine dans la démarche du gamin. Tu t'appelles comment, toi ?

– Mekchiche.

Laïfaoui ressentit une vive douleur au ventre, comme si un couteau y avait pénétré. Le doute n'était plus possible : c'était son père qui l'avait sauvé sous la ligne Morice et c'était son père qu'il avait assassiné dans le sous-sol de la rue des Abderames.

– Et on habitait juste à côté de chez vous, rue d'Orléans à Philippeville.

L'accumulation de hasards, pensa Laïfaoui n'était rien d'autre que le passé qui venait demander des comptes. Un mauvais présage l'envahit et un poids immense s'abattit sur son estomac.

– Même qu'en 1955, mon père a sauvé votre femme.

Laïfaoui se retint au comptoir, sa vision se brouilla et l'air vint à lui manquer. Il se demanda s'il n'avait pas perdu la raison. Finalement, après toute cette haine et ces morts, c'était naturel de devenir fou.

– T'es tout pâle, Achraf, tu couves une *bleuite* ou quoi ?

Tarasit, le Marocain, n'était pas vraiment au fait de ce que représentait l'épidémie de bleuite pour un ancien combattant de la guerre d'indépendance algérienne. Pour lui, ce n'était qu'une expression comique pour une maladie imaginaire. Fin 1958 et début 1959, la maladie imaginaire avait occasionné de violentes purges dans de nombreuses wilayas au sein du FLN.

– Ma femme ? Ton père a sauvé ma femme ? Attends, attends. Je ne comprends plus…

Un voile noir lui passa sur les yeux, un sentiment extrême d'angoisse l'empêchait de respirer.

– Tu peux me donner un verre d'eau, s'il te plaît, Tarik.

Le patron lui tendit un petit verre estampillé Pastis 51 rempli à ras bord. Laïfaoui le but goulument.

– Attends que je me souvienne. En 1955, tu dis ? M'Barka m'a raconté que lorsque mes parents se sont fait assassiner, une famille l'a cachée. Elle m'a dit que le père de cette famille était un soldat français et qu'il a risqué sa vie pour la sauver, elle.

La phrase s'était terminée dans un cassement de voix.

– C'était mon père, le soldat français. Il était deuxième classe à l'époque, après il est devenu caporal.

– Hé ben, Achraf, faut pas se mettre dans des états comme ça, fit Tarasit en faisant le tour du comptoir. C'est fini, tout ça. Faut essayer d'oublier.

Mohamed Abdala qui avait assisté à la scène en silence savait, lui, la douleur que ressentait son ami à l'évocation de cette période de sa vie. D'ailleurs, depuis qu'ils travaillaient tous les deux chez Citroën, jamais il n'avait pu évoquer clairement les épisodes qui l'avaient conduit à fuir l'Algérie. Mais Abdala avait entendu parler de la tragique destinée de Si Laïfaoui.

Il s'était levé. Avec Tarasit, ils avaient consolé leur ami, qui d'une bourrade dans le dos, qui d'une claque sur la cuisse.

– Des fois le malheur, faut que ça sorte, remarqua Tarasit. C'est comme ça et pas autrement !

Des larmes coulaient sur les joues de Laïfaoui. Son regard fixait le sol sale et humide de *La Rose de Casablanca.* Mais ce regard-là était perdu bien plus loin, au Sud, par-delà la Méditerranée, et dix ans auparavant.

– Allez, Achraf, faut qu'on y aille, lui dit alors Abdala. Il est l'heure. Et puis, le boulot, ça te changera les idées.

Ces révélations avaient aussi secoué le jeune Rochdi Mekchiche, lui aussi était blême.

– Allez, viens avec nous, fils, lui dit également Abdala. Toi aussi, faut que t'ailles pointer, maintenant. Si t'es en retard, tu vas les entendre les blouses blanches du personnel : « C'est toujours pareil avec les Arabes, jamais à l'heure ! ».

Ils étaient sortis du café.

La pluie tombait et lorsque la porte s'ouvrit, on vit des passants courir sur les trottoirs, sans doute à la poursuite d'un bus ou du temps qui décidément filaient toujours trop vite. Les voitures qui empruntaient la chaussée mal goudronnée, faisaient gicler des gerbes d'eau boueuse.

Dans la salle de *La Rose de Casablanca*, le silence s'était fait. Quelques clients rêvaient à leur table.

– Hé oui, c'est comme ça et pas autrement, résuma Tarasit en regagnant sa place derrière le comptoir.

Un vieil Arabe à casquette, assis derrière son expresso, eut un sourire triste :

– Exactement, patron, tu l'as dit, c'est pas autrement que comme ça.

IV

Peu de temps après avoir réalisé que Rochdi Mekchiche était le fils du harki qu'il avait exécuté à l'été 1961 dans un sous-sol sombre de la Casbah, Achraf Laïfaoui demanda à sa femme de préparer un couscous.

– Le meilleur couscous que tu sais faire, précisa-t-il.

M'Barka haussa imperceptiblement les sourcils, elle n'avait pas l'habitude de faire les choses (et particulièrement la cuisine) à moitié.

Laïfaoui avait proposé à Rochdi de venir partager un repas avec sa famille. Le jeune homme avait accepté sans se faire prier. Quitter son foyer de travailleurs immigrés ne fût-ce qu'une soirée, était pour lui inespéré. Les hommes qui partageaient sa chambre ne desserraient jamais les mâchoires et les soirées ressemblaient à de longues veillées mortuaires. Non qu'il voulût se faire des amis de ces individus rustres mais la solitude, qui l'avait pourtant accompagné toute sa vie, lui pesait de manière presque intolérable depuis qu'il avait été embauché à l'usine. Comme si le bruit des machines et la répétition inhumaine des gestes nécessitaient, en contrepartie, un surplus de relations humaines, le soir et le week-end. Bien sûr, il y avait les gars de *La Rose de Casablanca* mais lorsque le patron fermait le bar, vers vingt heures, une tristesse s'emparait immanquablement du jeune ouvrier.

Ce soir-là, ce fut avec une étonnante allégresse qu'il se rendit chez les Laïfaoui. En approchant de l'immeuble HLM, l'allégresse laissa cependant place à une timidité qu'il ne se connaissait pas. Pénétrer dans l'intimité de l'ancien chef FLN, rencontrer sa femme et partager leur repas représentaient pour lui quelque chose comme la fin d'un cycle. Il était désormais loin le temps où, fils de traître, il rêvait du grand Si Laïfaoui. Désormais il mangeait à sa table.

Laïfaoui lui ouvrit la porte.

Un gamin d'une dizaine d'années se cachait derrière ses jambes. Il dévisageait le nouvel arrivant d'un air sceptique. L'homme était trop jeune pour être un ami de son père et trop vieux pour être le sien.

M'Barka se tenait, elle, à l'entrée de la cuisine – comme sa propre mère avait l'habitude de le faire lorsque des invités arrivaient dans leur appartement de la rue d'Orléans, à Philippeville. Elle était toujours aussi belle que dans ses souvenirs d'enfant, il se rappelait ses cheveux noir de jais lorsqu'accompagnant son mari, escorté des soldats algériens, elle avait quitté la Casbah.

Il pensa aussi à sa propre mère qui était morte à la fin de l'automne 1970. Il en éprouva une tristesse infinie. Lorsqu'il avait téléphoné chez lui, à Alger, et que sa sœur lui avait annoncé la nouvelle, l'enterrement était passé depuis plusieurs semaines.

– C'est pas grave, avait dit Souhila d'une voix tellement brisée qu'elle ne cachait pas sa déception. Elle est partie d'un coup. Le cœur, a dit le docteur.

En Algérie, il ne lui restait plus que sa sœur et sa très vieille grand-mère. Et il se pouvait que celle-là fût déjà morte. Il l'apprendrait peut-être lorsqu'il se déciderait à téléphoner à Alger.

Laïfaoui le présenta à sa famille et tous ensemble, ils s'étaient assis autour de la table de la salle à manger. Tarek avait école le lendemain et il devait se coucher tôt.

Durant le repas, on parla de l'Algérie et de Skikda. On répéta que la guerre avait été une bien triste période. Laïfaoui déclara que ça avait été peut-être l'inévitable prix de la liberté.

– Quelle liberté ? demanda M'Barka, sans aucune agressivité. Celle de ce monsieur Boumediene ?

Rochdi fut étonné que Laïfaoui laisse parler sa femme de la sorte. Et elle se permettait de juger le gouvernement algérien et la politique du président Boumediene.

– Je préfère l'Algérie de Boumediene à celle que nous offraient les Français, répondit simplement Laïfaoui. Au moins aujourd'hui, ce sont des Algériens qui dirigent l'Algérie.

– Ah, bon ? continua M'Barka, d'une voix pourtant toujours douce. Tu ne peux plus mettre les pieds dans ton propre pays, les policiers français te convoquent sans arrêt pour vérifier que tu es en règle mais tant que c'est la faute à des Algériens qui dirigent l'Algérie, tu es satisfait ?

Elle haussa les épaules et commença à débarrasser la table.

Tarek ne semblait pas étonné de voir sa mère tenir tête à son père. Laïfaoui non plus. Car chez les Laïfaoui, la discussion était acceptée et les points de vue des hommes, des femmes et des enfants se valaient. Achraf Laïfaoui avait mis en place au sein de sa famille les valeurs qu'il avait voulues, autrefois, pour l'Algérie.

Rochdi remarqua également les habitudes de la famille Laïfaoui : on buvait du vin à table et point de religiosités qui venaient encombrer le quotidien. En Algérie, déjà, peu après la guerre, Si Laïfaoui était connu pour son athéisme alors que l'islam devenait petit à petit la religion du FLN. Lorsqu'on l'avait expulsé du pays, les femmes de l'immeuble où vivaient les Mekchiche avaient dit que Laïfaoui était un incroyant, que son exil n'était finalement que la conséquence de son apostat, que s'il avait prié plus souvent, Allah n'aurait pas permis qu'une telle injustice lui soit faite. La grand-mère de Rochdi n'était pas loin de partager ces racontars. Et si son fils n'avait pas perdu la vie lorsqu'il était tombé aux mains du FLN, elle aurait emboîté le pas des commères. Bêtises que tout cela, avait dit la mère de Rochdi. Selon elle, la disgrâce de Si Laïfaoui n'était que le résultat de luttes politiques bien incompréhensibles pour le commun des mortels.

Bêtises que tout cela, se dit désormais Rochdi devant le sourire tranquille que Laïfaoui adressait à sa femme qui l'avait pourtant contredit devant son invité.

Ils avaient un peu bu et la soirée s'était éternisée. Bientôt, M'Barka et Tarek étaient allés se coucher, laissant les hommes discuter des difficultés à se faire respecter à l'usine. Laïfaoui répéta à plusieurs reprises au jeune ouvrier qu'il pouvait le tutoyer, que ça se faisait entre collègues.

– Pourquoi les autres, sur la chaîne, ils ne t'aiment pas ?

Laïfaoui tira une Gitanes maïs de son paquet et l'alluma, un petit sourire pensif au coin des lèvres :

– Je ne crois pas en Dieu.

Il souffla longuement la fumée de sa cigarette.

– Et puis, leur imam, je ne le reconnais pas comme mon supéricur, tu comprends ? C'est lui qui dit aux autres qu'il ne faut pas me fréquenter. Et puis, j'ai refusé de lui verser une partie de mon salaire quand je suis arrivé.

Rochdi se redressa, l'air furieux :

– Moi non plus, je ne lui verserai rien. Il ne travaille pas et on devrait lui donner de l'argent ! Pourquoi, les autres, ils acceptent ça ?

– Bah... C'est un chef religieux, c'est lui qui les conseille. Je ne sais pas vraiment. Il y en a qui donnent aussi pour avoir la paix. Mohamed Abdala, tu sais le Momo de *La Rose de Casablanca*, il donne mais juste pour qu'on le laisse tranquille. Tu pourras lui demander, il ne s'en cache pas.

Laïfaoui tira quelques taffes et la fumée épaisse stagna au-dessus de la table de la salle.

– Moi, je ne donne pas et je n'ai pas besoin qu'on me conseille, continua-t-il le regard perdu dans les volutes blanches de la fumée. Mais je peux comprendre ceux qui donnent. Je ne juge pas.

Un silence.

Rochdi avait regardé les quelques photos disposées sur le buffet en bois laqué. Sur l'une d'elles, on voyait le jeune Laïfaoui au bras de sa femme le jour de leur mariage. Un petit drapeau algérien était planté dans le cadre en plastique.

Au bout du silence, Laïfaoui proposa à son invité de l'héberger pour la nuit. L'autre, un peu saoul, accepta. Il s'allongea sur le canapé.

– Et comme ça, demain, on ira prendre un café chez Tarik, avant d'aller au travail.

Laïfaoui déposa une couverture sur le jeune homme et éteignit la lumière.

Il resta quelques instants dans l'obscurité en observant le corps allongé devant lui. Puis il alla lui aussi se coucher, une boule de tristesse à l'estomac.

V

Le lendemain matin, très tôt, après avoir bu son café et fumé quelques cigarettes à *La Rose de Casablanca*, Rochdi avait interrogé Mohamed Abdala. Et effectivement, celui-ci assumait sans complexe de reverser une partie de sa paye à l'imam : il achetait ainsi sa tranquillité.

– Y me foutent la paix, comme ça. Et s'il veut pas bosser, l'imam, hé ben il a qu'à pas bosser. C'est pas ça qui me rajoute du travail à moi.

Laïfaoui, un petit sourire aux lèvres, haussa les sourcils en direction du jeune ouvrier :

– Je te l'avais dit.

Puis ils saluèrent le patron du bar et se dirigèrent vers l'arrêt de bus. Les trois hommes, une fois montés dans le bus, serrèrent quelques mains, surtout Abdala.

Le trajet se faisait toujours dans un silence d'avant combat. C'étaient les derniers moments à l'abri du bruit des machines. Comparé au boucan qui se dégageait de la chaîne, le bruit du moteur du bus était pareil à un ronronnement qui berçait les passagers. Quelques-uns continuaient leur nuit, la tête appuyée contre la vitre.

Arrivés face à l'usine, lorsque les portes du véhicule s'ouvraient, les ouvriers adoptaient immédiatement le pas décidé des prolétaires s'en allant fièrement gagner leur croûte. Les passagers du bus rejoignirent le flot des autres salariés. On savait que certains, ceux aux mains encore terreuses et à la gueule fripée, ajoutaient les travaux agricoles aux heures d'usine, qu'ils ne dormaient que trois ou quatre heures par nuit.

– Tu parles d'une vie qu'ils ont ces *ploucs*, dit Abdala en voyant passer quelques gars aux souliers crottés.

Devant les lourdes portes de l'usine, face à l'immense parking où certains ouvriers mais, surtout, les cadres et les agents de maîtrise, garaient leurs voitures, un attroupement ralentissait l'entrée. Laïfaoui aperçut deux types en imperméable gris postés à côté de la guérite d'entrée. Un gardien de l'usine, en casquette et uniforme, contrôlait les cartes des ouvriers. Mais beaucoup plus consciencieusement qu'à son habitude.

– Il fait du zèle, *Bébert le garde-chiourme*, plaisanta un dénommé Rigaud, avec son accent du Centre de la France. Il cherche l'amant de sa femme ou quoi ?

Ses copains se marrèrent et l'un d'eux ponctua son rire d'un :

– Sacré Rigaud, c'est pas le dernier pour la déconne.

– Moi, j'crois plutôt que c'est les flics qui sont à côté de lui qui cherchent quelqu'un, dit Abdala à Laïfaoui.

En un instant, le visage de Rochdi se déforma sous l'assaut de la panique.

– Merde, murmura-t-il.

Et sans plus attendre, il fit demi-tour à travers le flot inverse des ouvriers.

– Rochdi ! cria Laïfaoui. Mais qu'est-ce que tu fais ?

L'appel de Laïfaoui avait été un réflexe mais à quelques mètres d'eux, le gardien l'entendit prononcer le nom du jeune homme.

– Putain de putain ! hurla-t-il à son tour en direction des deux gus en imperméable. Mekchiche ! Le type qui calte là-bas, c'est Rochdi Mekchiche !

Les deux flics tentèrent alors de se frayer un passage à leur tour, au milieu des ouvriers. Mais juste sous le fronton en fer de l'entrée, on jouait trop violemment des coudes pour les laisser passer.

– Mekchiche ! Police ! Arrête-toi ! ordonna l'un des deux, bien inutilement.

Les ouvriers ne leur facilitèrent pas la tâche : certains ne se privèrent pas de leur faire quelques discrets crocs-en-jambe.

Rochdi, lui, traversait déjà le parking comme un dératé. Il disparut du côté du lieu-dit Les Guitais, non loin du café *À l'espérance* en bordure de la route reliant Rennes à Saint-Jacques-de-la-Lande.

– *Zarma* ! Doit pas avoir la conscience bien tranquille, ton copain, murmura Abdala à Laïfaoui comme ils pénétraient enfin dans l'usine.

Laïfaoui était décontenancé. Il se dit que le gamin de Philippeville lui avait servi beaucoup de surprises depuis qu'ils s'étaient rencontrés. Un peu trop à son goût. Mais il prit son poste comme d'habitude et accomplit son travail consciencieusement tout au long de la journée, comme d'habitude.

– Parait que ton ami, le jeune Mekchiche, les flics le recherchent, lui glissa discrètement Gavornikov entre deux squelettes de voiture.

Laïfaoui fit une grimace, comme s'il se fichait de ce qui pouvait arriver à Rochdi.

– Parait qu'il a tué un gars et qu'il a essayé d'en tuer un autre, reprit l'ouvrier slovaque de son accent guttural. Des anciens soldats, des Français apparemment. On dirait que c'est pas un tendre, Mekchiche. Remarque avec ce qu'ils vous ont fait subir les Français, moi je lui jette pas la pierre. Il y a des choses qui ne s'oublient pas…

Il se remit au travail, une cigarette coincée sur l'oreille, l'air vaguement préoccupé :

– Moi, les Russes, à une époque, j'en aurais bien flingué quelques-uns. Rien que pour le plaisir.

La journée de travail s'écoula lentement. Peut-être plus celle-là qu'une autre.

Laïfaoui tourna et retourna les événements dans sa tête. Il finit par se demander s'il n'était pas le prochain sur la liste criminelle de Rochdi. Cependant, il considérait également que la police française était une engeance qu'il n'avait pas pour habitude de croire. Il se pouvait que Mekchiche soit la victime d'une erreur ou d'un complot.

Rochdi Mekchiche n'avait plus le choix. Ou plutôt si : soit il passait à l'action et lavait dans le sang la mort de son père, puis il disparaissait. Soit il disparaissait tout de suite et laissait vivre l'ex-lieutenant Gascogne.

Il décida d'opter pour la première solution.

Après s'être enfui devant les deux flics en imperméable, il s'était retrouvé au milieu des champs qui séparaient l'usine du quartier de Bréquigny qui sortait alors de terre. D'abord, il se cacha derrière une ferme, à équidistance entre les premières HLM rennaises et les longs bâtiments de l'usine. Pour réfléchir et observer.

Les flics, eux, avaient stoppé leur poursuite avant de sortir du parking. Ils n'avaient aucune envie de courser un Arabe dans les champs. Un coup à se faire égorger, ils en avaient entendu de ces histoires de fellagas qui maniaient le couteau avec science et qui te faisaient un sourire kabyle d'un coup, d'un seul !

Quelques minutes plus tard, deux voitures bleues tout gyrophare allumé et sirène hurlante les avaient rejoints.

Au bout d'une heure, alors qu'il était transi de froid, les pieds dans la gadoue, Rochdi avait vu les véhicules de police passer en sens inverse : ils rentraient à Rennes, la poursuite n'avait pas été lancée. Pas encore.

À travers champs, il avait ensuite rejoint les faubourgs rennais. Alors qu'il se prenait les pieds dans les ornières de boue et déchirait ses pantalons sur les barbelés des clôtures qui délimitaient d'anciennes parcelles agricoles, il avait tenté de bâtir un plan d'action. En fait, il réfléchissait dans tous les sens mais rien de bien probant ne sortait de ses méninges.

Puis il s'était dirigé vers la ZUP Sud. La seule certitude, c'était qu'il n'y avait que Laïfaoui qui pouvait l'aider.

Lorsqu'Achraf Laïfaoui, toujours tourmenté par la fuite de Rochdi, et éreinté par ses heures de travail répétitif, pénétra dans le hall de son immeuble HLM, il vit immédiatement la porte du local à poubelles s'entrouvrir.

– Achraf…

Rochdi Mekchiche passa la tête dans l'entrebâillement, ses yeux semblaient souffrir de la différence de luminosité.

– Imbécile, grogna Laïfaoui en le tirant par le col de son blouson.

Il l'entraîna dans l'ascenseur et appuya sur le bouton du quatrième étage.

– Tu es fou de venir chez moi, fit-il en fixant la porte de l'ascenseur. Si la police te trouve ici, c'est moi et ma famille qu'ils renverront en Algérie. Et tu sais ce que ça veut dire pour moi repartir en Algérie ?

Rochdi baissa les yeux. Ses chaussures étaient recouvertes de boue. Laïfaoui le secoua par le col de son blouson.

– Ça veut dire que je suis mort ! Tu entends Rochdi ? Si je me fais renvoyer en Algérie, je suis un homme mort.

Ils arrivèrent au quatrième étage. Laïfaoui rattrapa Rochdi par le col et le traîna jusqu'à chez lui. Il sonna, M'Barka ouvrit la porte :

– Qu'est-ce qui se passe, Achraf ?

– Tarek est là ? demanda Laïfaoui.

– Non, il est encore à l'école. Il n'est pas seize heures... Qu'est-ce qui se passe, Achraf ?

Cette fois, elle ne s'était pas écartée du passage. Ses yeux noirs ne laissaient pas d'échappatoire à son mari.

– La police recherche Rochdi.

M'Barka eut un regard inquiet et presque maternel pour le jeune homme. Elle vit ses chaussures boueuses et son jean troué par les barbelés.

– Déchausse-toi, lui dit-elle de sa voix éternellement douce. Et donne-moi ton pantalon aussi, Achraf te prêtera l'un des siens. Et je vais faire un thé. On va boire un thé et après, on y verra plus clair.

Laïfaoui regarda sa femme et une bouffée de sérénité le submergea. Il l'aimait encore comme au premier jour. C'était justement pour préserver l'amour qu'il portait à sa femme, et à son fils, qu'il devait agir froidement et rapidement. Sans ménagement, il poussa Achraf dans la cuisine, à la suite de M'Barka.

Celle-ci prépara un thé à la menthe en silence. Puis elle disposa les tasses sur la table en formica.

– Pourquoi elle te cherche, la police ? commença Laïfaoui.

– J'ai rien fait, répondit Achraf en serrant la tasse dans sa main.

Laïfaoui s'assit à sa place habituelle, face à la fenêtre.

– Écoute, Rochdi, reprit-il d'une voix qui se voulait conciliante mais qui masquait difficilement sa colère. Si tu veux que je t'aide, il faut que tu me dises ce que voulaient ces policiers. Tu sais qui je suis. Je ne te jugerai pas. Mais il faut me dire la vérité.

M'Barka versa l'eau bouillante sur les feuilles et une agréable odeur mentholée envahit la pièce.

– À l'usine, les gars disent que tu as tué un soldat et que tu as essayé d'en tuer un autre.

– Comme toi pendant la guerre.

Laïfaoui le dévisagea et contint l'envie de le gifler.

– La guerre est finie, Rochdi.

– Ah, bon ? Ça dépend pour qui…

Cette fois, Laïfaoui regarda sa femme. Elle versa le thé dans les tasses et il vit qu'elle avait posé sa main sur l'épaule du jeune homme. Elle voulait lui faire comprendre que son mari était bon, qu'il allait l'aider.

Rochdi, lui, avait eu le temps de réfléchir durant les heures passées au fond du local à poubelle. Son plan s'était petit à petit solidifié.

– Un soir, à Paris, j'ai croisé deux soldats. Ils ont voulu me tuer. Ils disaient que j'étais un sale bicot et que j'avais tué des Français en Algérie. Des saloperies comme ça. Ils m'ont tapé dessus et je suis tombé par terre. Ils ont tapé encore et encore. Ils voulaient me tuer, promis ! Alors, je me suis défendu. J'avais un couteau sur moi et j'ai tué un des soldats. L'autre, il s'est enfui et il est allé voir la police. J'étais obligé, Achraf, promis !

Laïfaoui était abattu. Bien évidemment, les malheurs de Rochdi le révoltaient mais il aurait voulu ne jamais l'avoir rencontré. En quittant l'Algérie, il avait espéré ne jamais plus être témoin de violence – et surtout pas de violence criminelle. Mais il était trop tard.

Il souffla sur le thé brûlant pendant une longue minute. Ses sourcils épais se froncèrent à plusieurs reprises, signe évident qu'il réfléchissait. Puis il avait reposé la tasse :

– Voilà ce qu'on va faire : tu vas rester ici, caché, jusqu'à ce week-end. Dans la nuit de samedi à dimanche, avec la camionnette de Tarik, le patron de *La Rose de Casablanca*, on t'emmènera dans le Sud. Je ne sais pas encore où. Mais de là tu pourras te débrouiller pour atteindre Marseille et prendre le bateau pour Alger. Ou pour ailleurs si tu préfères. Je te donnerai de l'argent. Ça devrait aller.

M'Barka hocha la tête, on eût dit qu'elle accordait son assentiment.

Rochdi leva les yeux :

– Je te remercie pour tout ça, fit-il presque obséquieux. Mais je ne veux pas que tu prennes autant de risques. Tu as un enfant et puis il y a M'Barka.

– À partir de maintenant, ce n'est plus toi qui décide, Rochdi. C'est moi. Sinon, voilà la porte.

Laïfaoui resta le doigt pointé vers l'entrée de l'appartement ses yeux fixant Rochdi.

– C'est toi qui décides, Achraf. Mais moi, ce que je dis c'est qu'il y a un autre moyen qui ne te causerait pas d'ennuis : il y a quelqu'un qui pourrait m'aider à m'enfuir. Un Français, lui.

– Tu connais quelqu'un d'autre à Rennes ?

– Il y a quelqu'un qui était ami avec mon père pendant la guerre en Algérie. C'est un ancien soldat et il n'a pas pu empêcher que mon père se fasse tuer.

Laïfaoui fixa sa tasse, il se souvint du visage tuméfié du harki dans le sous-sol de la rue des Abderames. Il vit son corps chuter lourdement après qu'il lui ait tiré une balle dans la tête.

– Ce soldat, il a une dette envers ma famille. Lui, il pourra m'aider à quitter la France. Faudrait seulement le retrouver.

– Comment il s'appelle ? Où on peut le trouver ?

– Il s'appelle Louis. Louis Gascon ou Gascogne, je ne sais plus. Ce que je sais c'est qu'il travaille à l'usine, chez Citroën.

Laïfaoui ouvrit une bouche à gober la lune. Puis son visage se plissa d'une grimace sceptique, presque aggressive :

– Il travaille chez Citroën ? Avec nous ? C'est quoi ces conneries, encore ? Pourquoi tu ne m'en as jamais parlé ?

– C'est pas des conneries, Achraf. Promis ! Sur la tête de ma mère. Il travaille à l'usine. C'est un ouvrier comme nous mais il surveille notre travail : il a un badge « Contrôle qualité ». Je l'ai vu par hasard. Le hasard, Achraf, promis !

Laïfaoui savait que certains ouvriers français, passaient leur temps à surveiller les autres ouvriers, surtout les Arabes, les Noirs, les Espagnols et les Portugais. Ils expliquaient qu'ils avaient pour objectif d'améliorer les conditions de travail sur la chaîne de montage. Tout le monde savait qu'ils étaient des *jaunes* missionnés pour les dénoncer à la direction.

– Il a un œil vert et un œil marron, on le reconnaît vite.

– Ça porte chance, ça, remarqua M'Barka.

Les ouvriers surveillants n'étaient qu'une dizaine à arpenter les ateliers, il serait donc assez facile à Laïfaoui de le repérer. Il jeta un coup d'œil à sa femme et vit qu'elle le soutenait.

– Bon, d'accord, fit-il en terminant son thé. Dès demain, je vais essayer de parler à l'ami de ton père. Toi, tu restes ici et tu ne sors plus.

M'Barka tapota l'épaule de Rochdi :

– Tout va bien se passer, maintenant, lui assura-t-elle.

VI

En fin de journée, Tarek rentra du collège. On lui avait dit que les Égyptiens du temps des Pharaons – des Arabes, j'te jure, p'pa, des Arabes, comme nous – avaient bâti une civilisation qui n'avait pas eu d'égale dans l'histoire. Donc les bicots, les melons, les sales Arabes que les Français traitaient comme des esclaves étaient capables de grandes choses ? La perspective ouverte au gamin de onze ans était sans précédent dans sa petite vie.

– Ça sert à ça d'aller à l'école, lui dit son père.

Tarek s'approcha de Rochdi qui était assis dans un des fauteuils avachis de la salle à manger.

– T'es allé à l'école toi ?

Rochdi leva les yeux vers l'enfant et grimaça :

– Oui, en Algérie. Mais ce n'était pas une bonne période.

– Pourquoi ? Tu n'avais pas des bons professeurs ?

– Non. Et pas de bons copains, non plus. C'était pas une bonne période du tout.

Laïfaoui fumait une cigarette par la fenêtre ouverte de la salle à manger. Il regarda le jeune homme :

– Tu n'avais pas d'amis à l'école ?

Rochdi se retourna vers Laïfaoui. Celui-là lui tendait son paquet de Gitanes.

– À l'école, j'étais le fils du traître.

Laïfaoui eut un air étonné (enfin, il joua l'étonné).

– J'étais le fils du traître pendant toute ma vie. Mon père a combattu avec les Français, je te rappelle. Il était caporal dans l'armée française.

M'Barka était sortie de sa cuisine, l'air grave.

– Mais tu as quand même été mon héros. Le grand Si Laïfaoui. Peut-être que j'aurais aimé que mon père soit comme toi. Je ne sais pas vraiment. J'ai du mal à me souvenir de ce que je ressentais à cette époque. Je sais qu'on était tristes et qu'on avait peur.

– Ton père était sans doute quelqu'un de bien. Il a fait le mauvais choix, c'est tout. La guerre n'a pas laissé la possibilité à certains de faire les bons choix.

M'Barka sourit en faisant un signe du menton à son mari :

– D'ailleurs, toi, le choix, tu l'as fait dans une ruelle sombre à Skikda. Si ces jeunes Français ne t'avaient pas attaqué, qui sait si tu serais devenu Si Laïfaoui ?

Laïfaoui s'appuya sur le cadre de la fenêtre, le regard vagabondant sur les toits de la ville :

– La vie est faite de choix, des bons et des mauvais. Tout ça, c'est une question de chance.

D'une pichenette, il jeta son mégot dans le vide et referma la fenêtre.

VII

Le lendemain, Laïfaoui n'avait pas vu l'ouvrier du contrôle qualité. Ni dans l'usine, ni à la cantine. Le soir, Rochdi en fut vivement contrarié.

– Ces gens-là ne travaillent pas tous les jours, lui expliqua Laïfaoui. Ne t'inquiète pas, je vais le trouver. Fais-moi confiance et sois patient.

Rochdi n'avait plus décroché un mot de la soirée.

Le jour suivant Laïfaoui aperçut l'ouvrier aux yeux vairons se promener nonchalamment près de la chaîne. Il demanda à Gavornikov de le remplacer pendant quelques minutes. Comme beaucoup d'ouvriers, le Slovaque avait développé une dextérité qui lui permettait d'assurer deux postes à la fois. Mais comme tous les ouvriers, il limitait ses capacités afin que la maîtrise n'augmente pas les cadences et la productivité. Une ou deux pièces en plus certains jours pour être bien vus des chefs, c'était comme ça qu'ils respiraient un peu.

Laïfaoui rattrapa le contrôleur.

En le voyant arriver vers lui, Gascogne eut un mouvement de recul. Il savait que sa répugnante tâche de délation pouvait lui rapporter un bon paquet d'ennuis si elle venait à être percée à jour. Lorsqu'un soupçon de paranoïa lui avait fait prendre conscience des risques qu'il encourait, il avait ressorti son vieux pistolet et le portait depuis en permanence. La paranoïa qu'il avait développée en Algérie durant la guerre et après dans le combat contre l'OAS s'était seulement endormie. Parfois, les circonstances la réveillaient.

Quand l'ouvrier arabe l'avait rattrapé, il avait donc eu un mouvement de recul et avait failli dégainer le MAC 50. L'autre s'était raidi d'un air étonné. Mais c'était toujours comme ça lorsque quelqu'un s'apercevait que ses yeux n'avaient pas la même couleur.

Ces yeux vairons, Laïfaoui se souvint de les avoir vus bien des années auparavant dans une grange au fond du camp militaire de Souk Ahras. C'étaient ceux d'un jeune sous-lieutenant qui avait assisté à la terrible séance de torture que lui avaient infligée des soldats français. C'étaient aussi ceux du chef de la corvée de bois dont il aurait dû être la victime. Lors de cette nuit, il avait rencontré pour la première fois le père de Rochdi, le harki qui lui avait laissé la vie sauve.

Ces parcours individuels qui se percutaient, ça ne pouvait être le fruit du hasard. À nouveau, un voile noir manqua de passer devant ses yeux. Cette fois, il se força à parler :

– Louis ? demanda-t-il.

En attendant son prénom, Gascogne relâcha la crosse de l'arme au fond de la grande poche de son bleu de travail.

– Vous connaissez les Mekchiche ?

Gascogne secoué, resta quelques secondes muet, incapable d'émettre un son. Les conneries habituelles : ses années sous l'uniforme en Algérie lui défilèrent dans la tête à une vitesse vertigineuse, jusqu'à ce mois d'août 1961 à la fin duquel Kader avait disparu.

– Il faudrait que je vous parle. Tout à l'heure, à la sortie, à côté des bus.

– Les Mekchiche sont en France ? demanda Gascogne d'une voix chevrotante que le bruit intolérable de l'usine recouvrait presque.

– On peut pas parler ici, continua le grand Arabe, l'air inquiet. Tout à l'heure, à la sortie, devant le bus. Vous y serez ?

Laïfaoui était inquiet qu'on le vît en conversation avec l'ouvrier contrôleur, ses collègues de travail n'auraient pas apprécié qu'il pactise avec l'ennemi. Et peut-être les flics étaient-ils toujours en train de chercher Rochdi dans les allées de l'usine. Une sensation de malaise l'envahissait également et il ne parvenait pas à s'en défaire : il ne croyait plus au hasard.

Gascogne fit oui de la tête. Il resta debout au milieu de l'allée, la bouche mi-ouverte, l'esprit bloqué sur le port d'Alger, dix années auparavant. Il revit

Kader et sa famille monter dans le bateau qui les emmenait soi-disant à l'abri, en France.

L'ouvrier arabe s'éloigna rapidement et regagna son poste sur la ligne.

À la fin de sa journée de travail, Gascogne accepta de suivre Laïfaoui chez lui. L'Algérien lui expliqua les derniers événements, en omettant volontairement le meurtre du soldat à Paris.

– J'ai rencontré Rochdi, le fils de votre ami.

– Comment a-t-il su que je travaille à l'usine ?

Laïfaoui appliqua les directives de Rochdi :

– Il a essayé de se faire embaucher il y a quelque temps. Apparemment, vous étiez dans les bureaux du personnel lorsqu'il passait son entretien d'embauche. Mais il n'a pas eu le temps ou la possibilité de vous faire signe.

– Et il travaille à l'usine ?

– Oui. Enfin, non. Enfin, il vous expliquera…

M'Barka ouvrit la porte. À son regard, Laïfaoui comprit immédiatement que quelque chose clochait.

Des bruits : un cliquetis de cran d'arrêt et une respiration trop forte.

Des odeurs : un thé à la menthe qui refroidissait.

Lorsque les deux hommes pénétrèrent dans l'appartement, Rochdi bondit sur Gascogne. Il brandissait son couteau à cran d'arrêt.

– Rochdi ! hurla celui-ci en s'écartant vivement.

D'un coup de pied, Rochdi referma la porte de l'appartement. Il maintenait le Français par la gorge mais celui-là avait saisi son poignet et empêchait le couteau de s'abattre.

– Putain, Rochdi, c'est moi !

L'autre ne voulait rien entendre.

– Ton père était mon ami !

Laïfaoui envoya alors un terrible coup de poing dans la nuque du jeune Arabe. Un direct qui aurait assommé un bœuf. Le jeune homme s'écroula.

Et puis, immédiatement, M'Barka supplia :

– Non, s'il vous plaît, non…

Gascogne avait dégainé son pistolet et pointait le canon sur la tempe de Laïfaoui. Son doigt tremblait sur la détente. Son souffle court ne parvenait à se calmer. Pendant une seconde, il se dit que s'il faisait feu, il n'aurait aucun mal à prouver qu'il était en état de légitime défense. Puis il pensa à son fils, Paul, qui était né quelques jours auparavant.

– Vous m'avez entraîné dans un putain de piège…

Son arme oscillait entre Mekchiche au sol et Laïfaoui debout devant lui. Une sueur glacée recouvrait son front. Ça faisait longtemps qu'il n'avait plus ressenti cette peur ignoble, bestiale, que l'on ressent lorsque l'on risque de mourir.

– Je n'en savais rien, répondit lentement Laïfaoui. Ne faites pas de conneries, Gascogne…

– Rochdi nous a dit que vous étiez un ami de son père, coupa M'Barka. Il a des problèmes et il nous a dit que vous pouviez l'aider. Vous avez une dette envers les Mekchiche.

Dans le minuscule couloir, une porte s'ouvrit et on vit apparaître un gamin au visage terrifié.

– Retourne dans ta chambre, Tarek ! lui ordonna son père.

La voix était tellement dure que le gamin referma machinalement la porte de sa chambre.

– Ne faites pas de bêtises, monsieur, supplia à nouveau M'Barka.

Gascogne n'aurait pas aimé que son fils vît un jour ce que venait de voir le gamin : son père mis en joue par un inconnu. Des trucs à vous briser une vie.

Il baissa son arme et la glissa dans la ceinture de son pantalon, sous son pull. M'Barka lui sourit.

– Merci, monsieur, dit-elle de sa douce voix. Chez nous, on dit que vos yeux sont un signe de chance et de bonté. Je n'ai pas cru un instant que vous alliez tirer. Mais merci quand même.

Laïfaoui s'accroupit et retourna Rochdi sur le dos. Il était évanoui, son coup de poing avait touché au but.

– Vous êtes un sacré cogneur, remarqua Gascogne en l'aidant à transporter le jeune homme jusqu'à un des fauteuils de la salle à manger.

Et il avait dévisagé le grand Arabe :

– Vous avez appris à cogner comme ça où ?

À son tour, Laïfaoui avait dévisagé le Français :

– Dans le Nord-Constantinois, à la fin des années cinquante.

– Vous étiez FLN ?

– Oui.

– Moi, à cette époque, j'étais en face…

– Je sais.

– Vous savez ? Comment ça vous savez ? (il fronça les sourcils) On se connaît ?

M'Barka avait apporté une serviette mouillée d'eau chaude, elle l'avait tendue à son mari. Laïfaoui la déposa sur la nuque de Rochdi puis il s'assit sur le deuxième fauteuil.

– Je suis Achraf Laïfaoui. Pendant la guerre, on m'appelait Si Laïfaoui. Nous nous sommes croisés à Souk Ahras dans une grange. Et puis on a fait un bout de chemin ensemble, jusqu'au barrage. Il faisait nuit, vous vous souvenez ? Vous et vos amis, vous appeliez ça une *corvée de bois*.

Gascogne ne put articuler un mot, il se laissa glisser contre le mur jusqu'au sol.

– Asseyez-vous, monsieur, fit immédiatement M'Barka en lui proposant une des chaises de la cuisine. Vous êtes tout blanc, vous voulez un verre d'eau ?

Gascogne aurait voulu dire qu'il regrettait, que c'était la seule fois où il avait fait une corvée de bois, que ces agissements, la torture, les exécutions sommaires, c'étaient contre ses idées et même contre sa vision de la guerre. Il aurait pu ajouter que s'il s'était plus tard engagé au MPC, ça avait été pour lutter contre ceux qui pratiquaient la torture et le meurtre.

Rochdi émergea lentement. Il se frotta la nuque et fit une grimace de douleur.

– C'est son père qui vous a sauvé la vie, fit seulement Gascogne en montrant d'un geste de la main Rochdi qui se redressait dans le fauteuil.

– Je sais, dit Laïfaoui.

Rochdi s'appuya sur les accoudoirs et ouvrit des yeux déments :

– Mon père t'a sauvé la vie ? articula-t-il difficilement.

Laïfaoui opina.

Mais Rochdi se retourna vers le Français, la haine déformait son visage, ses muscles étaient tendus à se déchirer :

– C'est pour ça que vous l'avez laissé crever comme un chien. Vous êtes un assassin ! Je vous tuerai un jour…

Gascogne aurait voulu expliquer combien cette erreur était un fardeau qui lui pourrissait la vie, qu'il aurait donné tant de choses pour que les événements se fussent déroulés autrement. Il aurait pu dire aussi combien il avait aimé Kader Mekchiche et sa famille. Mais tout ça n'aurait pu calmer la haine d'un fils vis-à-vis de celui qu'il tenait pour responsable de la mort de son père. Il était des crimes imprescriptibles dans cette foutue existence de merde, pensa Gascogne en se taisant à jamais.

– Je sais pas ce qui va se passer mais je vous jure que je vous tuerai un jour ! reprit Rochdi d'une voix brisée par la colère. Je vous tuerai comme j'ai tué le gros qui était sergent.

– Chamouze ? murmura Gascogne. Oh, merde ! C'est toi qui as tué Chamouze ?

Laïfaoui se leva d'un bond et saisit Rochdi par le revers de son blouson. Il le souleva du fauteuil et le colla contre le buffet. Le sous-verre de la photo où l'on pouvait voir Achraf et M'Barka le jour de leur mariage se brisa au sol.

– Achraf, arrête ! hurla M'Barka qui n'avait jamais vu une telle fureur brûler dans les yeux de son mari.

Gascogne se leva à son tour, sans savoir que faire : dégainer son flingue ou s'enfuir immédiatement.

De sa chambre, Tarek assistait, pétrifié, à la scène.

– Tu as tort, Rochdi, gueula Laïfaoui. Tu t'es trompé depuis le début, tu m'entends ? Depuis le début ! Ces gens n'ont rien à voir avec la mort de ton père. Ou alors de loin, de trop loin pour que tu puisses vouloir les tuer pour ça.

Il relâcha sa prise comme s'il s'interrogeait :

– En tout cas, ce ne sont pas eux qui l'ont tué.

Il relâcha Rochdi et se laissa tomber dans un fauteuil :

– Parce que c'est moi qui l'ai tué, ton père…

Le silence parut interminable.

Au bout d'un long moment, Laïfaoui parvint à regarder sa femme, et son fils. Et puis il se mit à raconter.

– À l'époque, je n'ai pas fait le lien avec le caporal harki de Souk Ahras, celui qui m'a épargné.

Gascogne et Rochdi s'étaient rassis dans le canapé et avaient écouté.

M'Barka avait rejoint Tarek et lui avait pris la main.

– Je ne suis pas certain que ça aurait changé quelque chose d'ailleurs : ton père devait mourir.

Il parlait d'une voix calme, la voix qu'il employait autrefois lorsqu'il commandait à ses hommes de combattre jusqu'à la mort. Jamais aucun n'avait refusé.

Il dit que bientôt personne ne se souviendrait de la violence qui frappait alors au hasard, des meurtres arbitraires, des gens qui disparaissaient en pleine rue et que l'on retrouvait quelques jours plus tard égorgés sur l'une des plages d'Alger, d'Oran ou d'ailleurs. C'était l'époque où la haine entre les Blancs et les Arabes était sans issue. Kader Mekchiche avait été tué pour ce qu'il représentait, cette alliance qui avait permis aux Français de soumettre si longtemps le peuple algérien. Enfin, c'est ce qu'il pensait encore mais, quelque part au fond de lui, ses certitudes s'effritaient déjà : peut-être Kader n'avait-il été qu'un bouc émissaire, une explosion de violence pour contrebalancer la violence quotidienne, quelque chose qui avait dépassé Laïfaoui et tous les combattants, et leurs familles, quelque chose dont on ne pouvait déjà plus définir très précisément les contours.

– Aujourd'hui, je pense qu'il est possible que ton père a été quelqu'un de bien. Il m'a sauvé et il a sauvé M'Barka à Philippeville quelque temps auparavant.

Ses mâchoires se serrèrent et les muscles roulèrent sous la peau de ses joues, il tentait d'endiguer la tristesse qui menaçait de le submerger :

– C'était quelqu'un de bien, c'est possible. Mais en 1961, à Alger, ce n'était pas la question.

Louis Gascogne s'était levé. Il avait soudainement très envie de serrer sa famille dans ses bras, leur dire qu'il ne les quitterait jamais et que la vie était belle. Il sentit même la forte probabilité d'une démission des usines Citroën grandir en lui. Oui, vraiment, loin de ces gens embourbés dans leurs histoires de vengeance, de passé nauséabond et d'avenir incertain, la vie pouvait être belle. Il n'avait aucune envie de jouer les héros et les redresseurs de torts. Même pas, à minima, les conciliateurs. Il ne souhaitait que s'en aller de cet appartement et tout oublier.

– Je vais y aller, maintenant, dit-il en visualisant son pistolet contre son ventre, au cas où il aurait eu besoin d'un sauf-conduit.

Laïfaoui se leva et lui tendit la main.

– Vous aussi vous êtes peut-être un type bien, déclara Gascogne en serrant la main de l'ancien chef du FLN. Mais en 1958, à Souk Ahras, ce n'était pas non plus la question.

Laïfaoui sourit :

– Je ne vous dis pas à bientôt, Louis.

– Non, en effet. D'ailleurs je crois que je ne remettrai pas les pieds chez Citroën.

– Moi, je vous mentirais si je vous disais que je vous pardonne pour ce qui s'est passé dans la grange à Souk Ahras et après sous le barrage. Je ne peux pas expliquer pourquoi mais vous serez toujours mon ennemi.

– Je comprends.

Laïfaoui se retourna vers Rochdi qui était prostré au fond du fauteuil, le regard perdu au-delà de la fenêtre, loin vers le nord de Rennes.

– Mettons que la violence s'est tue mais que la haine restera à jamais présente.

Gascogne ne sut pas quoi répondre.

– Bonne chance, Rochdi, dit-il seulement en quittant la salle à manger. Passe le bonjour à ta mère de ma part.

– Ma mère est morte, murmura le jeune homme.

Gascogne continua jusqu'à la porte d'entrée sans se retourner. Tant pis, il ne pouvait plus rien pour lui. Ce bégaiement de l'Histoire lui brisait le cœur : il n'avait rien pu faire pour sauver Kader, il ne pourrait rien faire pour son fils. En avait-il l'envie, d'ailleurs ?

– Merci, monsieur, répéta une dernière fois M'Barka. Portez-vous bien.

Son fils lui tenait toujours la main, son regard fusillant le visiteur qui s'éloignait avec une tension que sa mère perçut. Elle lui passa la main dans les cheveux :

– C'est fini, Tarek.

Et elle referma la porte.

Frédéric Paulin chez Goater Noir (numérotation de la collection)

La grande peur du petit Blanc, roman, réédition poche 2021

600 coups par minute, roman (GN6)

« Perdre les pédales », nouvelle in *Maillot Noir*, collectif (GN9)

La dignité des psychopathes, roman (GN13)

Le monde est notre patrie, roman (GN17)

« Career opportunities », nouvelle in *Sandinista*, T. 3, collectif (GN19)

Les cancrelats à coups de machette, roman (GN24)

« Gibiers de potence », nouvelle in *Rennes No(ir) futur*, collectif (GN29)

« New day coming », nouvelle in *Little Bob Stories*, collectif, 2021

Dans la même collection Goater Noir poche

Sens interdit(s), collectif, 2019

Refuge(s), collectif, 2020

Little Bob Stories, collectif, 2021

Achevé d'imprimer sur les presses de Présence Graphique
(Monts - 37260) sur du papier bouffant certifié PEFC 100%
en mars 2021.